XI LUO YA
CHI ZI

阿淮/著

文匯出版社

图书在版编目（CIP）数据

西罗亚池子 / 阿淮著. -- 上海 : 文汇出版社,
2022.4
　　ISBN 978-7-5496-3736-2
　　Ⅰ．①西… Ⅱ．①阿… Ⅲ．①长篇小说－中国－当代
Ⅳ．①I247.5
　　中国版本图书馆CIP数据核字(2022)第035039号

西罗亚池子

作　　者 / 阿　淮
责任编辑 / 周卫民　乐渭琦
装帧设计 / 吴嘉祺

出 版 人 / 周伯军

出版发行 / 文匯出版社
　　　　　　上海市威海路755号
　　　　　　（邮政编码200041）
经　　销 / 全国新华书店
印刷装订 / 武汉市首壹印务有限公司
版　　次 / 2022年4月第1版
印　　次 / 2022年7月第1次印刷
开　　本 / 890×1240　1/32
字　　数 / 230千
印　　张 / 9.625

书　　号 / ISBN 978-7-5496-3736-2
定　　价 / 59.00元

1

  2017年的夏天，我回到了上海，目的是见一个女孩。女孩的名字叫林雨喆，是我的初中同学。在这之后，我便再没有见到过她，至今仍在寻找着她。

  尽管那年京沪高铁已经开通，可我还是选择了旅行时间相对更短的飞机。说到这个，我父亲在交通工具的选择上算是颇有见地的。父亲年轻时在出口贸易公司工作，他最常干的事便是坐飞机去欧洲、去美国。我依稀记得小时候，父亲常会展示自己的航空公司会员卡，并对我夸耀今年又飞了多少里程。时过境迁，父亲因为早年过多地搭乘飞机而患上了难以治愈的恐高症，以至于当他要参加我的高中毕业典礼时，一路上都是靠吃安眠药才得以安心地闭眼上飞机、睁眼到美国的。

  那次抵达上海后，我在浦东的一个小旅馆住下，时间差不多是下午的3点多。我安置好行李，便准备去见雨喆。雨喆在交通大学读大一，论年龄，她只比我大几个月，可按学籍来说，我得叫她学姐。上一次与雨喆相见，得追溯到再往前一年的暑假。那时我甚至还没有开始大学申请，但雨喆已经结束了高考，准备迎接她平生最快乐的一个假期。记得上次与她见面之前，因为想把自己打理得得体一些，于是便多此一举地换上了一件人模狗样的咖啡色卡其长裤。谁知道途中莫名其妙地下起了雨，密集的雨水洒落在街面上，也溅湿了我的裤脚，让我的下半身看上去一副拖泥带水的狼狈模样。幸亏雨喆见了我，倒也不嫌弃，我们甚至都没对视多久，她已然挪开视线，说："要不就去看个电影吧。"我们便去正大广场虚度了一个下午，那条长裤也自然没有发挥任何作用。

那次离别时，雨喆问我："你考上什么大学了？"

我突然意识到自己一直不想被雨喆视为"学弟"，所以并没有告诉她我因为出国而重读了一年。那时候，连大学校名都叫不出来几个的我，只得随便说了所学校："进康奈尔了。"

"挺好的，明年见吧。"

"我可能寒假会回来。"

"明年见！"

雨喆平淡地与我道别，然后进了地铁站。那一刻我才意识到自己不是上海人：上海人是不会搭乘的士的，他们会坐地铁或者地面公交车，一般不会轻易招呼红皮的车子。我就这么钻进了那样一辆红皮的车里，还透过挂着雨珠的车窗，望向雨喆消失的那个地铁站。

因为上一次与雨喆的见面算不上什么愉悦的回忆，我特地在这次会面前做了许多准备：我换上一件没那么紧身的上衣，让自己看上去显得没那么胖；我出门前也喷了香水，虽然我不知道那是什么香味，但我觉得那比我闻过的绝大部分气味都好闻，想象着雨喆应该会喜欢的。除此之外，我还特地把见面的地点约在学校旁的一个地铁口，以证明我与她的距离在不知不觉间接近了许多。我在满是人流的出口阶梯上看见了正在划弄手机的雨喆：她剪了短发，穿着一身天蓝色的衣服，和我们初中时的校服很像。我在打招呼前多看了两眼她的脸，试图确认她是不是胖了。哦，好像没有。刚这么想完，我便想抽自己两巴掌：满脑子龌龊低俗的念头，难怪雨喆会看不起我。

两巴掌还没来得及打，雨喆便注意到了我。在雨喆面前，我似乎总缺乏隐藏与伪装的机会。她的目光仿佛能让我变得透明，使我心里所有的肮脏瞬间显露出来。我马上意识到今天的准备又白费了：身上宽大的衣服只会让自

己显得体形臃肿，而香水也一定让她觉得不合适且做作，还有选择的地点，同样可能招致她的抱怨。

"你为啥要约在地铁口？你直接来我学校门口不行吗？"果不其然，雨喆这么抱怨道。

"对不起。"我无话可说，只得低头认错。

雨喆带我去了一家烧烤店，但她看上去对这里没什么特别的兴趣。我点了雨喆可能喜欢吃的猪脑、毛肚和大肠什么的。菜一会儿就上齐了。从入店到上菜，不见雨喆主动对我说一句话。我问了一些诸如"最近如何呀""你选了什么课"这样无聊的问题，雨喆都是一句话就打发了。这样的冷场发生了两三回，我自觉没趣，便不再试图挑起新的话题。服务员端上烤猪脑花，只见上面撒满了辣椒粉和孜然粉，整个桌面也被映窗而入的余晖照得油光锃亮。

"这个猪脑花挺好吃的。"雨喆尝了一口，终于随性地发话了。

不是我所期待的开场白，雨喆似乎对我特意为她才点的猪脑花毫不知情。我有些沮丧，眼前的雨喆在店里微弱的灯光下吃得正香。她甚至全然不顾我是否也在同时享用，只是自己一口接一口地扫荡着眼前的菜色。我久久地、悄悄地注视着雨喆，她却从始至终没有看我一眼。窗外，路边的一只野猫走到了视线看不见的拐角，它那被打在墙壁上的影子便消失在了灰色的石板里。太阳落山前，只有大学生下课的喧闹声回响在路的尽头。雨喆却还是一声不吭，她扫视了一圈桌上的菜，又瞪了我一下，好像在问："你怎么不吃？"可她并没有真正问出口，继续一筷子一筷子地吃着菜。

天慢慢黑了，雨喆依然在不紧不慢地咀嚼，不时从口袋里摸出手机看两眼。她双目的余光不经意地扫到我的时候，仿佛终于意识到了我一直在独自承受着尴尬与失落，便问我："叔叔、阿姨怎么样了？"

"挺好的。"

"身体健康吗?"

"应该算健康吧。"

"你呢?"雨喆没看着我,却问着关于我的事情。

"不太好。马马虎虎吧。"

"那怎么行?"雨喆的语气突然严肃起来。

"你是要教育我吗?"我故意打趣地反问,希望暖化一下雨喆冰冷的面孔。

"不是教育你,但就算是为了你爸妈,"雨喆边说,边喝了口可乐,"怎么着也把自己打点得好些嘛。"

雨喆的目光终于稳稳地落到了我这边。她注意到我胸口上的一行字,那是我大学的名字。对于一个19岁男性而言,我的身材明显肥胖宽大,胸脯发育得过于优秀,且有下垂的趋势。我的这副模样常让自己讨厌抬头挺胸,久而久之,为了掩藏住胸前的巨担,我几乎落下了驼背的毛病。被雨喆盯久了,我又害臊又害怕,便扭过头去,有些刻意地看向了餐馆门口,留下一个同样肥厚的侧面给她。

"你的大学怎么样?"雨喆指了指我。

"小学校。"

"小学校?我怎么记得你去的是康奈尔……"没想到雨喆把我曾说过的谎话记得那么清楚,一时间不知道是该感动还是难过。

"转……转学了。"我准备搪塞过关。

"转学?这学校比康奈尔好吗?"雨喆忽然好奇起来。

"应该……应该说是更适合我吧。"

"你可真厉害,还知道什么适合你。"雨喆嘲弄地笑了,接着又问

道,"学费呢,比康奈尔便宜吗?"

"好像更贵些。"

"那你可得好好读书,不然你爸妈……"

"别老提我爸妈。"

"怎么啦?"

我一时不知如何回答。坐在雨喆面前,原先在脑中演练过许多次的花言巧语,最终都会成为我难以启齿的恶俗话语。没等我说什么,她又追问起来:"最近是否还在读书?"

"读,白先勇的《台北人》。"

"很好看?"

"还算不错。"

"我最近读了你去年说的《了不起的盖茨比》。"雨喆有些神气地伸展了一下自己的胳膊。

"挺好的一本书。"

"我喜欢盖茨比。"

"一定不喜欢黛西吧?"

"猜得真准!"雨喆吐了下舌头。

"不难猜。什么时候能读到你的书评呢?"

"好多篇要写,这本要等等了。"

"没想到都轮到我来催你写书评了。"

"我一直在写,只是还没轮到《盖茨比》而已,而且我估计你很久都没写过吧。"

"《半生缘》你也可以看看,我可能很快就能把书评写给你!"我赶紧为自己转移话题。

"你可得自己写哦。"

"难不成你愿意替我写？"我感觉自己的脸上掠过一抹坏笑。

说到书评，我想起初中时与雨喆一起上学的日子。其中有一段铺垫，雨喆比我更早会骑车，每次我从送父亲的顺路出租车上下来时，多半能看见雨喆推着自行车走进校门的背影。雨喆骑车不快，推车更是一步一步毫不着急。她身旁的时间流逝得慢吞吞的，以至于我非常期待：如果能与雨喆一道骑车上下学，那么彼此多相处的时间一定不是用几分几秒可以计算的。于是，为了与雨喆一道上学，我下定决心学会了骑车。住我家隔壁的雨喆，就这样在几个周末里看到小区路旁磕磕碰碰的我，她笑话我笨，还怕摔，所以才骑得歪歪扭扭的。当时的我倒也没受什么打击，可事后想来，雨喆从那时起就已经打心眼儿里瞧不起我了。

尽管动机并不清晰，我的确试图为雨喆而改变自己。艰难地学会了骑自行车以后，作为邻居的我，顺理成章地成为陪伴雨喆上下学的那个人。从我们家到学校距离颇远，要骑过不小的小区园林，跨过一条不是很干净的河，然后再走一大段不算长，却满是坑坑洼洼的公路。那段公路说得上是崎岖难行，但那时的我只顾着看雨喆骑车的背影。我们时不时地会在路上说一两句话，基本上都是我先开口。直到许多次对话因雨喆不感兴趣而落空后，小说与书成了我们少有的共同话题。初二的雨喆喜欢郭敬明、张爱玲、安东尼、笛安和鲁迅，她认为他们的书情感充盈；而我则痴迷于故作叛逆的韩寒与孙睿，本应水火不相容的我们，却可能因着我们父母的亲近、她生得还算好看的脸蛋而让彼此渐渐妥协。终于，在学会骑车的两周以后，我读完了《幻城》《红玫瑰与白玫瑰》与《朝花夕拾》，雨喆也读完了《三重门》和《草样年

华》，我们能聊的话题明显增多了。

仅仅是阅读难以满足雨喆。作为语文课代表的她，在读完《三重门》后写了一篇满页的感悟，其中还包括她对Susan这个人物的理解，以及她对韩寒年轻时创作所带有的空洞感提出的质疑。说实话，初二的我没能完全读懂雨喆的书评，但为了继续与她骑行时的话题，我还是装模作样地说："这样吧，我也给那几本书写个书评。"

雨喆笑着说："好。"

冬日的上海，让我们呼出的气息化作带着薄荷牙膏清香的白色丝巾。初升的太阳照着雨喆的嘴角，亮晶晶的，尽管转瞬即逝，却是我日后每次置放自行车时总能想起的迷人光景。我的第一篇书评酝酿了很久。由于自觉水平不够，我很早就放弃了评论《朝花夕拾》的念头，随后又花了大量时间，纠结于是应该评价《幻城》还是《红玫瑰与白玫瑰》。最终我认为，《红玫瑰与白玫瑰》中带有一定量暗示男女情愫的内容，这或许对于我来说有些操之过急，不适合我循序渐进地发展与雨喆正在萌芽的关系。因此我决定重读《幻城》，争取为这部我感触实在不深的书写出一篇展现水平的书评。我依稀记得写书评的那几个晚上，刚好撞上老师不留情面地布置了大量作业。为了不让雨喆对我的兴趣过快地燃烧殆尽，我一边努力完成作业，尽全力挽留自己与雨喆说话的资格，一边熬夜重读《幻城》并进行摘抄点评，希望用超额的辛苦为我带来雨喆同样超额的兴趣。

可惜的是，初一的我当不了语文课代表是有原因的。我自己也明白那第一篇书评写得糟糕。我不留余地且重复地夸赞着郭敬明的优美语言，但除此之外，我几乎没有针对情节或书中流露的情感进行任何解析。雨喆说看完后，觉得我是个有些幼稚、没太多想法的人。她认为我的生活里缺少波澜，不见挑战,尽管家境不好不坏,但父母也算为我铺平了所有前行的道路。她估计我每天回家就是随便完成作业,然后空余时间都用来翻看孙睿一流的低俗小说,或是没日没夜地玩电子游戏。她希望我除了评价文本,还能更多地传达出自己真实的想法,包括与现实生活相连接,而不单单停留在肤浅的解读阶段上。应该说雨喆对我的判断有正确的一面,却也有偏颇之处。幸运的是,尽管我的书评写砸了,可我依然每天能在朝阳与夕晖中和雨喆一起分享一些称得上是平静美好的骑行时光。时间久了,她甚至愿意告诉我她母亲昨晚烧的水煮牛肉非常好吃,我也会告诉她我父母昨晚加班,两人回到家里后还吵了一架什么的。我决定再为雨喆写一篇书评。我依然深信"书籍是人类进步的阶梯",书本及其相应的笔墨时光将会是我与雨喆关系的突破口。

有了第一篇书评的教训,我深刻意识到自己的不足。雨喆说得没错,我的生活风平浪静,除了偶尔数学不及格,没有什么特别大的波澜,在这样的成长过程下,要吟诵出风月之苦实在是难上加难。可惜惨痛的经历与负面的心理状态不是说有就能有的,于是我开始游走于网络上各类讨论文学作品的论坛,寻找那些我认为会被雨喆中意的书评。这类内容读多了,我大体熟悉了他们的套路,要真让我模仿他们为雨喆写上些什么,无非就是把烦厌与痛苦刻画为血海深仇与鬼哭狼嚎,把淡然与相爱渲染成烟消云散与执子之手;可我实在对这样的描述与话语没什么兴趣,索性做起了互联网的搬运工。雨喆收到第二篇书评后觉得相当满意,认为我对文学的修养突飞猛进,并且有了更强的共情心。她说虽然我的书评还写得远不够纯熟,但只要继续阅读与练笔,有朝一日一定能更好地感悟世间冷暖与人生疾苦。

不过我的做法终究像以纸包火,不久后雨喆便发现了我无耻的作弊行为,可她除了像批评我第一篇书评一样说了几句,没有再对我过多斥责。这

样的生活并未长久地延续下去。高中，当我被父母送出国以后，就再没有人像雨喆一般同我讨论各种文学作品。英语老师会让我们读《奥德赛》《麦克白》《推销员之死》一类老旧的书，然后提出与雨喆不一样的要求，让我们不带个人色彩地对修辞手法及文体等无关痛痒的东西进行分析。我偶尔会把自己英语课的论文发给雨喆，试图将它们比作新版的书评，但最终都以她在大洋的另一端回复一句"我晚些看"而草草了结。在难以每天相见的那几年里，我不知道雨喆又有了哪些新的喜好和新的兴趣，可我知道她依然喜欢读书，每次回来见她，她仍会如往常一样向我介绍并分享自己最新的读书体会或心得。

时隔多年，当书评再次被摆上桌面，时光已全然没有了回溯之感，只能感到夏日的夜风徐徐，无情地把美好的燥热与我们共有的一些记忆抹去了。我不仅越来越不知道能同雨喆说些什么，如今单单是坐在她面前，都觉得麻木而彷徨。我曾经以为所谓成长与时间就是一剂麻药，让人渐渐失去知觉，然后被某些不愿坦诚面对的现实大卸八块；最终却发现，我并没有被撕裂，同行的人也没有被破坏，我们的被注射似乎就是最终的目的，一切仅仅是为了让我们昏睡过去而已。

烧烤被雨喆吃得七七八八，盘子上散落着零星的孜然粉和辣椒面。雨喆打了个嗝，一动不动。

"最近读了不少书吗？"雨喆问我。

"读了，基本上都是课本。"

"仍需要写那些分析文章？"

"主要是分析修辞手法或者作品架构什么的。"

"那的确有些无聊。"

"是没什么意思。"

"但你还是这么写。"

"没有改变的理由,这么写总拿A。"

"道理与改变往往并不同时存在:看上去改变总诞生在道理上面,可实际上,是道理一直潜藏在改变里边。"

"满口大道理。"我小声嘟囔。

"我的同学都说想出国,我也不知道为什么。其实,我想学的东西,好像国内确实也没教我,但我有时候觉得就算出了国,是不是也和你没什么两样?这样想来,应该也不比国内好多少。想要读的书,想要讨论的问题,不管是国外还是国内的老师,多半会说'这些不会考的',一笔带过。同学们也都跟着点头,完全没有思考的兴致。"

"小时候写作文还总爱总结,'某某真是一件有意思的事情',可越长大,反倒连这样敷衍的语句都写不出来,或者说都觉得没了意思。"

"我想学的和想做的……是一种,嗯,更倾向于精神论的东西。倒不能说那就是我想学的,但我希望我的老师可以依着自己想到的来教书,而不是依着课本,依着考纲,那样还怎么体现出老师的水平呢?"

"精神论?"

"简单说,我想写的是我想说的话。"

"美国那里和你说的状况差不多,我们写论文不让带第一人称。"

"就是禁止了主观感受。"

"类似吧。我们的教授说,客观的讨论更能激发我们对文本的理解,而精神层面的感悟应该留给个人;哲理与道理如果被拿来分享并作为一门通用语言的存在,很容易产生偏见,引发争执。"

"想想就很无聊!"

"不过很好拿分呀啊。因为这样就连文科都有了一个公式化的范本,虽说可以有不同的角度进行切入,但终不过是横着切或者竖着切的区别罢了。"

"你还很在乎你的分数吗?"

"其实并不在乎了。"

"那还是应该多写出你的真实感受。"

"或许吧。"

"都上大学了,就不要太一板一眼了嘛,怎么高兴就怎么写。"

"谁知道呢,没准儿会选一个不写论文的专业。"

"还没确定专业?"

"嗯,我那个大学比较晚。"

"无所谓啦,读什么专业也都可以自己读书嘛。"

"希望吧。"

等到我买单时,雨喆提出要"AA",而我假装大方地拒绝了。她见状,完全没有推托的意思,大方地对我说了声"谢谢",然后就一个人蹦跶着出了烧烤店,到左首边的小卖部买了一支绿豆味的雪糕,吱溜吱溜地舔吸起来。

"吃雪糕吗?"雨喆晃了晃手中的雪糕,问我。

"不了,怕胖。"

"怕什么呀,胖也没啥。"雨喆转过身,背对着我。

接着我问雨喆想去哪里。她说不知道,反正晚上没什么事,然后问我想不想周边逛逛。雨喆的邀约触碰了我的心弦,一时让我无比激动,没想到雨喆居然愿意在正餐以后还与我共处。我一边点头,一边在心里寻找着可能让雨喆愿意花更多时间与我在一起的原因。雨喆在前面领着路,像刚学会骑车时的我们一样,带着我在她已经生活了一年的校园里走走停停。交大的主校区被一条马路分成两块,从烧烤店往学生密集的方向走去,便能看到一扇矮矮的门。雨喆带着我推门而入,周围不时有黄皮肤、黑头发、操着普通话的学子经过,我却莫名地对这个同样是大学的地方感到陌生与孤独。雨喆见我放慢了步子,便转过身看我。街灯打在她的额头上,黑色的头发与偏白的肤色被染成稻田似的温馨模样。雨喆耷拉了一下脑袋,安静地质疑我为何走得这么慢。我一时不知如何回答,只能加快脚步,跟上她。

"左边是我的宿舍。"雨喆介绍道。

"看上去不错。你们几个人住一个房间呢?"

"四个人。这么说起来,我有个室友好像今天不回来住了。"

"我们那里最多两人一间吧。"

"那可真不错!"

"是挺好的。"

"我们打热水挺麻烦的,你们也要自己打热水吗?"

"我好像都不怎么用热水。"

"你都不像个中国人了,万准杰。"

"是吗?不像了吗?"

"至少不太像。"雨喆摸了摸自己的头发,"嘿,你在国外有没有学滑板啊?"

"没有。"

"我看好多老外滑板玩得好酷。"

"是上海这里吗?"

"嗯,经常能看到。对了,你在这里等我一下。"雨喆说着,往她的宿

舍方向跑去，一眨眼就消失在路灯朦胧的夜色里。

没两分钟，雨喆又小跑回来了。她跑步时矫健的样子与初中时跑八百米没啥区别，看起来游刃有余。雨喆带着一块青绿色的滑板回来，她甚至没打算解释什么，只是说了一声"走吧"，便将我往一片教学楼的方向引去。夜幕下，看不清教学楼墙壁上的纹路与颜色，只能看到一块又一块方砖似的楼屋堆叠在青年男女的一旁。如果不仔细观察，这些建筑看上去与我初中的学校差别不大，一时间我竟然有了返校的错觉。雨喆走到一栋楼前，从一楼窗户内透出来的淡蓝色灯光，点亮了楼前的一片空地。三三两两的年轻人在那里玩着滑板，聊着天，尽管看不清他们的模样，却仍能感觉到他们放飞自我的开心。

雨喆也加入了他们。她放下滑板，一只脚踩了上去，另外一条腿小心翼翼地蹬着。她的动作有些夸张，身子却还算稳当。旁边有几个高大男生见到雨喆，忙过来指导她。我心里陡生些许不自在，想离雨喆近些，但周围全是滑板的少男少女，仿佛用双足移动的人没有靠近的权利。我什么也做不了，只能在一旁傻看着。站久了，感到疲累，满身大汗，我便坐在了硬硬的水泥地上。雨喆看了我一眼，在黑暗中歪了一下脑袋。我对她笑笑，不过估计她没注意到。

月朗星稀的夏天夜晚，嬉闹的学生，不搭理我的雨喆。如水的月光映在发光的大学生身上，试图用冷色调为热情似火的学子们降降温。我坐在阴暗处，与漆黑的教学楼融为一体，同时有一搭没一搭地瞅着雨喆与其他学生一起在滑板上左冲右突地移动。我不明白雨喆带我来这里的目的是什么，她甚至没向我介绍这些教学楼分属什么学科，摆在我眼前的只是一个看上去多少有些荒唐的迷你游乐场罢了。可雨喆却深陷其中，懒得与我多说一句话。我浑身乏力气，一手托着下巴，以支撑我失望地凝望雨喆深邃的眼睛。

"我先走了。"等雨喆终于滑累了，我才着些不舍地开口道。

"那好。"雨喆的反应与每次离别时的我一样满不在乎。

"明年见！"

"嗯，记得多看点书，有好看的和我说哦。"

"那我走了。"

"再见！"

我没有走到那片淡蓝色的灯光里，而是沿着教学楼的边沿离开了雨喆的视线。我在校门口准备打车，可站了许久，也没见一辆空车，内心的沮丧可想而知。我在手机上用软件叫了一辆车，不料这交大的校门口难以定位，司机打电话同我说他已经到了，我却完全见不到车的影子。就这样前前后后又走了三个街口，才在刚才与雨喆一起吃烧烤的店家旁发现了那辆正等待我的车。烧烤店里热闹依旧，有两桌学生模样的食客好像在跟唱陈奕迅的《最佳损友》，他们的面前摆满了啤酒罐、生蚝、羊肉串与韭菜。陈奕迅也唱到了那句"有没有，确实也没有"。

离开交大后我做了两件事，一是给我的父母打了电话。近年来他们越发憔悴，在我面前也难掩疲态。父母让我回来探视的理由是我出国太久，他们常在心头挂念，但我明白这都是托词，他们无非是想让我多回家、早回家。我总是不知道雨喆是如何把这层隔代的情感表述得相对顺理成章，因为我与父母的沟通总是如我学自行车一般一路陡峭。

"哦，是准杰啊，回到酒店了吗？"电话的另一端传来了母亲的声音。

我看着窗外移动的高楼大厦，故作淡然地说道："嗯。"

"你那里怎么那么吵？"

"我在看电视。"

"见同学了?"

"见了。"

"怎么样?大家有变化吗?"

"差不多吧。"这时我想起应当是我问候父母,赶紧问道,"你们……你们怎么样了?"

"什么怎么样?"

"就是……身体、天气之类的。"

"突然问这个什么意思?不过说实话,不怎么样,最近莫名其妙地很湿,不舒服。"

"噢,这样。"面对母亲的坦诚,我忽然不知道接着该说些什么。

"你还要在上海待多久?"

"不知道,我还想自己再待几天。"

"什么意思?和我们在一起,你会不自在吗?"

"我不是这个意思。"

"那你尽快回家吧。"

"知道了。"

"礼拜天可以去我们之前去的那个教堂。"

"知道了。"

第二件事便是吃饭。由于晚饭时只顾着看雨喆吃了,我自己没吃几口;加之为雨喆点的多为辣口,我实在咽不下去,所以和母亲通完电话,我的胃已经在明确提示我需要加餐一下。也不能说我没有过犹豫,或许这正是扼制自己体形肥胖的好机会,可减肥对于胃口颇好的我,终究是一种折磨。于是我在酒店楼下的小食摊上买了一碗馄饨,吃着难得一遇的皮薄馅多的馄饨,我终于感觉好受些了。

在大学生活即将开始之际,我曾幻想着以此为契机,在接下来的四年中如何摆脱雨喆在我心中的困扰,成为一个不一样的人。可思念就像溶解在我生命里的毒药,时不时地会占据我脑海巨大的空间。实在难以阻遏的时候,我便允许自己悄悄地想一下,就一下。雨喆现在是不是还在同那群人一起玩滑板?如果她还在那儿,是不是因为那些人中有她中意的男生?那个男生是不是长得最高、最瘦的?不对,她应该已经回去了,已经躺在床上;她的脸上不会像其他室友一样有张面膜,手上却捧着本《了不起的盖茨比》。雨喆会一边读,一边用圆珠笔画线与做笔记,把白纸标记得密密麻麻。她一定会被盖茨比的精神所感动,等看完那本书,还可能心血来潮地买一盏绿灯放在房间里。她会写一篇很好的书评,发布在网上,发布在校园的杂志上,有识货的老师会赞许她,也会有喜好文学的男生爱慕她。

但我已厌倦了对这一切的想象,并希望这一切都能快些变得与我无关。

2

2017年的9月,我正式步入大学生活。我听着许巍的《风一样自由》,把自己高中的一批杂物收拾干净,挪进新住的房间。房间不算大,但只有我一个人住,所以倒也显得宽敞。我带的东西不多,装了床单,铺了被子,插上热水壶,把行李箱里不到十件的衣服和两三条裤子挂进衣柜,就算入住完毕了。从房间里透过窗户,可以看到小小一片的山坡景致,绿草地覆盖了近处玩耍的白皮肤或黑皮肤的学生。远方,一排深色的建筑冒出工业革命时期

般的黑烟。搬进宿舍的前一天，当地下了暴雨，没想到第二天太阳晴朗得不太像话，空气里的湿冷被蒸发得一干二净，只留下干爽凉快的感觉。

　　站在学校标志性的山坡上，回头望去，我看到自己的房间，里面的桌子、椅子与衣柜一览无余，这似乎在提醒我回寝室后一定要记得拉上窗帘。我往学生中心的方向走去，准备参加作为新生的一系列活动。对于这类活动，我一向比较反感。虽然我不会将自己定义为不合群的人，但我对形式化的互动与社交往往没有多大兴趣；好在只有第一天的活动是必须参加的，之后都可以选择提早离开。

　　我确实没再参加第一天过后学校为新生安排的相关活动，却还是在不经意间认识了不少新面孔。这些新同学的兴趣爱好、雄心壮志可谓五花八门，但我总无法将他们印在脑中。这让我又一次感慨雨喆的特殊。当然，我依然记得自己应当尽量摆脱雨喆的约束，可我尝试融入与尝试记住新同学的效果非常有限。我自然而然地很快放弃了这肤浅的社交，任由自己不时想起雨喆，又不时用理智控制住信马由缰的思绪。

　　大概在正式开学的三天前，一位姓朴的学长组织了一场饭局，说是要帮助大家认识同届的中国学生，交换联系方式，协助我们这届新生建立华人圈。其实这顿饭对我来说不吃也行，但我总觉得比起学校活动的无聊，这样的饭局应该会亲切而有趣不少，于是便决定一试。学长约我们在食堂见面，然后一起出发，前往镇上的餐厅。我到的时候，与约定的时间晚了一两分钟，食堂门口已聚集了一众黑头发黄皮肤的学生。人群中最矮的一个还蹦蹦跳跳，一会儿拍拍这位肩膀，一会儿调侃那位两句。我见他穿着带有学校标志的衣服，长相看着比大部分人都老成一些，便在心里暗暗认定他就是朴学长。朴学长点了一下人数，挠了挠头说："怎么还少这么多人啊！"一旁有人问他:"学长,你怎么还知道我们这届有几个人?"朴学长呵呵一笑:"凭感觉。算了,不等了,出发吧!"我们便跟随朴学长朝镇上走去。

我的大学是建在一片山坡上的,而小镇则在山脚下,因此去镇上往往被我们称之为"下山"。真正到了镇上,才意识到这并不是一个繁华的小镇。周五的上午,做早餐的意式或法式餐馆内空无一人,街上只有几个穿着破烂夹克的流浪汉。阳光从偏右首边的河畔挥洒到我们的身上,往那里看过去,是不高的、装修简陋的亲水楼屋。绿化不算茂密,秋天将至,却难以想象在这小镇里也会有落叶缤纷的景象。唯一颇有生气的竟然是亚洲餐厅最为密集的一角:泰国菜、中餐、日本料理应有尽有,老板娘们出来收货、聊天,看上去其乐融融,与灰蒙蒙的街道格格不入。

朴学长引我们走进了一家日式拉面馆,它的老板其实是个福州人,见我们都在说中文,老板也直接用有些发锈的中文为我们介绍菜单。没等上菜,朴学长就开始招呼大家彼此认识,他指挥大家自我介绍的样子,与我先前接触的带新生活动的学姐十分相似。介绍了一圈,大家装模作样地频频点头,搞得好像短短几分钟已经把这几十张面孔记全了。朴学长见集体活动完成了,便开始分配小组活动,让大家各自与周围的人交流聊天;他自己则起身,像监考老师一样游走于我们之间。朴学长站着的高度与坐着的我们差不了太多,我稍稍抬头,感觉就能触碰到他路过的肩膀。几个同学没什么话说,却不约而同地一起并排盯着朴学长,然后都不由自主地相视而笑,于是就自然地聊了起来。朴学长也的确有这样的本事,他总能自来熟地加入任意一组的对话,他身上始终散发着东道主般的独特魅力。

大家在勉勉强强的相识与寒暄中,结束了这份被强行拼凑出来的缘分。菜还没上完,相当部分的人已借故离去,可能是朴学长推荐的菜太难吃了,

也可能是想要结交的朋友都已对上眼了,剩下的拼凑就显得没有了意义,或者说纯属浪费时间或生命。这样想来,我周遭的同学们倒也不虚伪,装只能装一会儿,装久了若不是傻,那估摸着还有所图。正当我犹豫着是否也应该提前离开时,只见有个男生与朴学长攀谈起来。朴学长一边拍着他,一边叫他"基神",听上去十分诡媚。那个男生长相清秀,眼睛不大,圆圆的像两颗黑豆,下颌骨与鼻梁的线条分明,面孔硬朗又清新。他穿着一件看上去既不挡风也不保暖的黑色薄衬衫,里边是纯白的T恤。我想起来他的名字刚才自我介绍过,叫"谆基"。朴学长一口一个"基神",弄得谆基看上去十分尴尬。他本来似乎是有些与选课相关的问题要请教,结果被朴学长如此亲昵地问候了一番,反倒变得支支吾吾,什么也没问到。

朴学长与谆基说完了话,也走出了餐馆,追赶前面几个走得颇快的女生。谆基则在这时注意到了还没离去的我,露出令人放松警惕的笑,然后先开口道:"你是准杰吗?"

"是的,姓万。"

"这么巧,我叫汪谆基。"

"这怎么巧了?"

"我们名字的拼音缩写一样呢!"

我一想,还真是,比起朴学长组织的生硬饭局,这样的巧合更像是真正的缘分。

"你觉得好吃吗?"我有些不知道如何开启话题,看到桌子上正在被收走的空碗,随口问道。

"还行吧,在美国吃亚洲菜好像都这个味道。"

"什么味道?"

"糖加多了的味道。"谆基像一只要中暑的狗一样吐了两下舌头。

"你和那个朴学长很熟吗？"我有些好奇。

"没有，只是先前在微信上聊过。"谆基摇了两下头，语气里不带狡辩，应该不是在说谎。

"哦，原来你们之前就认识。"

"也不全是，是他莫名其妙地找上我的。"

"那你一定特别厉害。"

"哪有啊。不过你不觉得他有点奇怪吗？"谆基捏了捏自己的下巴，"怎么会组织这样的饭局呀。好尴尬，谁都不认识谁。"

"是有点奇怪。"

"感觉他的动机并不单纯，本来我是不太想来的。"

"可来的人也不少呢。"我试图为朴学长说上几句。

"证明这些人动机不纯。"

"那我们同样不纯啊。"

谆基嘿嘿一笑，似乎很想把自己摘在外面。

谆基在开学不久便成为我在这所大学内最亲密的好友。奠定我们关系的除了住得近，更多依赖于谆基的真诚与不挑剔。所谓真诚，要追溯到他形容朴学长"有点奇怪"；所谓不挑剔，无非是他总愿意主动提出帮赖在宿舍懒得出门的我带饭。我不得不感慨友谊的廉价，也由衷地感谢谆基的存在。从始至终，我都没有对谆基有多大的期待。这或许是雨喆的原因，我在心里所认可的"真诚"都会莫名地与"苦楚""分享"等不算正面的词语挂钩，可最终的事实证明，遇见谆基对多数人而言，的确是件值得窃喜的事情。

大约开学三周后的某一天，朴学长又在自己家里组织了一个欢迎新同学

的酒局。朴学长所住的独立房子在学校主校区外围一点的地方，敲开红色的门，先到的人们已三三两两地聚在了一起。每个人都打扮得有模有样，不是喷了香水，就是打了发胶。少数不擅长化妆的女生把眼线涂得非常奇怪，活生生像一个个过度加班的职员；而个别家境富庶的男生干脆一股脑儿把名牌套身上，在9月这样不算完全凉快的日子里，如同挂着时装的衣架子。

我穿过他们，看见了朴学长正用十分别扭的舞姿跳着奇怪的舞，摇头晃脑，好似癫痫病人。谆基拉着我来到摆满各类酒品的桌旁。桌子的另一端，走过一群学姐，她们穿着简单好看的短袖与背心，就听得有个女生尖叫道："我想抽草！"然后一群人跟着出了房间。

谆基开始向我介绍每一种酒，什么山崎、伏特加、威士忌、白兰地、朗姆，七七八八的一大堆。这些酒的瓶子上印的都是英语，我一时难以将那些字母与谆基口中的中文翻译进行准确比对。那晚我尝试了桌上的每一种酒，酒精从喉管坠入胃里，就好像雪山崩塌，掉落山谷的冰被地平面的温度融化。坦白地说，有好几种酒的味道我实在难以接受，尽管喝下后大多让我感到温暖，但其中更多的像是在直接灼烧着我的神经。不幸的是，在嘈杂的人声与混浊的空气中，我甚至没有办法让自己记住有哪几种酒是我不甚满意的。在那晚之前，我从未大量地饮过酒。我之所以轮番喝着各种酒，无非是因为我知道雨喆一定觉得这样的社交毫无意义且浪费生命。我倒不希望证明她是错的，但我至少想告诉她这么做是活得下去的，是在我身上同样合理、同样可行的生活方式。我摇摇头，有些发晕。谆基不再递来新的酒，他在我眼前挥挥手，测试我是否还清醒着。眼前的他越发模糊，我开始不受控制地想起雨喆。我的视线慢慢飘向窗外，似乎能看到雨喆站在街灯下等着我。她面无表情，我却觉得她满脸的嫌弃与嘲弄。

眨眼间，雨喆消失了。

我意识到自己醉了，好像在大声地说着胡话。

"你是不是失恋了？"有陌生的声音问我。

"失恋？呵呵，我都没有恋爱过。"我老实回答。

"看你这样子，不是失恋，就是家里出事了。"又一个陌生的声音接道。

"是……好像是……我家出事了。"我不明白自己为什么这么说。

突然，雨喆好像又出现了，我很想大声呼喊她的名字。我摇摇晃晃地追出去，没等我喊出来，便倒伏在学长公寓旁的一片草地上。

醒来后我才知道是谆基让我避免了在那样一个夜晚露宿校园，他把还未减肥成功的我一步步地拖回宿舍的床上。这让我异常感动，我对谆基这样说："下次你喝醉了，我也会扛你回来的！"

"如果连我都喝醉了，估计你已被埋入土里了。"

2017年的秋天算不上多事之秋。我在偶尔逃课与更加规律且节制地饮酒中度过了9月与10月。11月初，我的四门课里有三门需要写期中论文。这本身不是什么大事，有两门课的论文所要求的内容与结构，同我高中时的英语课十分类似，因此我很快就将它们解决了。

在完成这些论文的时候，我不由得默默感谢雨喆那么早就开始为我的写作水平提前做训练与准备。我的父母与同学们认为我在写论文方面的效率之高是一种独有的天赋，但我却不以为然。在经历与雨喆交换书评的日子后，写作对我来说就好像理科尖子生看懂了公式往题目里套数字一样，不过是偷梁换柱、查漏补缺的活儿。说难听点，在美国写论文于我或于雨喆看来，不过是在那群不是枯老凋零就是早已归西的作家的作品里没事找事；我们通常被要求不能使用第一人称，以避免过于主观的思想与情绪化的分析模式，可

　　最终当我拆开如《了不起的盖茨比》一类书的文本手法与所谓"风格"时，不过是一摊又一摊难以抑制的思绪罢了。当我带着两年来自雨喆的训斥开始了在美国高中的文学赏析，我频繁地被老师们批评"过于主观""缺乏对文字本身的理解"。尽管如此，写作业或写论文与写书评对我来说差别并不大，它们之间存在着较大差异，却又彼此影响。因此，就算雨喆一直很排斥我的流水账与填鸭式并存的写作风格，她对我提出的要求也变相地强化了我非主观地评价文本的能力。

　　这个秋天，真正给我造成了一些麻烦的是与谭基一起上的那节电影课的期中论文。论文的题目是基于新海诚导演的电影《你的名字》。我们的教授老奸巨猾地把电影开头那一幕日语标题"君の名は"的字幕给隐藏了，使得大部分同学苦不堪言：这门电影课就针对新生，对于我们而言，"期中"这个时间节点的到来，是因为我们自己过早糜烂的生活节奏与毫无干劲的生活作风变得顺理成章；困倦的少男少女们盯着那一行文字，很希望自己能多掌握一门语言。这种绝望的感觉没有蔓延到我们这些得利的黄种人身上。我与坐在不远处的谭基相视一笑，几乎是同一时间看向了彼此，然后十分默契地一起喷出来。

　　"你觉得好看吗？"下课后谭基问我。

　　"没什么意思。"我实话实说，这部影片我看到后面快睡着了，要不是期中论文占学期总分的比例颇大，我肯定只要眼睛一闭，便随它而去了。

　　"我也觉得没太大意思。"谭基摇摇头，接着说，"你想好怎么写文章了吗？"

　　"没想好。要我分析小说啥的都行，电影我真没分析过，连用什么词合适都不知道。估计得上网找找有没有现成的来取取经了。"

"你这算作弊！万一有人和你看了同一篇解析怎么办？"

"我靠，你是没看旁边那些老外，"我突然意识到自己的声音过大，赶紧调整音量，"他们都不知道这片子叫啥呢，怎么查？话说这部片子的英文名叫啥啊？"

"Your Name？"

"好像不是。好像叫Kimi No什么的。如果真是Your Name，他们早记住了。"

"Kimi No Nawa。"谆基顺着语感读了出来。

"你还会日语？"

"高中时一度沉迷于日本的东西，也不算什么特别难的语言。"

"我倒觉得特别难。"

"学一阵子就容易了。"

"你打算什么时候开始写论文？"

"我不着急，还有别的事要做呢。"

"什么事？"

"你说呢？"谆基用手比了一个"六"，然后把大拇指放到自己的下嘴唇上，头一仰，做了一个喝东西的手势。我们都心知肚明那是什么意思。

事实证明这篇论文比我想象中的难写。教授要求我们分析"声音"，而这一元素先前在文学分析里我从未涉及过。我一个人趴在图书馆的角落里，窗外的风吹走了离我很近的一棵树上的最后一片叶子，我知道东岸的冬天就要来临了。图书馆隔音很好，能看到小鸟飞、松鼠跑，却听不到它们的声音。声音带来什么呢？我问自己，试图在记忆里重现电影的画面，却发现除了男女主角有一搭没一搭地闲聊，或是莫名其妙地大吼大叫，我的耳朵没有

记录下任何有价值的内容。

  为了这篇论文，我在动笔的前一天晚上的酒局里，特地请教了另外一位学电影的学长。没错，又一个酒局，但我逐渐掌握了其中的规律与规矩，所以没再酿成什么麻烦。喝了两小杯兑了某种果汁的威士忌后，我在窗户旁发现了正在看着外面风景的电影学长。学长长得很高，北方人的长相，一头层次感颇强的卷发，在还不算特别冷的季节就提前换上了高领毛衣。我带着不知道谁为我倒的半杯酒，走到学长的面前，朝他打了个有些尴尬的招呼，便开始寻求帮助。学长的指导却十分含糊，满口都是"跟着感觉写""你当时看的时候想到了什么，就写什么"这样的对论文写作毫无启发的话语。我见学长说得云里雾里，确实没法提供什么帮助，便准备离开。他却突然一把拉住了我，追问道："看那电影的时候，你哭了吗？"学长有些醉醺醺的，说到"哭"的时候好像真要流出眼泪来一样。

  "没哭。"我诚实地回答。

  "好吧，我是哭了的。"

  "学长真哭了？"

  "是啊，看到好的电影哭不是很正常吗？"

  学长说完，又专心致志地对着窗外发起呆来。我没有道谢，端着酒离开了。其实那晚我不算喝了个烂醉，但终究还是不清醒。本来想着请教学长顺便喝两口热酒提提神，好回去继续写论文，没想到这一口接一口的，最终自己还是变成了一副烂泥的模样。

  第二天带着残留的宿醉坐在图书馆可以说是奇妙的感受。我在混沌的思绪中试图提炼唯一的一点理智来帮助我尽快完成这篇论文，但我实在无从下手，脑子晕乎乎地趴在桌子上像个死人一样动弹不得。旁边传来手指敲击木头的声音，一看，是谆基，还是一脸神采奕奕的模样。谆基虽然背着包，却穿着拖鞋和短裤，一边的耳朵插着一个耳机，一看就不像是来学习的。他的身旁站着一个女生，她穿着贴身的牛仔裤，显出她瘦弱异常的双腿，如果穿着短裤的是那双腿，我一定会想给她买一杯热咖啡暖身。女生的眼睛不大不小，鼻子圆圆扁扁的。在我大多能听说到的审美里，鼻子似乎越高越翘才叫好；可当我见到这个女生，我的心里便暗暗浮现着"什么嘛，圆鼻子怎么看都更让人想靠近嘛"这样的想法。谆基见我疑惑，便介绍道："这是特瑞莎，也在我们的电影课上。"

我故作随意地丢给特瑞莎一句："你好！"

"你好！我是孟笛，叫我特瑞莎就好！"

"我叫准杰。"

"好！"

"你看那电影哭了吗？"宿醉让我时间颠倒，我突然想到了昨晚学长说的话，便随口一问。

"没哭！那电影挺好玩儿的，为啥哭呀？"特瑞莎笑吟吟地说。

"这人能处。"我没敢直视特瑞莎，对着谆基说。

特瑞莎与谆基在我身旁的方桌坐下，他们拿出各自背包里如出一辙的"苹果"电脑与"乐事"牌薯片，"咔嗞咔嗞"地一边吃一边用手指头滑动着电脑上的触摸板。特瑞莎坐在谆基的对面，两个人丝毫没有尴尬的感觉，仿佛已是认识多年的好友或是情侣，尽兴地在这个不合时宜的场合享受一场别样的约会。

第一个一起写论文的半天里边特瑞莎基本上每过一个小时就要问我或者谆基一次："要不要去买薯片啊？"我一次也没回应过，倒是谆基每次都同

她去了,还总帮我也多带一包回来。

"给!你的薯片!"特瑞莎总是会递给坐在角落的我一包黄色包装的原味乐事薯片,自己手里拿的却是每次都不一样的颜色。

"谢谢。"

"不够还有咧,一会儿再去买,小卖部好多零食,不是要写论文都不知道!"

"这么说来你还挺享受写论文的?"谆基笑眯眯地问。

"那肯定不是,但有理由吃零食不错。对吧准杰?"

我点点头,继续在键盘上噼里啪啦。特瑞莎嘴里不断传出"咔嗞咔嗞"的声音,让我面前那包还没拆开的薯片看上去更加诱人了。

不断地买零食与不断地吃零食只是特瑞莎展现自己无法一心一意写论文的方法之一。在我们吃完一顿简单的晚餐后,她似乎没了兴致再像下午一样扑在那篇还未完成的论文里,而是把穿着运动鞋的脚跷在了桌上,用非常不雅的姿势试图让谆基与我陪她聊天:

"谆基,你和准杰怎么认识的?"

"学长组织的那个饭局。"谆基一边敲字一边答道。

"噢,你们也去了?哦对,我见到你了那天!但我没看到准杰。"

"他没说话吧?"谆基推了推我的椅子。

"对,我可能没说话。"我随口应道。

"你是故意的吗?"

"当时人太多了,而且一个都不熟,说什么都觉得奇怪。"

"你还挺怕生的,跟我家猫似的,家里来新人,给它喂吃的,一口都不吃,就躲在小屋子里偷偷看。"

"我怎么就成猫了?"

"我就打个比方，难道你想被叫成狗？"

"那还是猫吧。"

"好啦，开玩笑的，你和猫一点不像。猫怎么着还是会抓耳挠腮地扑腾两下的，可你那天一点动静也没有。"

"光顾着吃饭了，或许。"

"我和你出去转转？我想再买一包口香糖。"谆基打断并提议道，他突然的邀请显得有些生硬。

"好！准杰，你要什么吗？"特瑞莎欣然接受了邀约。

"不用了。"

"成，那走吧……狗子！"特瑞莎起身，他们俩就又一次中止了论文的写作。

第二天，我上午9点左右就带着一片香蕉面包和一杯茶回到了第一天所坐的位置，而差不多三个小时后谆基与特瑞莎也各自带着一包薯片朝我的座位走来。这天里基本上就是谆基与特瑞莎你来我往地讨论与了解对方，谆基问特瑞莎在哪儿上的高中，特瑞莎说在北京。谆基就追问是北京的哪个高中，特瑞莎说了个我没听过的名字，谆基便思索片刻，想出了几个名字问特瑞莎认不认识，特瑞莎说不认识，谆基便有些郁闷地念道："好吧，但我是听过你们学校的。"除此之外，特瑞莎还与谆基讨论起了朴学长。我无意中提起了谆基在离开那个饭局前请教过朴学长选课相关的事宜，特瑞莎便有些惊讶地搓了搓自己白净的脸，一个劲地问谆基朴学长到底是什么样的人，顺带地试图了解为什么谆基会和朴学长那么熟之类的。谆基有些敷衍地搪塞过关，说并不是自己要和朴学长熟，是朴学长先找上来的。特瑞莎一边听一边用做笔记的圆珠笔尖有节奏地戳着桌子，白色的桌上慢慢地被扎出一个蓝色的小点。

　　在这两天里，我频频感慨特瑞莎感情细腻，且心思天马行空。不算复杂的情节，或是几幕在我看来意义不大的景象，能被她解析出数种极具说服力的答案，尽管这类答案在特瑞莎的总结后显得大差不差，举个例子："缓慢的音乐，男主可能伤心了，男主和女主是不是一个人？是，所以女主可能也伤心了。女主伤心了，那这里的配乐是不是和女主有关联？是。这配乐是不是最初先和男主有关系的？是。所以可以得出男主与女主是具有强烈共存性的，在配乐以及画面安排等资源的分布上，导演显得十分中立。"这样一个结论，特瑞莎能七拐八绕地再想出两三个说法，看上去截然不同。不仅仅是我，谆基也对特瑞莎五体投地，我们俩一边奋笔疾书完成论文，一边不断重复要在事成之后请她吃饭。特瑞莎总会在这时一边欣然地接受我们的夸赞，一边真诚地咧嘴笑我们俩像木头一样，这么简单的分析都做不出来。

　　我在特瑞莎的平易近人里感受到了一些我几年来在雨喆身上从未感受到的，但又确确实实存在的我对异性的期许。尽管这听上去俗套又不公，我在我的性别内也绝对算不上优秀，但特瑞莎却从不因此而对我鄙夷，反倒一直用相当平等的态度面对我与谆基。这让我感动异常。从某种程度上来说，特瑞莎与谆基非常相似。他们都是慷慨又尽力的人，不管是对任何人还是任何事。虽然我能证明这一论断的唯一证据只有自己，但我不介意让自己听上去再愚昧低劣一些，以让他们得到他们确实值得受到的赞许。

　　谆基早在我第一天见特瑞莎的时候就与我在微信上坦白了他正在追求特瑞莎。这两天的时间里，谆基与特瑞莎进行了大量的高质量讨论，他们对电影中人物的性格、家庭背景，甚至可能代表的星座、血型进行了探讨与研究；除此之外，他们还反反复复地把电影里的几首背景音乐听了数遍，以至于我们中途一道去食堂拿饭的时候，特瑞莎与谆基已经能一起异口同声地哼

着电影里的那首标志性的《Zen Zen Zen Se》。他们总唱副歌的第一句,之后的歌词,他们都记不清了:

"从你的前前前世开始,我就一直寻觅着你的踪迹。"这是那句歌词的意思。不懂日语的我之所以能记得,是因为特瑞莎在一次哼唱结束后,自顾自地为我与谆基进行了翻译。我笑着对谆基说:"这么巧,她也会日语,你也会日语。"谆基却装傻,说:"我不会啊,还是她比较会。"特瑞莎听了后,一脸神气,却又故作谦虚,含着笑将脑袋扭向夜里摇晃着的街灯,融入那黑白难辨的景象里。

我在写期中论文的这几天里,没有换过位置,始终坐在图书馆角落的单人书桌旁;对应地,谆基与特瑞莎也从未离开过那方桌。他们相亲似的面对面交流,就这样进行了两天,我倒也不觉得奇怪。深秋的美国东部总被世俗地称作浪漫,当树叶与温度标准地变成金黄来到低点,没有边界的校园在一瞬间里变成了打满了金箔的迷宫,看不到出口却依然让人深陷其中。

提交了期中论文两周后的一天,谆基刚好有点作业上的事情要去请教教授,之后好像还要去参加一个同学的生日会,所以没法帮我带饭,我只好独自去了食堂。谁知一到门口,我便撞见了也正走进门的特瑞莎。我朝她打了招呼,她应了一声,然后问我要不要一起下山吃饭去。我其实已经知道了谆基那天有事,但出于为谆基的考虑,还是对特瑞莎说要不要先问问谆基。特瑞莎说没必要问了,谆基不是要去生日会吗?我说我们就在食堂简单吃一点算了。可特瑞莎仍坚持出去吃,我心里想着只是吃顿饭,应该也不是什么大事,便答应了。

天空阴阴的,冷风飕飕,特瑞莎戴了一条白色与灰色相间的围巾,看上去毛茸茸的,像缠了一只狗在脖子上。那天的云特别多,在没有暖色调的世

界里，特瑞莎依然穿着显眼的红上衣，活像废弃的人造川流里钻出脑袋的河童，有种出人意料的可爱。

往餐厅的路不远，下山约几百米，便是餐厅的位置。这不是我第一回去那家中餐馆，可我总忘记去那里的路，每次去都要掏出手机仔细看一番地图。特瑞莎见我打开了导航，二话没说就掐掉了我的手机，而且没等我说什么，她就说："那么近的餐厅还看导航呀，反正都在附近呢。"

除了自信地当我的指路人，特瑞莎一路上东张西望，还不停地振振有词道："你看那栋房子修得真好看，我将来也想住那样的房子。"

"你看，这家人种了这么多花。"

"哇，这家人的垃圾桶真是够臭的。"

走了不到十分钟，经过几幢教学楼及一片住宅区，再低头穿过一些没有被修整的、已经干秃了的树枝，便能看见那家写有"亚洲餐厅"字样的中餐馆。棕色的木质店门、没有刷漆的砖头外墙，乍一看，并不能让人产生推门而入的欲望。餐厅里面呈现十分家常的装修风格，服务员是亚洲人面孔，用带着些福建口音的普通话招呼我们入座，然后为我们端上两杯水，特瑞莎说了声"谢谢"，便开始研究起那张菜单来。

特瑞莎思量了好一会儿，终于叫来了服务员点菜。我要了黑椒牛肉，特瑞莎则要了左宗棠鸡，她还特意让服务员把配的米饭换成了蛋炒饭。服务员问还要点别的什么不，我说不要了。特瑞莎又盯着菜单停留了几秒，说算了，再来一份葱油饼吧。服务员记下，心满意足地离开。

"嘿嘿，都想尝尝。"没等我发问，特瑞莎便解释道。

"是有点多。"我接道。

"你最近忙吗？"

"不忙。写完期中以后就没什么事了。"

"对,说到期中,气死我了,你竟然是A-!"

"怎么了?我也花了不少力气。"

"你那两天这也不懂那也不懂的,那个歌还是我帮你找的歌词吧!"

"倒也没错。"

"怎么就能拿了A-呢?"

"你是多看不起我?"

"谆基也才拿了B+!"

"又不是多难,知道怎么写了就行。"

"看来你很会写。"

"还好吧。"

"不要谦虚,就是很会写吧?"

"初中时候练得多了而已,你写多了也一样的。"

"初中就开始为大学做准备了?"特瑞莎似乎是被逗乐了。

雨喆的身影隐隐浮现,我试图靠摇一摇头来甩掉脑中的她。

我装作不太在意地低头划起了手机。特瑞莎则没打算让这短暂的沉寂继续,她问我道:"你平时都和谁玩?"

"我?谆基。没了。"

"就只有他?"

"嗯,只有谆基。"

"所以你其实更喜欢一个人咯?"

"我也不知道,我这不是在和你吃饭吗?"

"那你是不是觉得我挺有意思的?"特瑞莎直白得难以置信,一边抠了

抠自己的手指甲，一边邀功似的盯着我。

"你还行。"

"真荣幸！"特瑞莎好似发自内心地说，"那谆基也是咯？"

"他也挺好的。"

"嘿，读过《麦田里的守望者》吗？"

"高中课本，读过。"

"《挪威的森林》呢？"

"读过，初中时就读了。"

"你觉得你是更像尼克，《麦田》里的霍尔顿，还是更像《挪威的森林》里的渡边君呢？"

"我觉得都不像。"

"我觉得你像渡边君。"

"可能你更喜欢日本人，对哦，你还会些日语。"

"我怎么就会日语了？"

"《Zen Zen Zen Se》。"

"噢，知道首歌就算懂日语啦？"

"算是。"

"哎呀，现在人多多少少都会说几句吧？我是因为喜欢看日剧，看多了就会了。"

"我就不会。"

"我也不是用日语读的《挪威的森林》。"

"那我知道你说的是哪位渡边君了。"

"有点孤僻那个？"特瑞莎嘴角一抽，像是想到了什么开心的事。

"有点无聊那个。"我冲她翻了个白眼。

这时,服务员便先端上了一叠葱油饼。特瑞莎说了一句"吃吧",便自顾自地吃起来。

窗外的树木尽管都没了叶子,但在密布的乌云下依然显得格外荫翳。它们随着晚风轻轻摇晃,但已没有了叶子为之落下或飞舞。枯木还屹立在没有什么人烟的小镇里,不知道在守着什么。特瑞莎望着餐厅窗外的那棵树木,我也随着她的目光看去。四周十分安静,好似万物都准备好了迎接冬天的到来。

"我能不能尝一尝你的呀!"特瑞莎突然问我。

"你用我的筷子夹吧,没用过。"我用的叉子吃饭,方便直接铲起一坨米饭。

"你还有洁癖!"特瑞莎掰开我面前未拆封的筷子,然后迅速地夹了一块牛肉过去吃,"还真不错呢!"

"挺管饱的。"

"你怎么这么能吃米饭,你把我的也吃了吧!"特瑞莎见我两分钟不说话,半碗米饭已经没了,便关心地问道。

"那行。"我没打算客气,自然地接过了特瑞莎没吃两口的饭,并把她碰过的那一层挖开,将剩下的饭倒入我的碗里。特瑞莎似乎在忍着笑,她吃着左宗棠鸡,嘴角沾上了橘色的酱汁。

"你还是挺能吃的嘛。"特瑞莎小心翼翼地发出感慨。

"嗯,显而易见吧。"我能感觉到自己腰间的肉在颤动。

"这又没什么大不了的。"

"我也觉得。"

"你有时候可以和谆基一起去健身啊,他天天去。"

"我没这个习惯。"我冷静地回应。

"你瘦下来一定好看的。你看那谁……彭于晏!"

"那又怎样?"

"到时候你就不用只和谆基玩了。"

"大学生都这样肤浅?"

"不瞒你说,的确。"

"包括你?"

"包括我。"

我试图反驳道:"你这话说的,谆基也不差吧。"

"他当然不差!"特瑞莎一边继续吃着我的牛肉一边嘟着嘴想着,"可我还是觉得你也可以让自己精神一点嘛。"

"瘦下来就够了?"

"我觉得差不多了。然后多到外头走走,少自己待着,没事多出去发展发展别的兴趣。"

"可我没啥别的兴趣,也不喜欢出门。"

"那你可真是赏脸,还乐意和我一起出来吃饭。"

"我也不知道自己为什么会来。"

"你不会喜欢我吧?"

"哪有你这样问人的?不喜欢,绝对不喜欢。"

"那就好,那就好。对了,期中考试,看那部电影的时候,你哭了吗?"特瑞莎跳跃的思维让我不禁又一次想起她总没写两行字就已经开始琢磨下一包薯片吃什么口味的模样。

"没哭。"我突然想到电影学长也问过同样的问题。

"你真的没哭？我周围的人都哭了，甚至还有那种穿背心的运动员样子的白男，难以置信！"

"真的没哭，而且我没记错的话，"我回想了那天下课后谭基一脸无所谓的模样，便推断说，"谭基应该也没哭。"

"他哭了！我就坐在他旁边。他骗你而已。"特瑞莎笑出了声。

"那好吧。我本来以为他不会哭的。"

"那种电影看着看着都会哭的吧！"

"没觉得有什么好哭的。"

"不觉得被感动了？"

"不觉得，没啥情节。"

特瑞莎皱起了眉头，一边咀嚼，一边开始念叨着："性格这么不坦诚，那还是减肥吧。"

"非减不可？"

"非减不可。"特瑞莎笑着点头。

我无奈地翻了个白眼，继续专心吃起盘里的饭。特瑞莎理解了我白眼的意思，便也不再继续数落我。我们各自安静地吃了一阵饭，特瑞莎似乎是要吃完了，悠哉地问道："去过山下的湖吗？"

"我们这儿有湖？"我确实没听说过。

"还真有。我之前也没想到，虽然是个小地方，但也算是有一半程度的'有山有水'了。"

"好吧。"

"之前谭基带我去了，也许你该去看看。"

"能有什么好玩的，不就是片湖吗？"

"知足吧,我们这种地方,有片湖就不错了!"

"你说得有道理。"

"下次一块儿去吧!"

"再说吧。"

"哎,好多人都不知道那里有片湖呢。谆基是一直知道的,他说他老早就看过地图,晓得往山下一直走,在山下的山下,再山下,那儿有片湖。其实路也不太远,但经常大家觉得看到街上那些餐馆,应该就是最山下的地方了吧,没想到再往下去些不远,就是那片湖了。"

"那湖有名字吗?"

"那肯定有。但因为没人知道它在那儿,大概就变成没有名字的了。"

"我估计也不会去。"

"为什么?"

"你和谆基都去过了。"

"你可以和别人去嘛!"

"也许没别人了呢。"

"别这样想嘛。"

"有你们就够了。"

"有的猎人一辈子只抓野猪,抓到一只,就盼着靠它吃上个把月;有的猎人每天忙着追金丝雀,结果只是想把它养着玩玩,没玩两天,也就扔了。"特瑞莎说了句有些莫名其妙的话。

我愣了愣,问道:"你是哪种呢?"

"我是只猪雀。"

"朱雀?"

"野猪的猪！"

"不做猎人也可以吗？"

"我觉得是可以的。"

"真那样觉得？"

"当然。"说完，特瑞莎笑了，夹走了我面前的最后一块牛肉。不知不觉中，这顿饭进入了尾声，我才意识到自己这餐吃得并不多，还能感到些许饥饿。天已经完全黑了，我们看不清窗外的树木，也看不清周围高低错落的房屋，一时间，我与特瑞莎都无法用双眼分辨自己是身处密林还是城市。我招呼老板买单，特瑞莎掏出银行卡准备支付她的那份。我或许是出于过往与雨喆交往的习惯，竟然下意识地想为她买单，同时象征性地问了句："要不然我请吧？"特瑞莎看上去倒也不诧异，十分自然地回了句："那行吧！"便将手中的银行卡收了回去。我一时哭笑不得，好在这餐吃得也不贵，只不过算下来自己没吃几口，觉得还是有些亏的。

我与特瑞莎一起从山下的餐馆走回学校。黑夜里，下山时路过的房子这会儿都亮起了灯。特瑞莎双手放在身后，步履轻盈，像是正揣着喜事似的。我加快脚步，试图跟上她。我享受与特瑞莎在一起的时间，一种纯粹的、令人安心的快乐。如果更精确地归纳，是我并不想这种感觉有任何进展，既不希望它退化为一场她与我对着大笑的闹剧，也不愿意让我们之间产生任何更为复杂的情愫。与特瑞莎的有一句没一句，似微醺后温润的、静止的睡意，我不想昏睡着进入梦乡，更不想看到黎明将至。

那晚，我与特瑞莎一起在某位不算熟的同学家里喝到了半夜。特瑞莎不算能喝，比谭基酒量差上不少，可她那晚却莫名地很有兴致，不断强调自己百杯不倒。她一边喝，一边爱抚着学长家里的一条毛毯。特瑞莎见我没事

做，也没人说话，便拉我过去，与她一起抚摸那条毛毯。

"是不是很软？"特瑞莎这样问我，然后指了指一旁的一个女生，摇摇晃晃地自言自语道，"她怎么样？"

"什么怎么样？"

"可以试一下。你看都没什么人和她说话。"

"你在说啥呢？"

"你是真的不想谈恋爱？"

"我也不知道。"

"你怎么什么都不知道？"

"因为我不确定。"

"不确定就去和人家说说话嘛。"

"你喝多了。"

"我没有。"

"你有。"

"和你说说我吧，你愿意听吗？"特瑞莎的脸颊红扑扑的，眼神却无限地下坠着，像是十分幸福，亦像是十分难过。

"说什么？"

"就是我的故事，想听吗？"

"我好像也没多大兴趣。"即便是喝了酒，我也希望特瑞莎与自己保持距离，可潜意识里，我似乎有彼此更靠近的欲望。为什么会有这般反应呢？

"可我想和你说。"

"为什么？"

"因为我感觉你像个守口如瓶的人，像个哑巴……不对，更像个瞎子。"特瑞莎一边说，一边把头仰着，对着天花板吹气，好似出水换气的鲸。

"为什么更像瞎子？"我不解而又苦恼地笑了笑。

"不叫哑巴开口，没人会知道你是哑巴，但只要见到瞎子，我们一眼就能明白眼睛出了问题。"

"没听懂你在说什么。"

"就是没人乐意搭理你。"

"光凭一顿饭就能判断？"

"差不多。总之，你不会和别人说吧？"

"我也没有可以告诉的人。"

"我想也是。"特瑞莎似乎有些冷，搓了搓手，"那我就说了，你随便听听呗。"

"行，你说吧。"

"我被性侵过，小学的时候。"

"我忽然不想听了。"

"可我确实想告诉你嘛。这事其实没那么复杂……我比较早熟，这我不害臊的，你可以知道。因为我有个姐姐，我小学一年级时，她就给我看过黄片了。等到我上小学三年级时，有一天我提早回了家，乍一看房内没人，结果听到一阵奇怪的声音，就在我爸妈的房间里。我可紧张了，以为是小偷，我还去厨房拿了剪刀，因为我那会儿还拿不动那把死沉死沉的菜刀。总之，我推开门一看，是我叔叔在用我爸妈的电脑看黄片，一边看，还一边脱了裤子在那儿自己解决呢。叔叔看到了我，先是吓了一跳，然后他就呆在那儿不动了几秒，接着不知怎么回事，就朝我冲过来……"

"我的天啊，你别说了！"即便是微醺，我依然难以直截了当地接纳

这样的故事,尽管我明白特瑞莎才是应该难过、选择收或放的人。而我对这个故事的抗拒,就算是无心之举,也无异于一种大不敬。这话说完我就后悔了,可特瑞莎却并未因此责备过我,那晚没有,之后也没有。

"你反应那么大干吗?先听我说嘛。"

"你可以继续说,但如果你不想继续说了,就别说。"

"我想。"

"那你说吧。"

"都过去了。我都不在意了,你紧张啥呀……总之,当时我被吓哭了,任凭叔叔怎么哄都没用。等我爸妈回来后,我便告诉了他们。我妈妈一直哭,一直哭,哭到最后好像眼睛都哭出血了。我爸爸狠狠地揍了我叔叔一顿,揍得他满脸是血,最后还被送去医院缝了几针。但这件事,我爸不让我告诉我爷爷奶奶,说他们身体不好,知道了会出事。巧的是,我爷爷奶奶就是在这件事发生后先后生了大病,爷爷先走,过了半年奶奶也过世了。我一直都不相信所谓的诅咒,但爷爷走的那天,我总觉得是我爸在某种程度上诅咒了他,从而让预言成了真……"

特瑞莎自述的时候,我能看见她精瘦的手臂上浮现出一根一根的青筋,它们仿佛正连接着旧时的她,在酒精的催化下膨胀并紧绷着。我不知道特瑞莎是否正在使劲,还是她的手臂本就有如此多的脉络可以追寻。

"那么你的那个……叔叔,后来怎么样了?"

"怎么样?开始的一段时间,他被限制不能再与我有接触,连我爷爷奶奶都觉得奇怪,为什么我开始躲着叔叔。然后爷爷奶奶走了,我爸就把他赶出家门,我们再没有任何往来,包括在我们家里,也没人再提起他。"

对于特瑞莎童年时不幸的经历,我选择放在心底,装作没听见一般。"这种往事我宁可没听到过。"我说。

"我也宁可我没讲过，不过今天在你面前，我好像做不到，我也不明白为了什么。"

"我没有别的意思，只是我不知道怎么消化它。"

"没什么好消化的，吞下去，让它横在你身体里就好了。对大部分人来说，没多久它自己就会不见了。"

"总之，对不起，竟然让你想起这些。"

"没事儿！"特瑞莎眯起眼睛笑了，圆圆的鼻子让她看上去像个乖巧的木偶，"但对我来说，这确实不是忘得掉的事情。我很希望能……能和很多人说，或许有一天，有人会和我一样一直记着这件事，那也算是件好事呢。"

"那你还和我说？我可不会让很多人知道。"

"还没到时候呢，我也没准备好……就先让你这样的人知道吧。"

"会有人记住的。"

"什么？"

"你的事情。"

"会是你吗？"特瑞莎擦了擦嘴边的一滴晶莹剔透的酒问我。

"尽力而为。"我不敢直视特瑞莎，小声回复。

"那我也会尽力。"

"共勉。"

"还没有喜欢上我吗？"特瑞莎开起了玩笑，我却注意到了她正不停地把手一遍又一遍地抹向自己的衣服，仔细一看那偶然朝向我的手心里，果然有隐匿的汗水慢慢渗出。

"没有，很抱歉。"

"那你真是太棒了。"

"所以,"我觉得自己该说些什么相关的话,"你是因为这事才想出国的吗?"

"没想过,不过有可能吧。"

"谢谢你告诉我。"

"可是你呢,看上去好像什么也不想说,什么也不想做,为什么要出来呢?"

"我也不知道。"

"是不是因为你什么都不知道?"

"关于这个,我还是不知道。"

"不知道就算啦。"

"我们刚刚在说什么来着?"我没打算继续这个深刻的话题。

"金丝雀和野猪。"

"什么乱七八糟的。"

"你有没有故事呢,小万同学?"

"没有吧。"我想到了与雨喆有关的事,但我打算对雨喆只字不提。

"不知道就是有,只是你不想说罢了。"

这时,口袋里的手机开始振动,是谆基在联系我:"在哪儿呢?"

"喝酒。特瑞莎也在。"我回复。

于是谆基一会儿就出现在我们所在的公寓里,并把讲完故事后独自喝高了的特瑞莎带走。我和谆基一起走在回宿舍的路上,三个人,唯有特瑞莎发出晕乎乎的呢喃声。

下雪了。在这样一个充满节日氛围的星期五,明明不是什么特别的日子,缓缓落下而后渐渐堆积的小小晶体,让我们路过的寝室突然间此起彼伏地发出尖叫与欢呼声。这是一场难以被刻画与记录的雪,黑夜里,纯白的缤纷无非是一场混乱的冻雨。然而对期中结束不久后的大学生们,却在这样根本看不清雪的模样的时刻找到了为某样东西笙歌的理由。许多窗户的灯突然亮了起来,投射出来的光照在落下的雪上,那雪便与空气一起变成了白炽灯光般无力的惨白。我出门时并未想到会下雪,所以只穿了一件普通的长袖卫衣,透明的雪花很快沾在我的领口上,下巴碰到后感觉很冷。谆基来的时候套着一件深蓝色的风衣,但里边也只有一件短袖T恤。他把风衣套在特瑞莎的身上,自己则哆嗦着在寒风中行走。

"多穿点啊哥们儿,你不冷吗?"一个棕色头发的男生从窗户内探出脑袋,握着一瓶还在冒气的香槟说。

"不冷!"谆基头也不回地继续往前,我注意到他的手臂的毛发上结了霜。

谆基问我知不知道特瑞莎的房间是哪个,我说不知道,只知道她住哪一栋。谆基说那怎么办,我有些微醉,一时也想不出法子,就说:"要不然就带到你房间去吧,你不是有地毯吗?你睡地毯上就行了。"谆基说那可不行,特瑞莎万一不同意怎么办,这与性骚扰无异。我有些不耐烦地摇了摇特瑞莎,她完全没了反应,便对谆基说,你自己老实点,啥也别干,实在不行让她睡地上,这样她也不至于不乐意吧。谆基仍有些犹豫,但最终还是把特瑞莎带回了自己的房间。我正要同他道别,他却叫我先别走,让我看着他把特瑞莎安置在那块地毯上睡下,然后对我说,你记住这画面,明早过来肯定还是这模样,你可要替我做证,我什么都没做啊。我说得了吧,真要做证我得一晚上都待在这里。谆基想了想,觉得有些道理,终于放我走人了。我回去以后感觉有些不尽兴,自己又倒了点之前与谆基喝剩的葡萄酒。仅喝了两

口,我突然想起特瑞莎喝酒时说的往事。谆基看上去正人君子的模样,何况他正在追特瑞莎,应该也不至于做出什么出格的事情吧。我没再多虑,喝完酒后,趁着去洗杯子的间隙,我经过谆基的房间时顺便听了听,门缝里已不见光线,房内也没了任何动静,我估计他们应该都睡了,便安心地回去。

  第二天早上起床后,我收到了谆基的微信,他说他和特瑞莎开始交往了。我在表示恭喜和祝福的同时,也不忘给特瑞莎发了条信息,特瑞莎的反应倒是意外地冷静:"你知道了?"

  "谆基说的。"我回复道。

  "不是什么大事,别大惊小怪。"

  "怎么不是大事?恭喜脱单!"

  "不就是多个男朋友,不许小题大做了。"

  "也算是值得纪念的事情。"我给特瑞莎发了个"大拇指"的表情。

  在特瑞莎与我通完信后,我安心地走进了厕所。一旁的窗户是开着的,我在便器前哈出的气变成了白色的烟,昨晚的酒变成了尿,尿带着热腾腾的温度。我想到电影里看到的口含酒,我与谆基、特瑞莎各自咀嚼了些什么,又吐出了些什么。至少从大学伊始至今,我也最多比他们少吞咽几个朋友、少参加几次聚会,可为什么外面的雪都似要将自己的诞生归功于他们,而我却只能捧着满满的"无为"匍匐前进呢?

  特瑞莎与谆基一起来敲我的房门,谆基有些羞涩地问:"去吃午饭不?"特瑞莎看上去倒是十分轻松,左顾右盼,而最终总会落在谆基身上的眼神还是出卖了她的心虚,活像个明明说着什么也不要,路过玩具店却怎么也拽不走的小孩。我答应了他们,随便多套了一层卫衣就出去了。出门前,我看到手机上弹出来自父亲的消息:"冬天了,注意添加衣物,不要冻着。

悄悄一问，最近有无心仪的姑娘？学费已汇，不必担心。"

外面很冷，但没有想象中的冷。和谆基、特瑞莎走在路上，我下意识地往另一旁靠了靠，让他们俩靠在同一侧。向右边看去，特瑞莎与谆基正经过那片已经变得洁白的草坪，这样，两人看上去也呈洁白色了。

谆基感叹："好大的雪！"

"上海下雪吗？"特瑞莎问。

"有时候下，有时候不下，但还是看得到的。北京呢？"

"下，每年都下。"

"下雪真好！"谆基侧过脸去，看向特瑞莎，莫名地笑了起来。

"这里的雪积得真快，楼少了，感觉看起来堆得更多了。"

特瑞莎弯下腰，一个扑腾倒进了雪中。谆基看着她，有些犹豫的样子，却也很快躺了上去。特瑞莎哈哈大笑了起来，然后对我大声叫道："你要不要来试试？"

"不要。"我实在没有兴致。

"准杰，南方不下雪吧？"谆基哆嗦了两下后问我。

"不下。"

"这是你第一次看雪？"

"不是，我初中在上海的时候看到过；高中，在俄亥俄，也看到过。"

"噢，那你是不稀罕了！"

"真不下来吗？"特瑞莎俨然已经与白雪融为了一体。

"不下来。"我确定地回道。

谆基与特瑞莎起身，他们一边被冻得直哆嗦，一边缩着脖子，冲着对方傻笑，仿佛彼此互为一面镜子，满意地注视着自己诚恳而又幸福的样子。而

当他们终于起了身，我随他们朝食堂走去，看着海市蜃楼般的雪景，心里渐渐地不是滋味起来。或许谆基是对的，或许特瑞莎也是对的，可我终究只是跟在他们的后面，什么也没做。

　　第一学期结束之前，我没写过一篇书评。原因很简单，这个学期我一本书也没读过，所读的大部分是议论文、文学分析之类的，要不然就是电影课上看了就忘的黑白影片，实在无从下手。当然，我并不觉得不读书，以后的生活照样会被充实地填满，至于因为我的柔软心肠、脆弱人格而偶尔对雨喆产生的歉意，我将它们归罪于自己初中时一些算不上美好的回忆。这是一种相当矛盾的状态，我既打心底里认为自己确实没有改变的必要，又总能清楚地明白自己这样做，不过是在毫无意义地逃避。

　　在秋天的大洋这一端，装修精致的建筑会映衬着麦田一般的金黄，而当冬天来临，不算罕有的雪景也因着那一片大草坪而让洁白变得一望无际。这样的画面本应帮助我更好、更快地忘记雨喆，可现实并非那样；我反而由于堆叠的冬景而逐渐失去原本应有的视力，眼前的一切都变得模糊起来。彼时彼刻，谆基正在我面前吃着炸土豆饼、奶酪炒蛋和培根，特瑞莎的松饼上一块黄油正在融化，满满的糖浆慢慢流淌，黏稠地散发着甜腻的气息。我眼前摆着的是一个完整、紧实的三明治，如果吃完它，我直到晚上八九点都不会饿。食堂里都是吃饭的学生，因为下雪，他们都穿上了形态各异的外套，有的看上去轻盈新颖，有的看上去沉重古旧。窗外的雪没有停下，地平面渐渐升高。下午做什么呢？我也不知道，反正不会去写作业，也不会去谈恋爱，更不可能去写书评。十九岁半的我并没有仔细思考背离雨喆与步履不前到底意味着什么，反而是萌生着某种类似叛逆心理的劲，在雪下得越来越大的正午，我狠狠地咬了一大口三明治，竟为自己不合年龄的孩子气感到些许骄傲。

3

2017年12月的尾声，看着特瑞莎挽着谆基的手腕走至肯尼迪机场的机票办理处，我有一种恍如隔世的感觉。如果是以往，我可能会与父母说："我要去上海看看同学。"然后买一张去上海的机票，并死皮赖脸地约雨喆出来见上一面，再心灰意冷地回到我居住的南方小城。值机柜台前站满了华人学生，他们穿着各异，难以归纳或总结，毋庸置疑的却都是黑头发与黄皮肤的。以留学为契机相遇在这里的我们，若干年前都还在各自一方地看着同一个时区里的太阳和月亮，如今再聚首，已背负着各不相同的悲喜与得失。他们下了国际航线，再通过转机或搭乘地面交通工具，回到自己原本熟悉的家乡。这条路从起点回到起点，中间这一段除了自知，不会被人知晓。

特瑞莎离开的那天，还是穿着我们相遇时的那件红色条纹卫衣，她披着一件白色的外套，远远地朝我挥手。谆基则用羽绒服把自己包裹得紧紧的，他似乎对这一个月左右的离别没什么特别的感觉，下车时，很随便地和我说了句"拜拜"，就头也不回地去办登机牌、过安检。进了机场的大门，带着点淡青色的玻璃窗阻隔了室外呼呼吹着的风，我自己也即将踏上的归途，许多个出口，让我一时难以分辨哪里是我要前往的。

终于办好了登机手续，我在候机大厅的一家小小比萨饼店里买了一大块比萨和一个热狗，等填饱了肚子，也就到了登机的时间。一路上十几个小时，我几乎都睡着了，可醒来后我并不觉得精力充沛，反倒因为一个梦到雨喆的场景而感到异常疲惫。在每一次返程的路上，我总是不由自主地想起她，但每一次的回忆却总是不那么顺畅，要不然是觉得自己这一年无功而返，有所亏欠；要不然就是像方才这梦一般，无声无息地挨了一记闷棍。

"刚才是在梦里教训我吗?"想着想着,我很快又睡着了。

下了飞机,我准备转机。这段等待非常难熬,困于时差的我在机场如行尸走肉般闲逛。我走走停停,无非是看看这里那里的乘客与我一般哈欠连天。我忽然在一家咖啡店旁闻到了与众不同的清香,有点像平时用过的薄荷牙膏的气味。那香气实在特别,使得疲惫的我如闻晨钟,本能地瞪大双眼环顾四周:除了一些奇怪的绿色植被和灰色花岗岩墙壁,还有星巴克里卖的样子不算好看的咖啡杯及背包等产品。那些产品往往没人关注,人们在星巴克点上一杯,拿上即走,但恰好有个女孩一直盯着一堆销量惨淡得近乎非卖品的东西,她的发梢有浅浅的橘色,我脑海里自然浮现出一杯掺有橙汁的鸡尾酒,杯口插着一片薄荷叶。

女孩叫茹一,我恰好在飞机上与她邻座并相识。服务员将我叫醒的时候,我十分不耐烦,但发觉身边有个橘色发梢的女孩时,我便不再抱怨。我那会儿由于时差而丢了胃口,没吃面前的盒饭,不过一旁看上去食欲极佳的茹一却在那时间我能不能把我的饭也吃了,我说能,茹一便感激地与我聊起天来:"你读什么大学?"

"W大。"

"学的什么?"

"还没确认专业。"

"文科?理科?"

"应该会选文科吧。"

"这样啊。我老听说学文科的男孩子屁事特别多,还多愁善感,总搞些有的没的呢。这是真的吗?"

"奇怪,我怎么没听说过有这种说法?"

"反正我的朋友和文科生谈的都被恶心得不行，和理科生谈的都感觉不错。"

我心里有些生气：雨喆也是文科生，她怎可这样下定论？我确实不想再同她说话，可无奈临得太近，想看不见她都难，只好灰溜溜地妥协了。

"噢，好吧。"

"所以你是能不说就不说的类型？"

"还有什么类型？"

"想说就说的那种，有什么都要说的那种。"

"那我应该更像前者吧。"

"喜欢养狗吗？"

"什么？"

"动物，喜欢吗？"

"不喜欢。"

"好吧，扫兴。我最近刚准备养只狗。"

"噢，你有大爱。"

"别人说不喜欢动物的人都特别缺乏共情心，特自私。"

"兴许我不至于。"

"是吗？"

"嗯。"

"可我的确这样觉得。"茹一肯定地说道。

"凭什么这样想呢？我只是对动物缺少兴趣，不代表我对人没有共情心。"我试图为自己辩解。

"那你一定对人格外地好，比起我这种喜欢动物的人。"

"喜欢动物算是隐藏分吧,并不是总分的一部分。"

"你没有否认。"茹一面带笑意。

"否认对我没什么好处。"

"对人好算不算多愁善感呢?"

"或许吧。"

"你承认了?"

"没有。"

我不会介意煞费口舌地去描述当时出现在星巴克或飞机上的茹一看上去有多么鲜艳,当然,我私下里以为她的姿色远不如特瑞莎。茹一不是典型概念里的漂亮女孩,她的眼睛很小,有些像死鱼眼,鼻子虽然高,上边却满是我不知道为何觉得有些碍眼的棕色雀斑。不管怎样,是后来发生的事情让茹一成为我不愿再与人提起2017那年寒假的原因。我与茹一相遇后,一度以为茹一会是份特殊的缘分,便约她在圣诞节过后一起吃晚饭,没想到茹一很随意地就答应了。与茹一一起吃完一顿不算好吃的咖喱饭以后,她邀请我去她的酒店多待会儿。我不想多说自己当时多么激动并不知所措,因为在这之后,那些记忆都变成了悔恨。我坐在驶往酒店的出租车上,看着不仅不下雪,甚至连雨都不下的南方冬季,首先想到的依然是雨喆:即将在初恋与初夜两者间至少获得其一的那一刻,我产生了问候雨喆的想法,但我也告诫自己克制并冷静,维持大一上半学期与她保持的距离。这样想着,我便给雨喆发了消息:"好久不见!我回国了,你最近忙吗?"

雨喆回复:"我们还没放假。正复习呢。"

"那好吧。"

"有什么事吗?"

"没有。你忙吧。"

我不知道这样的问候有什么意义，也没时间更多思考。家乡是座小城市，从一端到另一端不要二十分钟，没过多久，我便顺利地走进了茹一的酒店房间。茹一问我要不要喝水，我紧张得有些口干舌燥，便说要。她为我倒了水，然后把自己的外套脱了，接着又脱了外套内的卫衣，只剩下一件单薄的白色T恤。我贪婪地注视着她的手臂，光滑而整洁，似带着甘甜气息的树枝，吸引着松鼠与野鸟的停歇；又似一面反射着月光的镜子，易碎而晃眼。

"你不热吗？"茹一关切地问我。

"还好。"

"这里是室内，你可以把外衣脱了。"

"嗯，也行。"我脱掉了自己厚重的外套。

"即使这样，你不觉得和我的反差太大了，我们像身处两个季节？"

"好吧。"我把自己的卫衣也脱了下来，上半身只剩一件黑色的短袖衬衫。我满是赘肉的双臂暴露在酒店的暖气中，因为一阵突如其来的干燥而起了阵鸡皮疙瘩。

"之前不觉得，没想到你这么胖。"茹一皱了皱眉。

我尴尬地笑了笑："这么直接。"

"干吗？我又没说错。"茹一不笑。

"是我错了，对不起。"

"你不喜欢运动？"

"嗯，但我也试着控制饮食。"

"胖就是吃得多动得少嘛，很简单。"

"也可能是过劳吧。"

　　酒店的房间一般都很封闭,唯独想象的空间是打开的。阳光从半透明的白色窗帘外渗透进来,凝固成一种难以言喻的平静与冲动相交织的灼热。之后我们便发生了关系,一切看似自然,好像就到了那个点上,非得做点什么才对得起自己。不过坦白说,我原本并没有和茹一发生关系的打算。我想同她说话,或许拥抱,或许倚靠在一起,那都不假。可要说发生关系,在飞机上乃至在酒店的头几分钟里,我都没动过那样的念头。一直到茹一摘下了内衣朝我走来,我才意识到我们将要发生什么,然后才本能地接受了。这或许还因为人们总说"睡到就赚了""女生主动,你福气啊"之类的话,使得眼前的一切好似我果真很有福一般。实际上不然,直至几年以后,我依然为自己当初的轻率而感到悲哀。

　　做那事之前,茹一对着我的身材一通嫌弃,我难顶压力,只好穿着衬衫和她开始。可即便是穿着衬衫,茹一也时不时抱怨着:"真重啊!""你压疼我了!"这让我日后无论如何都不愿意去回忆这所谓的第一次。最后茹一坐在了我的上面,而我像死猪一般彻底放弃了挣扎。那一刻,我觉得自己像是被强奸了:不情愿与苦楚溢上了心头,在下方的我望着在上方的茹一,好似没任何事情是我可以伸手扭转的。

　　与后来我总用死皮赖脸或是认命式的无奈来面对雨喆不同,茹一对我的羞辱令我发自内心地感到绝望。完事以后,茹一躺到了床的另外一端玩手机。我不知道自己与她现在算什么样的关系,只觉得正被冷落,便转身要去抱茹一。她却避开了我的手臂,我在那时才意识到即便是在发生关系的时候,我们也没有拥抱,我更没有去亲吻过茹一。当然,我有所尝试,但在那过程中,茹一是拒绝的,因此我们只是发生了关系,别的什么也没有。我没敢再去抱茹一,一个人窝在床里,不知道如何是好。

"啥时候回去？"茹一问我。

"你有事？我可以马上走。"

"没有，你要想待在这儿也无所谓。"

"我们还有以后吗？"其实我想知道茹一是如何定义我们的关系的。

"哈哈，胖子，你不会认为我已经是你女朋友了吧？"

"当然没这样认为。"

"像你这样的——我指的是你第一次做——也就是所谓的处男，都会这么认为的吧？"

"真是对不起，我不应该这么问你的。"

"你这人真搞笑，咋还道歉呢？这关我什么事？"茹一光着身子走到窗边，拉开窗帘，似乎想让阳光投射得猛烈一些。

"不关你的事？"

"当然不关我的事。你爱怎么想怎么想，无所谓的。当然，如果你想发个红包，我可以笑纳。"

"我可以发，但我不想发。"

"喂，我刚才可是很努力的。要知道，你在我身上时，可真是压得我难受。"

"抱歉，抱歉。"

"说了你不必道歉的，还不如一个红包来得实在。"

"多少？"

"看着给啦。遇见过给1000的，也有过给3000的，当然还有不给的，哈哈，不过那人可真是长得帅啊，不亏。"

我忽然有种难以言表的痛苦。我意识到自己并没有因为与茹一发生关系

而使彼此的关系变得亲密；相反，因为这种交媾，我觉得她甚至比在飞机上还让我感到陌生。我无法阐述自己原有的动机，我不能用简单的男女情欲来概括我对茹一短暂的渴望，因为如果是那样，我并不会在乎她怎么说我，更不会在乎之后与她就此成为路人的可能。这时重要的是我已失去了童贞，这时最不重要的也是没有了童贞。从我这个角度讲，发生关系是否意味着我对她需要多一份责任？可这般自说自话的困惑，也让我意识到或许我与那些管辖欲泛滥且鄙夷非处女的男人没有不同。

茹一发现了我的不自在，便不再说什么。意外的是，茹一也是个友善的人，她并没有凶狠地赶我走，而是拍拍我的肩膀说："今天就这样吧，没有关系。微信也别删嘛，以后还可以联系。"

"真的吗？我总觉得你不会再联系我了。"

"我当然不会！但你可以找我呀。你要珍惜噢，平时我都不找胖子的，出多少都不找的。"茹一对着我，歪头摆出一个自信的微笑，"但你可以加油。"

"那真是很抱歉。"

"又在道歉。你不会说点别的吗？"茹一一副看不起我的样子。

"譬如。"

"譬如Merry Christmas（圣诞快乐），小文科生。"茹一用不带中国口音的英语同我告别。在我临离开房间时，又仿佛从很远的地方传来话语："减肥噢！"

走出酒店大门时，看守的保安与我对视了一下。他在我随茹一进来时，就瞅了我半天，估计是发现了我不是熟面孔。我心里直发毛，双手放进口袋，快步离开，上了一辆出租车回家。路上都是暖色系的圣诞装饰，我看着满街走动或欢笑的人流，不一会儿就在后座上迷迷糊糊地闭上了眼。收音机在用南方的方言播着一档节目，主持人正巧聊着些类似大学生意外怀孕这样的奇怪话题。窗外已是黑夜的模样，我倚着窗户，慢慢睡着，脑海里只有一个念头：我必须减肥。

如果茹一仅是我生命里的匆匆过客，那我对她的记忆犹新未免有些夸张与做作；若是将她视为举足轻重的人物，我心里又为其他我认为更应该在乎的人感到不公。这让我莫名地担忧起了我与周围人的关系，他们究竟是太容易变成重要的人，还是太轻易地就被当作了不值得铭记的人？好在处理这两类人之间确实是有难易之分：去记住、去付出似逆流而上，阻力重重；而去忘却、去淡化就如顺流而下，只要踏进洪流，自然而然地就发生了。

面对绝大部分人，我都将茹一藏在了心底最深处；然而对外界来说，她为我所带来的改变是肉眼可见、着实存在的。我因为茹一而正式决定开始减肥，更让这个故事在我身上发挥了超出其本身的喜剧功效。我非常认真地思考过为何茹一的几句话都能如此迅速地说服我，而特瑞莎与谆基作为我的好友，他们苦口婆心地劝说却起不了任何作用。我认为主要原因是我一度考虑过茹一是否会成为我的伴侣，在这样的念头支配下，茹一的要求就好似我未来伴侣的要求，我想象她是作为我的伴侣向我发出指令。我一度鄙视自己，正如我所说的，这十分可悲。虽然改变确实在发生，但由于动机的来源无法追究又醍醐俗套，即便是开始做一件我从未有勇气去尝试的事情，我都无法为自己感到骄傲。

那时的我可以用一句话来概括：万准杰因为一个妓女而决定改变自己。诚然，我并不觉得茹一是个妓女，茹一也的确不是一个妓女，因为她并没有强求我给她红包，可这让我更为她的动机感到不解。在这样的困扰里，我不得不用简单粗暴的贬低、污蔑与淡忘来让这段孽缘变成一桩可以被一笔带过的小事。

想到这里,我意识到自己自然没有敞开心扉地向雨喆陈述过作为胖子的自卑,但雨喆也从未在这方面对我提出过要求。我往往不愿意太仔细地去思量自己为雨喆是否尽到全力,所以当我真的开始减肥时,我满脑子都觉得自己似乎总在雨喆丝毫不在意的事情上大费周章,而在她在意的方面又功亏一篑。

我总是很想和雨喆说些什么。除了与茹一去酒店前联系过雨喆,寒假里我没有再与她说过话。尽管上个学期的开学伊始,我与自己约定要让雨喆渐渐消失在我的生命里,但不知为何,当周遭的人开始说中文而不是英文,12月的气温不低至零下10多摄氏度,我又开始本能地不断想起雨喆,并且非常希望能告诉她茹一的存在。我构思了与真实版本不相同的茹一:那是一个在飞机上用橘色发梢把我打醒的女孩,我们一路上相谈甚欢,相见恨晚,最终,她邀请我在圣诞节与她共进晚餐,然后我们就一起去了酒店。雨喆多半会对这样的浪漫故事不感兴趣,我想主要原因是她对我本身不太有兴趣。其次是这般肤浅的虚构存在着雨喆一定会讨厌的虚荣,也就更谈不上引发她可能的嫉妒与悔恨。正因为如此,我失去了寒假里与雨喆联络的理由,茹一也就这样成了一份我独有的记忆。

尽管如此,在即将回美国继续上课之前,我依然在认真地考虑是否应该买一张机票来上海看看雨喆。每当我陷入僵持的生活里时,我还是摆脱不了对能被她责备几声的期许。我去询问了父亲:"我能去趟上海?"

"你去上海做什么呢,暑假时不是才去过?"

"见同学。"

"噢,"父亲正坐着看报纸,都没正眼瞧我,然后淡淡地问,"你很想去吗?"

父亲倒是没有给我犹豫的机会,他见我久久不答,便替我做了决定:"天气冷了，还是在家多休息几天，准备回美国吧。"

对于父亲的拒绝，我没有抗拒；相反，这更像是一个天赐的良机，无形中使我借来了外力，帮助我抵御雨喆对我的吸引，而雨喆当时那句"好好听你爸妈的话"这时显得矛盾又值得信赖。

4

我反思了自己为什么会在寒假期间频繁地想起雨喆的原因，答案很简单，回国后我身边没有谆基与特瑞莎了，来自五湖四海的同学更是暂时散落在各方，心里冷清空旷，自然只能被属于往昔的雨喆再次占据。

大一的下半学期，基本确认了文学专业的我选了三门相关的课程，其中有一门写作课颇有意思，是一位姓贾的清华教授教的。贾教授留着摇滚乐艺人般的长头发，具体说，他可能在较早期玩过摇滚乐。他的头发沾满了灰尘，看上去有无数小小的卷曲，覆盖着一张不羁的脸。如果让贾教授介绍自己，在课堂以外的环境中，我想他也可能把自己介绍成一名摇滚乐艺人。一次上课，贾教授带来了自己的电吉他，明显有向我们炫耀的动机。可是后来课堂内时间安排不过来，他没找着合适的机会将吉他抽出吉他套，就只能在说完"下课吧，再见"后，自己莫名其妙地在教室拨弄起了琴弦，然后时不时用余光看看有没有学生选择留下来与他交流一番。一位留着棕色卷曲头发的高个男生站到了贾教授的身旁，看了一会儿，贾教授心里估摸着有些意外和激动，但为了维持形象，没有主动挑起话题。那位同学见贾教授是自娱自乐，说了句"酷！"就离开了，留下贾教授一个人孤守教室。

贾教授的这节课是"中文文学与写作"，主要是带大家读读书，吟吟

诗，写写小说。如果要认真地考量贾教授的教学水平，那可以说得上是乏善可陈。贾教授的思维自由而不受束缚，但换个说法就是不切实际且发散性过强。打个比方，我们头两周学了郁达夫先生的《沉沦》，讲的是留日主人公在异乡彷徨犹豫又思念故土、最终不幸身亡的故事。头几节课讲小说结构，要求我们剖析作者转换场景与整体故事节奏的契合度，但不知道怎么回事，好像从第二节课开始，某一个同学提到了作品中与"性"相关的元素，贾教授一时间激动异常，拍案叫绝："这位同学说得非常好！同学们，我们在讨论的时候不要避讳很多敏感话题，整整一节课一半过去了我才听到有同学提起这个，你们要勇敢一点！接下来我们就来聊聊'性'……"

要说聊，也没聊啥，贾教授无非是把《金瓶梅》《醋葫芦》之类的作品拿出来，为大家解读分享一番。要说没聊，也不能说完全没有收获，从这几节课可以看出贾教授极其具有扩张性的思维方式，是基于他较为庞大的知识储备而形成的，具体表现在贾教授不仅非常了解与"性"相关的文学，也很了解各类房事、潜规则，贾教授尽兴讲述的模样让人不得不怀疑他在这方面是否无所不知。

尽管贾教授的授课内容非常丰富，但说实话能学到的东西并不算多。就这一关于"性"的讨论，我们最终除了对中国古代几种不为人知的避孕方法有所耳闻，并没有其他收获。每当我们向贾教授提问如"那这样的'性'元素对作品整体的搭建有什么帮助"时，他就会给出一些难以让人捉摸的答案，什么"文体不同你可以用不同的方式去理解""每个人心里都应该有自己的结论""我不应该给你们一个标准答案，这样的元素对于每个作者的影响都是不一样的，这也是作者所希望看到的"。贾教授不是唯一这样回答学生问题的教授，但他绝对是最经常以这种形式回答学生问题的教授。贾教授给分宽松,且作业量合理,但他独有的教学风格也时常让我深思我到底在接受何种教育。我试图挖掘并提取每节课的所学,发现几十分钟下来,虽然也有激烈讨论乃至争论,可我的大脑仍然一片空白。

城市里的离奇故事在贾教授的口中常常变得生动非凡,而且他讲述时双目炯炯有神,实在令人忍俊不禁。然而抛开贾教授所广泛掌握的文学类知识,他自身对于文本的分析做得并不算出彩,也没能给我们与作品产生多大的共鸣。雨喆说过:"一名好的语文老师,要么能让学生学会写一篇一样的文章,要么让学生能为这篇文字感动涕零,否则只是泛泛而谈地描述一些无关紧要的事情,这书还不如让学生自己读。"显而易见,在雨喆的标准里,贾教授算不上一名优秀的"语文老师"。课上读《沉沦》的时候,我一度真心实意地觉得心里憋着口气无法抒发,尽管我最终没有发言,但有个穿藏青色衬衫的同学这样问了贾教授,也算是说出了一部分我想说的话:

"贾教授,我感觉我个人与这篇文章产生了许多连接。同样作为留学生,我也能感同身受地体会到文中主人公在混沌时期的郁结,请问您认为作者确实在传达这样的负面情绪吗?这与基调本应更加正面激进的那个年代是否有所冲突呢?"

贾教授听了以后,面无表情。他挠了挠自己没怎么修正过的、被胡须覆盖的脸,然后又把手插到口袋里,摆出一副漫不经心的样子。大约思考了不到一分钟,贾教授说:"你有这样的想法,可以说是很正常。文学作品尤其是这类大师的作品,就是很容易跳出文本的格式去刺激读者内心的情感,并让他们有所触动。能有这样的共鸣是很好的,但我没办法为你下一个定论,因为关于郁达夫先生怎么想,那些都是跳出文本的猜测,并没有办法被证明。也因此,你自身的情绪波动可能也需要被更多的文中证据所支撑,否则

在座的每一位都很容易对这篇作品的学习产生越来越多的主观概念，而这可能是相当危险的。"

　　特瑞莎与谆基没有报贾教授的课，但我时常与他们提起这位我行我素的教授作为我们之间的共同话题。他们俩早有了学习方向，也了解各自的专业得上什么课，因此我们的课程也渐渐错开了。当然，这并没有让我们的关系就此变得松散；相反，得益于特瑞莎与谆基稳定的恋爱关系，我如果碰着了他们中的任何一个，大概率也撞上了另外一个。我们依然在课余时间一起吃美国人制作的又柴又没味道的鸡胸肉，在图书馆里开小差并看着泛滥的漫天大雪发呆，要不然就是一起在混合着臭袜子味与烟草味的宿舍里喝到烂醉，然后在让人哆嗦的冬夜里匍匐回山坡上那小小的房间。

　　我们继续一同浪费着大一下半学期的时光，贾教授的名字已越来越频繁出现在校园内的各个角落。据说是因为贾教授与中部一所大学的另外一位老教授杠上了，那所大学的一些女同学向贾教授求助，表示自己被老教授性骚扰了。贾教授一身正气，决定亲自上阵带领那些受害学生一起向校方举报，准备将老教授告上法庭，为民除害。

　　这件事传开后，特瑞莎成为贾教授不折不扣的小粉丝。她开始在我每次下了贾教授的课以后，向我询问今天贾教授在课上教了什么，有没有同我们分享对抗老教授的最新状况，还希望我能向贾教授传达她的仰慕之心，希望贾教授一定与老教授抗争到底。与特瑞莎形成对比的则是谆基，从始至终，谆基都把贾教授当作我们茶余饭后的笑料。贾教授有些自恋又略显浮夸的作风，让谆基一直无法用正常衡量教授的眼光来衡量贾教授。也正因为如此，当贾教授真的开始做一件好事时，谆基的第一反应是："他在炒作吧？"

　　谆基对贾教授长久以来的不屑，引起了特瑞莎的不满。在贾教授正式与老教授开战的那个星期三,我刚刚下了贾教授的课,饿得不行,便飞速地打了一大盘鸡肉和炖蔬菜,赶紧找了个座位狼吞虎咽地吃了起来。不一会儿,特瑞莎与谆基也坐了过来。特瑞莎端着一个汉堡和一片比萨饼,谆基则拿了一些薯条、几块牛肉与一盘沙拉。特瑞莎坐下前,从谆基那里抽出一根薯条。谆基瞪了她一眼,特瑞莎好像没看见,心满意足地一边吃一边放下盘子,然后转身去倒饮料了。

中午的食堂人很多,周围吵闹得不行,我们索性都不说话,安静地吃着。直到一直盯着手机的特瑞莎突然叫了起来:"哇,你们看到了吗?贾教授上微博热搜了!"

"哈哈,那他终于要火了!"谆基立刻笑出声来。

"我觉得他还是很厉害的,"特瑞莎一脸的崇拜,"一边还要教书呢,不容易不容易。"

"准杰,你说他这回会怎么吹自己?"谆基完全不理睬特瑞莎的赞许。

"我也不知道。上回有人问,他就说了两句。"我顾着吃东西,没心思理他。

"我就说嘛,他果然想让别人知道。"谆基得意扬扬地说。

"没人问他也不会说啊!"特瑞莎反驳。

"可他还是说了,说了就是说了。"谆基不甘示弱。

"说了又怎么样?"

"证明他想火。"

"你怎么这么小肚鸡肠,说了点自己做过的事就是想红?再说,想红也不一定是坏事嘛。"

"我觉得他就是想火想疯了。之前不是带着吉他去上课来着?现在又上

热搜,一个套路。"谆基一脸笃定。

"说不定人家就是单纯地想做好事呢。"特瑞莎十分不满。

"这也不算什么特别大的好事。"

"怎么不算?"

"这么久才开始做,也不知道有的受害女生是不是都已经放弃了,而且他也只是个发言人,风光的活儿让他占了而已。"

"但总得有人做。如果没人做,受害者永远只能是受害者。"

"如果他能促使那个老教授被抓起来,那的确是件好事,但他的行为能救助这些女生多少就不一定了,何况他有没有夹杂私心没人知道。"谆基看上去没了食欲,放下了手中的叉子。

"私心是他的事,告不告是这些女生的事!"特瑞莎紧紧握着手里的水杯,皱起了眉头。

"就算告成了又能怎么样?那些女生已经受害,现在因为他大摇大摆,名字还要给曝光。这本来就是自杀式行为,唯一不受伤害的就是贾教授吧。"

"你是女生吗?"

"你是贾教授吗?"

"如果都像你一样,谁来帮她们呢?"特瑞莎越说,脑袋越歪,现在几乎是耳朵贴着肩膀在和谆基争执。

"那换作是你,能随便信任别人来帮你做这种事吗?如果不能的话,那受害者为什么要冒自己被世俗指点的风险呢?"

"我觉得我会。"

"那行吧。"

"哎,我说的有问题吗?"谆基转头对我,拉大了嗓门,显然是故意说给特瑞莎听的。

"我不知道。"我没敢正面回应。

"你不也觉得贾教授好笑吗?"

"他人是挺搞笑的,但他干什么都和我没关系。"

"你怎么就这么没心没肺?"特瑞莎对着谆基抱怨道,"准杰,你也这么觉得吧?"

"我不知道,这种事我不了解,也不会去评价。"

"你怎么比那些受害的女生还胆小呢?"特瑞莎冲我翻了个白眼。

我低着头,胆战心惊地吃着鸡肉,不再吭声。这场短暂的交锋以特瑞莎生气地背起包对我说了句"准杰我先走了"而告一段落。特瑞莎走了后,谆基好似什么都没发生过一样去拿冰激凌吃,还问我:"你要吗?我帮你带一个。"

不一会儿,谆基拿了一个小冰激凌回来,有些没精打采地吃着。

"你觉得我有说错吗?"谆基问我。

"或许吧。"

"我觉得我没啥错。"谆基用食指扣了一下自己微微内陷的脸颊。

"关键是特瑞莎也要这么觉得。"我提醒道。

"真是的。"

"你最近很忙吗?"我岔开话题。

"要申请暑假的工作了。"

"这么早就开始?才大一呢。"

"得赚钱嘛。"

"你又不缺钱。"

"那又不是我的钱。"

"你最近花钱多了？"

"没有。"

"那是……在特瑞莎身上花钱了？"

"也没有，我们根本不怎么花钱。"说这话的时候，谭基的眼睛看向了不知何方，不是窗外，不是我这儿，也不是食堂里的任何角落。

"还是上学踏实？"

"的确，上学踏实。"谭基收起游离的目光，回到了面前的餐盘。

"你这学期选了什么课？"

"都是专业课。"谭基说着，从背包中掏出笔记本电脑，开始学习。

我见他不想再多说话，便迅速吃完盘子里剩下的东西，然后背着包跟他道别了。我对争吵一向没有特别大的兴趣，换句话说，我并没有经历过太多的真正意义上的争执。我所见到的各持己见最终都会在潜移默化中和解，而真正固执的意见不合似乎也从来不是一场争辩就能解决的。这一点，在我与雨喆的相处中处处可以佐证。

当天晚上，我在图书馆的大厅里写作业，远远看见谭基牵着特瑞莎的手大步走上二楼，两人有说有笑地进入自习室。我松了口气，便没再为他们多想。

作业快写完时，我打开了微博，与贾教授相关的热搜已被撤下，他的微博粉丝数也自上午至中午一路飙升，终于有了恢复正常的态势。那篇《您好，C大的老教授，我有话想与您说》的文章下面的评论也由之前清一色的对贾教授的支持，慢慢变成了各持己见。老教授在业内德高望重且追随者众多，导致许多人认为贾教授作为后辈不思进取，只想着用非正常手段将同在美国奋斗的老前辈拉下水，这非常可耻。

在贾教授发布的那篇文章下,有人提供了一个受害者的自述视频。点进去一看,一个女生,头发颇短,嘴唇上有颗闪亮好看的珍珠一样的唇钉。她一脸紧张地出现在镜头前,穿着一件黑色的背心,露出长长的胳膊。女孩磨蹭了几秒钟,简单介绍了一下自己,包括她来自一个近乎于乡镇的小城市,有着非常不理解自己的家庭与朋友,然后她提及了与老教授相关的往事:

"当我以为……嗯……生活嘛,一切都会正常地继续时……我在,嗯……大二遇见了老教授。然后就是……贾教授说的事情发生了。具体经过我不想重复太多,因为这对我,是一种伤害。当然,我当然不敢与我的父母说,害怕家里再闹出什么很不好的事……我第一个真正告知的人,是我的男朋友……在他听完这个消息后,确实安慰了我,但最后……最后……还是要和我分手。他的理由是,'我不能接受我的女朋友……被一个比我大五十岁的人碰过'。

"总之,我现在正与贾教授合作,一同对抗老教授及与他同类的势力……我没有其他后援,因此希望你们能帮助与支持我。谢谢!"

视频底下的评论与贾教授微博里各持己见的状态差不了太多。除了一众点进去个人页面看性别显示为"女"的人们在支持着这个女生,她们大多在说"姐姐加油""一定可以的""干掉那个老变态"这样激励人心的话。然而与之对应的,也有一部分人认为这个女生语焉不详,未拿出实证,并认为女生本身仪表不佳,看镜头的时候手一直在乱动,整个装束看上去有点风骚,说不定是她自己去勾引了老教授也未可知。

我一边读,一边想着不知道雨喆会如何评论此事。作为一名看上去似乎比同龄人成熟又聪明的女孩,感性的雨喆身上应该更早地出现女性意识觉醒,因此我十分相信她一定会站在这群女生的这一端。雨喆若行走于路上,

那周遭都将是追随她的人。但雨喆对于性格与作风的苛刻要求,又让我不确定她是否会接受贾教授之类成为这群受害学生的代言人。想必一身傲骨的雨喆与带着电吉他进教室的贾教授,他们一定很合不来。话虽如此,贾教授也贵为清华中文系毕业生,他的文字一定是颇有档次,可学历与权贵又怎能够打动或胁迫雨喆呢?如果这事让雨喆知道了,她肯定会更好地代替贾教授的角色:一个特瑞莎能承认,谆基也一样会认可的角色。她会变成一场大雨里的雷声,同时也会变成雷鸣过后划过天际的闪电。可即便如此,似乎大部分人还没听到雷声,光是看到乌云初现,便在手上备好了伞,生怕自己沾到一滴水珠。

  我其实认真地考虑过有没有必要近水楼台先得月,好好与雨喆聊一聊贾教授这个人和这件事。我的想法是,既然贾教授在我的学校任教,还恰好是我的教授,那我可以借题发挥,十分容易地就能与雨喆一起聊上关于老教授的话题,然后再给雨喆畅所欲言的空间。我会根据她所说的话进行补充与肯定,这很有可能成为提升我在雨喆心目中地位的机会。之所以我最终没这么做,主要是因为我害怕自己作为男性的身份会被一并带入这个话题,甚至可能被否定或者被严厉批评。雨喆或许会说"像你这样的男生肯定理解不了她们,你想做些什么就去做,别来问我"这样的话,而我也将又一次沉浸在迷茫之中。以这个为主要理由,我又为自己添加了"本来就打算与雨喆减少联系"的借口,告诉自己没有必要总把雨喆挂在心上,应该像迅速和好的特瑞莎与谆基一般,往前看,向前走。

  我坐在图书馆一个可以看到学校大草坪的座位上,思索着这一切。黑夜里,草坪像无边的田野,宽广自由;也像一片宁静的湖泊,神秘莫测。有人走过来拍了一下我,我转头一看,是特瑞莎。她说谆基饿了,要她帮忙去买薯片，问我是否也需要点什么，我说不用了，她便离开，消失在满是书册的转角处。谆基给我发来一条信息，说是"特瑞莎不生气了，唉，也不知道为啥这么点事儿能搞这么大半天"。

目送特瑞莎离开时，我注意到图书馆入口处站着一个黑人女生。她穿着紫色的大号夹克，看上去不是很合身；她的眼睛左顾右盼，像是找不到合适的座位。我本能地观察了一下自己的周围，此时正是晚餐后的黄金时间，图书馆最为拥挤的时刻，我的左右及后侧所有视野里的沙发、写字台，甚至包括站立学习台前都没有任何剩余的位置。我稍稍安下心来，又回头看了看那女生，发现她已不在原地了，而是朝我的方向走来。我没敢再看她，有些不知所措。谁知她已然走到我这排的沙发旁，轻声问我："我能坐在这里吗？"

"嗯，可是……"我其实想说我明明正坐在这里。

"哦，别误会，我不是有意想打扰你的，我是见你好像睡着了。如果你没有要用的话，我想用这个位置。非常感谢！"

"噢，没有事，你用，你用。"其实我还是有剩余作业的，刚才不过是短暂发呆而已。可不知怎的，我就是没有想拒绝对方的意思，更不想与她再多说什么。我非常迅速地收拾完自己的东西，离开了图书馆。外面的风很大，我来不及反思自己的本能里是否潜伏某些毛病，只顾着蜷缩着身子快点回到寝室。

第二天再与谆基和特瑞莎见面时，他们终于没有再谈起贾教授。当然，几天后特瑞莎还是会找机会询问我贾教授那边有没有什么新的进展，谆基与我没事开开贾教授的玩笑，戏谑地问我："他又出书了没？噢，一定没有，忙着在网上骂人呢。"事实证明，贾教授的存在与否没能改变我们在春天将至的最后寒冷里，继续每日百无聊赖地上课，吃垃圾食品，喝烈酒与碳酸饮

料。我们或许每时每刻都身处离时代中心不远的某处，也随时与那中心保持着距离，并且在需要的时候还能如期撤离。

　　生活糜烂而缺少新意，与春天校园里弥漫的化肥味道一样令人反胃，而这些却是日复一日的缩影。其间唯一有所进展的是我的减肥计划：茹一成功地在不经意间，做到了特瑞莎乃至雨喆都没能做到的事情。刚开始减肥时，我首先确定自己做事的方式，对我而言，"不做"比"做"要容易得多。也正因为这样的做事方式，"不吃炸鸡""不吃薯条"比"去吃沙拉""去吃鸡胸肉"来得轻松不少，但结果是我必须选择一样"沙拉"与"炸鸡"之间的折中品，包括诸如米饭等我较能接受的食物，成为我减肥路上的伴侣。我的午餐从上个学期的"炸鸡、薯条加可乐"变成了"牛肉、菠菜加无糖可乐"。为了能有从前那样的饱腹感，我的蛋白质与蔬菜的摄入量也自然偏大，以至于特瑞莎与谆基经常盯着我端来的一大盘玩意儿一愣一愣的。

　　事实证明，单纯的食品替代对减肥效果一般。谆基与特瑞莎吵架的那天，是我回学校以后第一次称体重，92.8，比寒假轻了不到1公斤。这样的效率让我不甚满意，因此我决定另寻蹊径。在我所接触过的减肥理论中，除了少吃，要做的就是多动，因此我开始在"多动"的领域中寻找合适的项目。谆基与特瑞莎吵完架的第二天，我们俩第一回一起去了健身房，在路上，谆基问我："怎么突然开始运动了，想谈恋爱了？"

　　"运动就得是为了恋爱？"

　　"也可以是为了别的，但概率不大。"

　　"那我还真是概率不大的那部分之一。"

　　"没事，练好了就想谈了。"谆基卷起袖子，试图展示自己线条分明的臂膀肌肉，无奈外面太冷，没过几秒，便灰溜溜地把袖子又拉了下去。

"有这回事?"

"照照镜子,如果自己看上去不错,就会有那种'不去谈个恋爱真可惜'的感觉。"

"原来想谈恋爱是因为觉得自己好想拿去用,而不是觉得别人好想要得到?"

"也不一定,相辅相成嘛。"

"你属于哪一种呢?"

"不好定论。"

"这话可不能让特瑞莎听到呀。"

"别转移话题。到底为什么突然要来健身房?"

"事实上我自己也不清楚。"

"嗯,就算不谈恋爱,多运动终归是件好事。"

"应该吧。"

"你怎么穿这么多?"谭基扯了一把我的长裤。

"我怕冷。"其实是我爱藏肉的习惯改不掉。

我与谭基一起走进健身房,他先开始做些热身运动,跳一跳、拉拉手臂之类的,而我就在一旁看着他完成。谭基叮嘱我,一定要做热身,不然容易受伤,我却不以为然,表示自己不会剧烈运动,因此没必要担心那么多。

谭基为我展示了各种运动器材,就是把每种的用法都粗略地向我讲解一番,譬如怎么举这块铁,怎么举标准,举了以后哪里会疼。他对于每一种器材的熟悉程度,类似于我们俩一起去的第一个酒局时,他为我介绍各种类型的酒一样。

"这些你都不会用对不对?"谭基演示完一组引体向上的动作后,气喘

吁吁地说。

"你凭什么觉得我都不会用?"

"你的眼神不对劲。"谭基像捉贼一样直愣愣地与我对视。

"你说对了一半。"我随手拿起一个杠铃举了两下,"有的确实不会用,看着就折腾。"

"健身就是折腾的,不折腾就别健身了!"谭基叹了口气,摇着头说。

"你就告诉我,哪个练了后瘦得最多。"

"那你先去跑步或是做别的有氧运动吧,那些又不折腾又瘦得快,也不会长肌肉。"

"不长肌肉最后是什么样?"

"面条人,又细又软,当然看上去一定不会肥。"

"那就够了。"

第一天下了跑步机后,我感觉自己的腿已经不是自己的了,一步一步回宿舍的路不像是双足交替前行走出来的,更恰当的说法是"挪动"或是"蠕动"。累是累,但浑身大汗淋漓让我觉得踏实,也让我确信有氧运动确实有效。这话听上去可能有些荒谬,可恰恰是眼泪、汗水、唾沫等这些浑浊不堪的东西能让我确信正在发生的事情是有实感的,是能留下痕迹的。不管最终结果正面与否,它们在那一瞬间比没有重量的对话或敷衍了事的照片要来得更令我想要铭记。我不知道这算不算扭曲,因为我也是靠着这样的精神才能一直将雨喆的话语常记于心。

"跑步出汗"在我身上自然不是第一次发生,我也不是在这个学期才有了生平第一回变瘦的欲望,然而茹一的模样依然在眼前晃荡,成为残忍的契机。就这样,第二、第三、第四天及其往后的绝大部分日子里,我都会自己去跑步。有了第一次以后，我不再让谆基陪我一起前往健身房，主要原因还是因为我不喜欢有人盯着我运动的难看模样。要说健身房里还有其他人，的确，然而他们大部分都是外国人，与我毫不相干，就算让他们见了丑态，我心里倒也不会特别尴尬。

  贾教授的课程为我的减肥做出了巨大贡献，主要原因是他每次课后都会布置大量的阅读作业。贾教授作为土生土长的中国人，布置的文献也多为我们祖上写的东西。作为一名高中开始就留美的学生，托贾教授的福，我得以在离开中国教育体系的若干年后学习鲁迅、胡适、顾城等中国文人的作品。基于雨喆对我初中时期长久的训练，中文阅读对我来说固然不算难事，但没有了她与书评的日常催促，我并没有再像以往一般仔细琢磨一笔一字的耐性。我在第三天跑步的时候觉得有些无聊了，便想着能不能找些视频或者电子书之类的内容来填充这动身子不动脑的几十分钟。突然，我灵光一闪，便停下步伐，用手机在网上找了贾教授所布置的书的朗诵版。那天我们必读的是《顾城诗集》。跑到第17分钟的时候，窗外那片橄榄球场上绿油油的草坪与佩戴着红色护具的运动员们被一阵突如其来的刺眼阳光打成了一片金光粼粼的起伏状，好似深秋余晖下的山岭。顾城的那首《我的幻想》是这么朗读的：

  我在幻想着，
  幻想在破灭着；
  幻想总把破灭宽恕，
  破灭却从不把幻想放过。

  这首诗雨喆曾叫我读过。此情此景，我是否该被感动？
  从大一下学期开始，充满陌生人的酒局淡出了我的生活，取而代之的是

谭基每周都会随意丢下的一句"喝酒去"。与谭基相关的饮酒往往都是一些学长,鲜有学姐的出现。作为一个有了女朋友的人,谭基对喝酒的向往比我及其他一众学长更加纯粹,也让我不解为何他愿意每次掏出约一百刀的赞助请我们喝酒。大约是春假往后点的日子,4月左右的样子,与贾教授相关的话题已在校园内没人再主动提起。谭基在一个下午问我要不要今晚再去他房间小酌几个时辰。他给我发消息的时候,我正好和特瑞莎一起从同一节课上走了出来,便问她:"谭基今晚喝酒,你去吗?"

"都有谁呀?"特瑞莎问。

"这些人。"我把谭基发我的列表举给她看。

"我其实去过一次,但这个G学长真是油腻。"特瑞莎指了指屏幕上的某处说,"你去吧,今晚我还有作业要写。"

"我还以为你和谁都挺合得来的呢。"

"现在不一样了。"

"什么不一样了?"

"说不清楚。"

当晚我有幸在谭基的房间里见到了G学长。G学长长得很高,一米九几的样子,身材很瘦,在温度不断上升的日子里他穿着一件墨绿色的高领毛衣,看上去倒是有几分春意。他与谭基及另外几个学长聊得很是高兴,谈笑风生了几个回合,终于察觉到位于桌子另一端的我看上去有些孤零零的,便凑过来用他的玻璃杯碰了一下我的塑料杯,与我搭话:"嘿,听说你在上贾教授的课?"

"是的。"

"你们在读些什么书呢?"

"之前读了《狂人日记》与《阿Q正传》,后来又读了一些诗集,最近在读顾城的。"

"顾城，很好的诗人！"

"学长很喜欢？"

"可不只是喜欢，是头号粉丝呢！"G学长喝了一小口酒说，"'太阳落山了，世界像是一幅巨大的剪影。'你读过吗？写得真美！"

"学长，你这么喜欢，该来上贾教授的课的。"我感慨道。

"贾教授？好像教书教得不怎么样吧。他自称是个诗人，也没听说过有什么作品。这种人能教出多好的学生呀，不过是自吹自擂罢了。"

"贾教授没作品吗？"

"没有。他来自清华，读过耶鲁，最后不过是来我们大学教书，这人能有什么追求呢？没什么追求，那肯定也遇不着什么困难，对不对？一路顺风顺水，能写出什么东西呢？"

"是啊，能写出什么东西呢？"我重复道，想让学长继续。

"你看，现在能想到的优秀作家，不都是生于忧患的吗？就算不生于忧患，也至少该遭遇一些情况，譬如精神疾病、生活空虚，还有战争、离乱……实在不行就是父母双亡之类的，总得有一些吧。仔细想想，辍了学的韩寒也就写出那一类的作品，那真正的名师大家得经历多少苦难啊！"

"学长是觉得没有困境就没有好作品？"

"那倒不一定，那只是用于概括大多数。"G学长将杯中剩下的棕色液体一饮而尽，一边揉搓着自己头顶的一小撮毛发，一边说，"作为少数人，我觉得我过得就挺滋润的。"

"那学长一定有不少好作品啰？"

"还在酝酿，还在酝酿。我不追求所谓的困境，是因为我不认为那些是

自然的人文结晶或者扭曲的时代产物。从困境中磨出来的作品可能不错，但也免不了让人受到负面影响。"

"滋润的生活怎么酝酿呢？"

"这我就学不来，但我觉得我对这样的日子感触更多。"

"那为何学长对贾教授那么不感冒呢？贾教授也挺滋润。"

"活得好没错，但他没事给自己找事就显得有些做作。或许他是在利用对别人很重要的事作为自己日后写作的素材。你看他告那个老教授，一点破事闹得满微博都是。他一会儿骂这个人，一会儿骂那个人，然后一天结束，还要发一条'希望大家来看看我的新作品'，贱不贱哪！"

"那也算是做了件好事吧？"

"滋润的生活没必要刻意改变，我们现在这样不是很好吗？" G学长又给自己加了点酒，面色红润。

"学长觉得自己是作家吗？"

"虽然觉得是，但作家也不是说是就是的。"

"怎么样才能算是？"

"我觉得应该是确实有自己的话要说，确实有自己的东西想传递。"

那天晚上谆基兴致很高，一直在向我们介绍自己珍藏的各式酒杯，它们表面上看起来各有特点，其实在我眼里都差不多。G学长好像与谆基一样，对酒与酒杯也颇有研究。谆基说话的时候，G学长总是像忍不住似的不断插嘴，搞得谆基介绍到最后两种酒杯时莫名地没了兴致，反倒是G学长依然很兴奋，拿起那一排玻璃杯中的最右边那个说："这个我在东欧见过，我家有一个在立陶宛买的，和这个很像。"

"学长好品位，懂得就是多。"谆基不太诚心地夸赞道。

"过奖了，惭愧，惭愧。"G学长嘴上这么让，却掩饰不住脸上的得意。

"啊，你们现在想做点什么？"谆基是个好客的主儿，一刻也不想让我们闲着。

"去打台球？"房间里的另外一个学长发言。

"台球算了，喝了酒去打，杆子要推到自己脸上了。"G学长一票否决。

"不行，就打台球，我好久没打了！"谆基一口咬定，一副今晚不打台球就不让走人的样子。

现实是我们中间没有一个是真会打台球的。每个人的动作都歪歪扭扭，一种有劲使不出的感觉，不是屁股撅得过高，就是手该直不直、该弯不弯。最后打了十来分钟，入洞的几个球基本上都是以连滚带爬的狼狈姿态进去的。

我也不是很会打台球，对这项运动没多大兴趣。就眼前的状况来看，这群人无非是想找一个宽敞点的地方继续聊天说笑，以掩盖喝酒浪费时间的事实。桌上的球来来去去，在滚动中互相作响。大家边聊边打，兴致越发高涨。G学长没什么兴致，却也不便扫了大家的兴致，一个人窝在一旁的沙发里，蜷缩着身子看手机。

过了会儿，两个金色头发外国女生抱着自己的洗衣篮子路过我们附近，其中一个看着有些眼熟的女生没急着离开，而是停下脚步在原地打量了我们一下，末了将目光停留在沙发里的G学长身上。那女生冲着G学长笑笑，招呼道："你好呀，G！"

"嗨，缇娜。"原来G学长和那个外国女生是旧相识。

"你在这里做什么呢？"

"噢，我刚刚喝了些酒，现在就在这儿发呆。"

"听上去这不像是个很有干劲的周末晚上。"

"当然不是。嘿,说实话,我正准备读我们课上要读的那本书,但我现在觉得自己酒喝得有些多了,就懒得看。"

"你开始读了吗?我读了两页,已经无聊得要睡着了。"

"当然开始了。在我看来,这本书不算难,我建议你先读读另外一节课的,你也在的,另外一篇文章。尽管不是一个主题的,但会很有启发。"

"你这么觉得?"

"是的。我其实经常意识到周围不少同学,好吧,可能也包括自己,经常把思维的广度局限于单节课里。在我看来这非常愚蠢:同一个专业的不同课程,甚至源自不同专业的课程,也应该被学会融会贯通。"

"是吗?"缇娜意识到自己的同伴正等着自己,便转头对另一外国女生说道,"你先回去吧,我和我的课友聊会儿。"

那女生点了点头便离去了。

"她是叫凯瑟琳吗?我好像对她有印象。"等那女生走远,我问缇娜。

缇娜点头道:"是的,她是凯瑟琳。"

"嘿,我果然没记错。凯瑟琳,就是她。总之,回到刚才的话题。像我们上的这节课,'后殖民时代的法西斯主义',我其实在之前的一篇论文里用了我们学校另外一位中国教授的论文……贾教授,我不清楚你是否了解他。他之前发表的一篇《有关新中国成立后五六十年代文学激进主义的普遍性》的论文,在我看来其实与我们这节课有很大的关联,至少在逻辑上有一定的重合度。"

"贾教授我是听说过的,之前他不是在为几个性侵受害者打官司吗?"

"哦,你也听说了?"

"是的,我觉得那真是太酷了!作为教授能这样做,难以想象,非常勇敢。"

"是吗？对，我也这样觉得。"

G学长正说到兴头上，另外几个学长及谆基决定转移阵地。他们随手丢了台球杆子，然后一起跑到了宿舍楼外面的一片篮球场上，捡起一个篮球玩了起来。尽管春天将至，但温度还是严冬般冻人，几个人方才在屋内被暖气和酒气熏得晕晕乎乎的，都脱了外套，而到了外面却全然忘记自己已衣衫单薄。也可能是酒喝得够多，没有人顾得上自己冷不冷。平均一米七五不到的我们，哆哆嗦嗦地在没有多少灯光的球场上像退了伍的老兵，用几把气枪来弥补自己的战场创伤综合征。学长们先是哆嗦着吹嘘了一通自己在高中时是如何如何带领校队拿下佳绩的，紧随其后的是谆基试图以跳高作为热身，预演着自己即将命中的三分球。可就如老兵们最终发觉自己早已不是当年百步穿杨的年龄了，这场短暂的对往昔矫健自我的追忆不能算作顺利。学长队起手拿球，只见学长A一番原地运球，节奏刚开始还不错，结果没过五秒那球和手之间好像就断了默契，有欲飞出去的态势。学长A意识到不对劲，便准备带球过谆基。谆基出手拦截，怎料学长A来势汹汹，一顿猛冲过了他。谆基还没缓过神来，学长A就开始准备表演三步上篮了。那动作极为丑陋，学长A可以说与球完全没了共性，以至于最后球朝篮筐的方向飞去，看上去不像是人为，更像是有魔法促使那球自己起身一跃。球固然是没进，甚至连篮板都没砸到，灰溜溜地落到我的身旁。我酒劲颇大，懒得去捡，学长B便钻了空子，迅速上前掌握球权，可他似乎上得太用力，一时重心不稳，手碰着球的瞬间脚打了个滑，摔得很惨。球朝一旁滚去，谆基见有机可乘，迅速捡起了球，以刚才提前练习过的姿态做了个标准的后仰投篮动作。不料还未见球是否投进篮筐，谆基的"后仰"便以他后脑勺着地的方式收场。一只黑色的野猫经过，盯着我们几个看了一眼，谆基一边揉脑袋，一边用明显被冻着了的重鼻音吼道："看什么看！"

我们几个有些狼狈地回到宿舍,至此已醉意全无,清醒无比。打开门的那一刻,迎面而来的是G学长与缇娜的笑声,缇娜一手捂着肚子,一手拍了一下G学长的背,说:"没想到贾教授教出来的弟子这么有趣!"

G学长接道:"是的,不瞒你说,中国的许多男人都很有趣,他们只是不爱显露自己;而且更多时候,你们更愿意与白人男人说话。"

"那你们得主动一点才行。"

"矜持是我们的美德。"

"是吗?"缇娜摸了一下G学长的脸,"看你的脸红成这样,没少喝吧。这也叫矜持?"

"选择性矜持。贾教授对学生也都挺冷淡的,不是也向那些素不相识的女生伸出援手?"

我、谆基、学长A和B相视一笑,什么也没说。G学长这时注意到了站在一旁的我们。

"你们打得怎么样?"G学长问,用的是中文。

"不怎么样,CBA水准。"我们回答,也用的是中文。

缇娜注视着我们,一脸微笑,却不知我们所云。这令我们感到些许尴尬,我转用英文问道:"你们聊啥呢?"

"聊贾教授呢。"G学长答,用英语。

这么想来,从课堂到健身房,再到满是酒味的学生宿舍,贾教授好像无处不在。有那么一瞬间,我认为自己走在了进步的路上。雨喆对文人墨客的追逐与喜爱早已深深地刻在我的心里,久而久之,我也与她无异。若凭我原本的成绩,北大、清华的师生恐怕与我的余生不会有太多交集,但靠着留学,他们成了我身边的校友与教授,我甚至能借着少许酒精的帮助,对他们评头论足。坦白说，我也不知道能否视这样的改变为一种正面趋势，如果从有到无、从小到大一定象征着前进的质变，那我身上唯一存在的进步便是我酒量的增加：大一下学期后，我已经可以在几轮伏特加与威士忌的袭击后完好地生存，但这一身体机能的适应并没有让我满足并学会享受饮酒；相反，这让我感到越发空虚，还失去饮酒这一帮助我轻松入眠的方法。该说的话与该表达的立场，即便是喝了酒，我依然难以随心所欲地将它们调整出我的心里。

雨喆会在每次我喝多了以后，涌上我的心头，这也是我爱上喝酒的原因之一。只要沾上酒精，我总会想起雨喆，一定能想起雨喆。每当雨喆出现在脑海，我总会摇摇头，试图将她甩出自己的大脑；只有在头昏脑涨的时候，我才能坦然地面对自己对雨喆的思念，我不会告诉别人，但那时我会在心底诚实地考量自己的想法。具体想起的是什么很难记录，因为雨喆出现的时候我往往离不省人事也差不了多少。雨喆与我的关系越来越难以定义：过去的一年里，她对我的影响慢慢变小，但如果要说我已然摆脱了有关她的一切，这绝对是谎言。这一年里，我对大部分的事情都不为所动，而当我仔细想起这背后的缘由，我也怀疑过是不是心底里的雨喆在作祟；可每当我试图顺着回忆来追踪自己懒散与固执的缘由，我却深谙雨喆一直以来叫我做的也都是正面、积极的事情。这样的矛盾让我进退两难，我不知道我该把雨喆放到怎样的一个位置上。

大一的最后一天上午，我有些匆忙地将自己夏天不需要的行李打包带回国。由于我不想麻烦谆基或特瑞莎，选择自己一个人独自把三四个不小的纸箱运去学校附近的一个仓库。如果是单纯地从我的宿舍走到仓库，大概需要15分钟的样子，但因为身上扛着几个箱子，我走起没什么标志的小镇道路不算顺利。我先穿过上上下下起伏不止的教学楼，在几处有台阶的地方还因为

大箱子挡了视线差点摔跤；出了校园的范围，往仓库的路，印象里是藏在林中的，石路凹凸不平，穿着拖鞋出门的我，脚底被磕得红一块紫一块的。不知名的飞虫穿过茂密的植被，触碰到我的小腿、手臂与脸颊，使得搬着箱子的我又痒又烦，走起路来摇摇晃晃。

就这样折腾地走了半个小时左右，我终于走到马路的一头看到另外一头那座外墙粉刷着青色油漆的仓库。打开仓库的门，里边有手推车供人使用，我卸下箱子，终于松一口气，然后开始寻找我与谆基先前租好的库房。推着颇沉又不好移动的车找了十多分钟，我在二楼发现了属于我们的"2212"号仓库。我歇下了手，打开手机找到谆基先前发给我的密码；我本该记得那组数字，因为谆基说过"密码是特瑞莎的生日"，但我没好意思说自己并不记得特瑞莎是哪天生的，便还是让谆基把数字发我一份。输入"1112"，用力把那手杆往上一拽，铁门就从下往上地开了。谆基与特瑞莎应该是5月初就已经把该存的东西放得差不多了，阴暗的仓库里，摆在比较靠门边上的、唯一能被外面灯光照到的一些物品上面都沾上了薄薄的一层灰。我想起谆基与特瑞莎暑假结束后应该会比我早些回到学校，并来这里取走他们的东西，便决定把自己的几个箱子推到靠里面一点的位置。仓库里几乎什么都看不清，物件被分到了两侧，水泥地板上反光着被让出的一条路。我靠着手机的自带电筒寻找空位，在这个过程中，我不断地想感慨谆基与特瑞莎生活滋润又丰富：仓库里满是他们一沓一沓的书，那些书平时我也没见他们读，但他们一直摆在房间里，每次去都能看得到；除此之外，诸如冰箱、落地灯一类的家电与家具也有不少。相比之下，我的几个箱子里装的不过是一些热水壶、冬装与一些文件夹或文具之类的东西，虽然整理完最后也是满满当当的，但终归与谆基和特瑞莎的有所不同。

回了寝室,我的房间基本空了,只剩下桌上的笔记本电脑和床上的床单。我跑到谆基的房间问他与特瑞莎中午要吃什么,他们说有点事情,要一起见一个学长,还问我要不要一起去。我说算了,心想谆基要见的学长好像没几个正常的。特瑞莎似乎看出了我的心思,说不是那个G学长,而是另外一个帮同学介绍工作的学长;还说如果我想去,随时可以加个位置。我想了想,回复她说,饭就不吃了,但麻烦她帮我问问东亚文学系如果要找工作应该选哪个方向的。特瑞莎答应后,我没什么事情做,就一个人没了去吃午饭的动力,想着在最后一天要不要跑下山去吃一顿好的牛排、日本菜之类的,但不知怎的,竟然在饭点时没了胃口。我怀疑自己是不是因为上午搬东西太累了,所以不想再出门,便倒在只剩被单的床上开始浏览外卖软件。美国的外卖价格颇高,尤其是送餐费,能外送的几家餐厅都需要至少三四美刀的送餐费用,这使得我最终决定外卖也不点了,直接跳过午饭。"反正要减肥。"我这样告诉自己,然而到了午后的样子,嘴巴里没点东西还是觉得难受,便去公共冰箱把谆基先前不要的剩酒取出来给喝了。是白葡萄酒,淡黄色的瓶子在初夏燥热的风中看上去十分沁人,能回甘的菠萝香气慢慢让我感到些许睡意。我一边喝酒,一边轻轻晃动屁股下面的椅子。窗外的山坡上已经没了学生,校园里看上去空荡荡的。往常的日子里,这样的清静在学校算得上少有,可当它就在眼前出现,我却一点不感到欣喜,反倒觉得有些无聊。天上的白云像挂着拐杖的年迈旅人一般迟缓地移动着,轻轻摇摆的树木像他脚下的芳草,仰望着天空的我像只面对着人类而不知自己命运的蚂蚁。

　　那瓶酒里剩下的酒,我分两小杯喝完了,原本想吃点东西的欲望也完全消散。我犹豫着是看会儿书还是看几部电影,趴在床上,我没拉上窗帘,心想这样应该就不会睡着,结果就这样发着呆,不知不觉就呼呼大睡起来。

那是非常幸福的一觉,按理来说,5月底的东岸如果不开风扇往往已经热得不行了,但可能是因为没有盖被子的缘故,我睡了既暖和又不至于出汗的一觉。我没有做梦,醒来以后觉得非常精神,还打了个嗝,消除了最后一丝酒劲。这时,特瑞莎与谆基给我发来信息,问我要不要一起重看《哈利·波特》或是最新上映的《前任3》,我问谆基:"还有别的能看吗?"

"没了,我想看《前任3》,前两部我都看了,还行。特瑞莎想看《哈利·波特》,虽然她都不知道看过多少次了。你有什么特别想看的不?"

"没有,我就随便问问。有酒喝?"

"有,还有最后一瓶。"

最终,特瑞莎与谆基妥协了,我们一起看了《前任3》。那是一部没什么意思的电影,以至于一直到全片结束,我都记不得几位主角分别叫什么名字。特瑞莎倒是慢慢对这部片子来了兴趣,越看越投入,看到激动、难过或是高兴处,她会抱住谆基或是拉住谆基的手;我则在一旁细细享受着谆基这瓶山崎不同于一般威士忌的醇香与甜味,全然不顾他们俩忘我地搂在一起。东岸的夏天日落得很晚,谆基房间的阳台朝东,只能看到日出,看不到日落;酒瓶子里一抹抹醇厚的味道好像与我们看不见的、存在于另外一端的落日一起浓烈了远处的云彩,呈现出一种若紫若黄的颜色,却又似有红色的烟雾缭绕于云端之上。我问谆基与特瑞莎今天与学长聊得如何,谆基说挺好,自己明年如果找不到实习的机会,可以回来找这个学长要个着落。特瑞莎则表示那个学长未必那么靠谱,自己聊了几句就不想聊了,她还为没帮我询问学长我的与专业相关的问题而道了歉。我说没关系,都是小事,又问了他们晚上想吃什么。特瑞莎说想吃点没吃过的,谆基则想去吃"亚洲餐厅",认为自己回国以后会想念这儿的"美食中餐"。我那天对左宗棠鸡一类口味的菜没什么兴致，便与特瑞莎一起劝谭基吃点不一样的东西。谭基最终同意了。

事实上特瑞莎口中"没吃过的"不过是一家其貌不扬的汉堡店。那家店谈不上陌生，就在朴学长组织饭局的拉面店对面。谭基与特瑞莎都没怎么喝酒，看完电影就说直接出发。我有些头晕，问谭基剩下的酒能不能给我，谭基说可以，我便带着酒先回房间休息了会儿。等到天正式黑了的时候，我们一起下了大一的最后一次山，我谈不上感慨，只觉得时间确实流逝了不少。那间汉堡店的门面很小，写着名字的牌子挂在玻璃窗上，因此很容易被当成广告贴画而忽视。店内空间不大，甚至没有三人位的。每张小圆桌都带着两把不能移动的黄色椅子，椅子是金属制成的，很硬，穿着夏天的短裤坐下去屁股会有些疼。我因为刚喝过酒，还有些迷糊，便随便点了特瑞莎也点的那款汉堡。汉堡的尺寸比国内麦当劳里买到的稍微大些，面上淋了不少酱汁。咬下一口，并没有什么特别，满嘴的番茄酱与芝士的味道；牛肉很干，也没有太多肉本身的味道。或许这算不上好吃的汉堡，可我大半天没吃东西了，实在饿得不行，于是两三分钟就吃完了，还连带着一大杯可乐。当然，为了减肥，我点了无糖版的。谭基与特瑞莎在另外一桌吃，他们除了汉堡，还点了薯条、奶昔等小吃，谭基见我吃完了，便问我："你觉得好吃吗？"

"汉堡能好吃到哪里去。"

"减肥吃这个不要紧吗？"特瑞莎插道，同时吃了一根薯条。

"不要紧，"我用纸巾擦了擦手上沾到的番茄酱，"我上午和中午都没怎么吃。"

"一天就吃一个汉堡呀？"特瑞莎拿着汉堡，对我一阵打量。

"够了，我现在也不想吃别的东西了，挺饱的。"

"你看着是瘦了些了。"

"我有点后悔没去吃中餐了。"谆基说着,啃了一大口汉堡。

"也不会比这个好吃多少。"我把汉堡的包装纸扔进旁边的垃圾桶,起身推门,挥手与特瑞莎和谆基道别,"我先回去睡觉了,明天早班机。拜拜!"

"好的,暑假有机会再见!"谆基说。

特瑞莎在一旁忙着吃,没空说话,便摆了摆手。她头上戴着顶橘色的帽子,看上去活像个被上足了发条的玩偶。

我第二天确实是早班机,大约凌晨4点就得从学校出发了。坦白地说,早睡是一句谎话,我晚上压根儿就没打算睡觉,想着干脆提前倒了下时差。之所以要提早离开、不与朋友们分享大一最后夜晚的原因,我也说不清楚,但我就这么做了。

大一就这么草草结束,临走前的最后一杯酒是午夜2点45分喝的。杯子是一次性塑料杯,我在衣柜的某个角落里发现的;酒是谆基慷慨赠我的剩下的山崎,说实话,这最后几口喝着,让我想起与谆基一起去的第一个酒局上品尝过的各种难以下咽的含酒精液体。我有些纳闷自己为什么没事找事地要在这种时候如此为难自己,但我喝了一口后,并没有把剩下的酒丢掉,而是闭上眼一饮而尽。

5

在大一暑假回国的那班长达12小时的航班上,我一路上睡着的时间不超过一个小时。在我二十岁以前,我上了飞机总是倒头就睡,啥也不想;这回却不同,也许是因为前几天我跑步太久,我的双腿一路上都无比酸痛。我向空姐要来了冰块,敷了约半个小时,冻得我大腿都没了知觉,心想着终于能好好睡下，没想到突然头痛欲裂，估摸着是昨晚与谭基喝得太多了，仍然没有睡意。看了几部没什么意思的电影后，我还是不感到困乏，便忍着渐渐恢复的酸痛与脑中的酒精残留物，等待剩余的几个小时过去。

我靠着父母的关系，在上海找到了一份实习。尽管这份工作听上去确实得体，对于一个大一学生来说不只是幸运，然而实际的工作内容无聊又毫无意义，两个多月辛劳下来，我没觉得自己有所收获。若是以前，我想我对此不会抱怨，因为能有足够的理由让我整整一个夏天都待在上海，意味着我也将有更多的机会同雨喆相见。可时隔一年，当我有意识地控制雨喆在我生命中的位置，在上海的一整个夏天就变得冗长又无趣。

话虽这么说，我还是试图联系过雨喆。我到上海的第一天便告诉了她自己也在市里实习，雨喆的反应比前几次显得更为激动："那很好呀！有时间来找我吃饭！"

这让我在刚来上海的日子里开心不少，每天工作结束后都想着今天雨喆是否有空，是不是能接她下班和一起去吃饭。可惜现实最终还是让我失望，三番五次地想约雨喆出来，却都因为她的加班等原因被拒绝。整个暑假，雨喆没有与我相见一次。上一次见雨喆已经是一年前的事情，2018年的夏天，也标志了我第一次超过一整年不见雨喆。想到自己大一刚开始时对自己的期许，我走在漕河泾尚未建设完整的大马路上，街灯与不被树荫遮盖的阳光一起铺在了我的身上，我又一次觉得失落。

闵行区某个紫色灯光的小酒吧里，有我关于这个夏天的一些难以辨别美丑的记忆。从实习的公司到那间酒吧，需要先走过一段没完工的工地路，地上满是起伏与石块，然后再翻过一座桥及一大段商圈附属的马路。那座桥横在一条气味不佳的河上，在下班的时间点路过时，会令人想起中午食堂里倒

饭处的厨余味道；往前必经的商圈则人声鼎沸，无论早下班还是晚下班，大家都拥挤在不宽敞的街道里往某个方向前行。如此大费周折且频繁地去那个酒吧，不完全是我的本意，奈何下了班后的生活实在太过无聊。我就算委屈这往返几十分钟的路程，也不愿让自己在清醒中等待明天朝阳的升起。

　　7月的一个夜晚，我正喝着啤酒，一个女人坐到我的旁边。对于同龄人，我还是多用"女孩"称呼，但见到眼前那女人的瞬间，我只能用"女人"形容她。我倒不是觉得她上了年纪，尽管她的长相看上去有些显老，但她的举止还是活像个女孩；她打开手机漫不经心的样子，喝酒时候跷脚的腔调，都是不被允许世俗定义的。改变这一切印象的是她的眼睛，空洞而无神，无论怎样盯着她瞧，她都不会与我对视，可能也不会与其他人对视，但那又不像是躲闪，或者说更像是自顾自地走只有她能看清的道路。"那是一双只属于'女人'的眼睛"，我这样认为。

　　女人先是若无其事地喝着面前那杯在暗紫色的灯光下看上去有些发蓝的酒，然后用食指在留存有冰块的杯子上画着圈，她纤细的手指好似滑冰运动员的冰鞋。她终于转向我，注意到我正盯着她看，便一边啜酒，一边说了一句："你好呀。"

　　"你好。"我有些尴尬地回应。

　　"你是W校的？"女人指了指我身上印着校名的短袖T恤。

　　"是的。"

　　"没想到真有人回国了还一直穿校服。"

　　"这衣服质地不错，舒服，所以就一直穿着。"

　　"我还以为你是怕别人不知道自己是哪儿来的呢。"女人调侃道。

　　"你要这么想也行。"我无奈地承认。

"我是C校的,在你们旁边的纽约市内。"女人不露齿地笑了笑。

"这么巧。"

"我英文名是爱舍丽,不过也可以叫我珊珊。"

"准杰。"

"一个人喝酒?"

"对。"

"心情不好?是不是失恋?"

"没有,喜欢喝而已。本地也没什么朋友。"

"那你来干吗呀?"

"实习。"

"在哪儿实习?"

"就附近,漕河泾里的一家互联网公司。"

"那应该挺好玩儿的吧,你都做些什么?"

"好玩儿?其实也没有。"我转念一想,觉得这会是不错的话题,便史无前例地与人细聊起自己的工作,甚至连我的父母都无缘知晓,"最近做的是帮公司和承包商、赞助商沟通,看看赞助商有什么需求、承包商有多大能力……不过大部分时间就是挂在QQ和微信上,等老板和这些人给我信息。"

"听上去挺好玩儿的!"想不到珊珊听了后,兴趣不小。

"没劲是没劲,有很多重复的工作,"我捏了捏下巴,借着酒精,我决定继续自由发挥,"可这样的职位还是挺重要的。兴许原来是没我这个位置的,我来以后,他们给我这个活儿做,做完,他们还觉得有我挺好的。"

"那你也算直接影响了公司决策。"

"真要这么说,也算是吧。"

"哇,那我们得干一杯,说不定以后你就发达了呢。"珊珊用她的杯子碰了一下我的杯子,发出不那么清脆的撞击声。

我举起杯,将杯中剩下的啤酒一饮而尽,然后问珊珊:"你也是一个人?"

"我也没什么事做。"

"喜欢喝酒?"

"算不上喜欢,但有时候会来这里玩一下嘛。"

"那也算得上是喜欢了。"

经过一小段沉默的过渡,珊珊撇着嘴,突然问我:"觉得没话说了?"

"倒也没有,我只是把发挥的机会让给你。"我试图用贫嘴来化解这尴尬。

我大约又喝了三大杯啤酒,珊珊则点了两支鸡尾酒,吃完一叠墨西哥薯片蘸莎莎酱。时间过去了近一小时,夜已深,酒馆外原先还热闹的小摊已经撤得无影无踪了。珊珊与我一道看着窗外,然后又看向了我。橘黄色的街灯让我想起茹一的发梢,想起人海里诸多的奇遇和由奇遇引发的种种可能及不可能。

"你有女朋友吗?"珊珊问我。

我故作意外地反问:"女朋友?"

"是啊。"

"没……没有。"

"听上去像是有的样子,"珊珊笑着瞪我,"嘿,你不会有女朋友还出来和一个陌生女孩聊这么久吧?"

"真的没有。"我的确没说谎。

"很巧,我也没有男朋友。但我有一个一起长大的男生,之前他还向我表白了呢。"珊珊翻了个白眼。

"你怎么说的？"

"我没同意。问题是那个男生特别无聊，平时不玩电脑也不看电视，就喜欢傍着他那架钢琴。能成为音乐家固然不错，有几分浪漫，可惜他长得不帅，钢琴弹得不尴不尬，让人听也不是，不听也不是。"

"懂了，你不好这一口儿。"

"也不是，我喜欢贝多芬。"

"可我知道贝多芬的音乐肯定比他的外貌漂亮得多。"

"又不是贝多芬向我表白！"

"也是。"

"如果是你，你会怎么做呢？"珊珊反过来问我。

"长得不那么帅，那就算了。"

"那你身边有没有长得帅的，哦，你是男的，应该是长得漂亮的女朋友呢？你喜欢的，或是喜欢你的。"

"算没有吧。"我想到了雨喆。

"真没有？"

"没有。"我迟疑了会儿，最终还是这样答道。

珊珊并未像茹一那么快地消失在我的世界里。小酒馆内的时间过得不紧不慢，酒精让我们的大脑感到迟钝，时不时地发出的笑声又让我们察觉到能令时间加速的快乐。

"你对自己的大学怎样看？"珊珊忽而转换了话题，问我，"好歹算半个名校吧？"

"没感觉有什么特殊，总体还算不错。老师还行，同学也还行。"

"你看上去不像是会和同学处得很好的样子。"

"我和同学的关系还真不错。"我想好了,珊珊再追问下去,我就拉谆基与特瑞莎出来挡箭。

"你不用害羞,我和同学的关系就不怎么样。"

"不怎么样就不怎么样呗。"我试图安慰她。

"我希望是那么回事。还记得我刚才说的那个男生吗?弹钢琴的那个。之前他来我的大学看过我一次,结果被我同班的一个女生喜欢上了。那个女生后来还千方百计地托我联系钢琴男,没想到他对她没兴趣,就是男生对女生不来电……"

"你好像在炫耀什么。"

"你别插嘴……我当时不想他再来烦我了,就明确拒绝了他。可他不甘心,继续来我们学校纠缠我,最后惹得喜欢他的女生很生气,骗他说:'你别追爱舍丽了,她有男朋友;不仅有,还不止一个呢。她和许多男生都睡过觉,很奔放的那一种!'钢琴男听了这话,差点没当场晕过去,事后埋怨我为什么不早告诉他,害得他吐了两口老血。他就此确信我是个渣女,不受到点惩罚对不起全世界,于是处心积虑地找了兄弟混进我们学校的微信群,指名道姓地败坏我,搞得我在学校都没法见人……"

"没事儿,大学就四年,很快就过去了。"

"你这算什么安慰呀!"

"我只是单纯地这么觉得。"

"喂,我都哭出来了!"

我看不出她到底是在哭还是在笑。"我不擅长安慰不讲实话的人。"我说了实话。

"我编故事了吗?你哪点看出来了!"

"一般情况下我眼盲,特殊的例外。"

"你真是没心没肺!"

"我没有的不只是心和肺,还包括你刚才提到的……女朋友。"

珊珊在没有空调的夏夜里流着汗,面对逐渐宽敞起来的酒吧,她忽然问我:"你愿不愿意请客?我想多喝几杯。"

"我们认识才多久,为何要我请客?"

"AA制可是资本主义制度下传达性冷淡的最亲民的方式。"

"你性冷淡吗?"

"我不知道。你呢?"

"我也不知道。"

"我看你像。"

"怎么看出的?"

"你不会是个孤儿吧?对外面的异性都没什么兴趣,然后与一个妹妹相依为命,只在乎她一个人……"

"你想多了,我父母双全,甚至连爷爷奶奶都还健在。我长这么大,身边唯一过世的是我五岁时养的乌龟。"说完,我忍不住想笑出来。

"那乌龟死的时候,你什么感受?"

"记不得了。但如果你硬要我回忆的话,我只记得那会儿母亲说:'它死了,你可以把它埋了。'我懒得埋,觉得反正死了,就随便把它扔进一只垃圾桶里。"

"没心没肺!"

"对,你之前的判断没错,我妈也这样说我。"

"看来你从没想过要改正。"

"当然没想过。"

"幸好你还没女朋友,不然准会被你糟践了然后始乱终弃。"

"我是处男。"我很肯定地对珊珊撒了个谎,仿佛茹一确实不曾存在过一般。

"我估计你还不学无术,花钱大手大脚,出国以来一事无成,而且心里面完全没有愧疚感,继续消解着父母对你的期望。"

"我学习还挺认真的,尤其是作文,写得挺快的。"

"那你还算是个乖小孩。"珊珊用手拧了一下脸上那颗樱桃,"奇怪,我竟然在和一个没心没肺的乖小孩聊天,不过也不错,我周围都没什么乖小孩。"

"那你的学区可能不够好。"

"你那个学校里,应该没我们那儿坏小孩多。"珊珊全然不顾我的笑话,盯着我开始讲述故事,"我因为在纽约,按理来说是不太需要开车的,不像加州那里地方那么大。但我那届有个男生,很高,比你还高两个头吧,他买了一辆保时捷,天天往我们学校教学楼门前一停,也不知道是停给谁看的。因为他是没有女朋友的,所以我们都觉得他可能想等待一个会在他车前止步不前的女孩。大家都认为他在做白日梦,这钱估计会白花了。现在的人就算再肤浅,也不会肤浅得那么直白:你又不是和车恋爱,凭什么一辆保时捷就能把你的魂勾走了!然而,那个男生买了车不到一个月,竟然真有两个女生直愣愣地盯着那车看,还站在那里比画着恋恋不舍。当时我正好在场,没看清楚她们的脸,只记得两人的腿好细,比我的还细。你看,我的腿是不是算很细了?"

珊珊说到这里,站起来伸出她的腿给我看。确实,那是一双很细的腿,但还不至于能看清腿骨。

"总之,她们的腿很细,胳膊也很细,一副骨感美人的样子。其时那个车主从楼里走出来,看见两个美女,就兴奋地冲上去打招呼。他们之间说了些什么,我不知道,反正两分钟后,那两个美女都上了他的车。印象最深的是他关车门时,还朝附近几个偷偷观察他的同学吐了吐舌头。那可真是一根很长的舌头,我还没见过正常人能吐那么长的!"

珊珊也试着用劲吐出舌头,喷出了几滴口水到我身上。我没说什么,轻轻抹掉。"后来呢?"我问。

"后来发生了几件事情,我们现在先讲上了他车的那两个美女,姑且叫她们A和B吧。A好像当天晚上就和那个车主睡觉了,第二天还在朋友圈里发了和车主的合影,有一种一夜情瞬间转正的感觉。大概过了两个月,我们都以为那车主算是有了指向,那辆保时捷也不必再出现在我们学校教学楼门前时,意外发生了。嗯,有一天,他好像在六十街附近出了车祸,人倒是没事,但那车废了。之后,A就和他不知缘由地分了手,也或许她就是图他的车。总之,离奇的并非分手,而是再之后发生的事情。那个车主在撞了车后的第二周,居然与B好上了。要我评论的话,其实A和B长相差不多,都是最常见的纽约女留学生外貌。B倒是比A低调不少,不像A那样,很少秀朋友圈。后来听说那车主又说服他父母,给他买了一辆新车。可能是雪佛兰,也可能还是保时捷,我不玩车,没什么概念……"

"真是有钱。"我不禁感慨道。

珊珊继续说:"可那车刚买没两天,又撞了。撞了以后,B没走A的老路。那车主很感动,B成了他实实在在的女朋友。比较可惜的是他的车,两辆名车,都回不来了。又听说他的父母不同意再给他买新车,还断了他许久的生活费。那男生心里难受呀,在纽约这样的城市谈恋爱,若没钱还不如不

谈。他没了需要花钱的娱乐活动,也没法买礼物、吃大餐、开豪车。过了不久,B终于把那个男生给绿了,还是个老外。要我说呀,B也挺现实的。"

"确实挺现实。"

"你觉得这个故事怎么样?"

"不怎么样。"

"听了以后不觉得很乱吗?"

"我那大学里也可能发生这样的故事,不仅如此,我那里人少地方偏,说不定恶人更加肆无忌惮呢。"

"反正我觉得有点乱……那个男生发现自己被B绿了以后,气得不行,接着把B挂到网上一通乱骂,还在学校里找B的朋友们的麻烦,结果根本没人理他。也不知道为什么,撞了两辆车,没有一块钢板是他身上的肉,可车没了,他的生活就变得缺胳膊少腿似的。从那以后,他开始接触'草''药',然后他好像是吸到了'假货'或者'次品',引发癫痫死了。"

珊珊说完,我才发现她面前的杯子已见了底,被若有若无的光线照得通透;侧面看去,珊珊的眼窝也是空荡荡。她看了我一眼,笑了,继续说道:"现在你还觉得这个故事很普通吗?"

"结局有些出人预料。"

"你认为他的死是活该?"

"这个词很残忍,别乱用。"

"那你是在同情他?"

"我有这么说过吗?"

"懂了,你还是觉得他该死。"

"说实话,我无所谓。"

"没心没肺的家伙。"

酒吧这样的场所与燥热的夏夜,也确实不适合此类过于理性的谈话与交流。五颜六色的灯光,浊黑却又被打得朦胧的天空,珊珊身上淡柠檬的香气,让我有了更加靠近她眼睛的欲望。珊珊坐在我身旁,用食指一下下地滑动着自己的朋友圈,一边看,一边时不时地笑。我不再多想,试图靠近了她,莫名地大胆起来:"要不要去我家坐坐?走路15分钟就到了,很近。"

"你不是性冷淡吗?"

"只是问你想不想去再喝一杯而已,你不想也没事,我就随便说说。"珊珊态度暧昧,我却立刻打了退堂鼓。

"这次就算了,我有些头晕了。"

"嗯,那好。"

"你就不再邀请一次?"珊珊挑逗地问我。

"你不是不想去吗?"

"你再多邀请一次说不定我就愿意了。"

"还是算了吧,下回见。"

"下回见!"珊珊摆摆手,起身出门,朝地铁站的方向走去。

后来我与珊珊在余下的暑假里,每周都会见一次,每次都有说有笑,好似上班时间是为了养精蓄锐,下了班的挥霍时光才是正经事。珊珊同我讲了许多类似于第一晚她所提到的"纽约故事"。这样的故事并不有趣,说难听点,我一点不在乎那些人的死活,觉得他们只能作为故事里的人,供两个无聊的人消遣之用。珊珊每次都问我听完故事后的感想,一次又一次,一次又一次。次数多了,我发现她能说的话与想说的话并不多;换言之,其词汇量相当有限。可我并不觉得苦恼,相反还少了一些不必要的顾虑。我没有再邀

请她来我家,她也没有再提起。我们最终止步于"小酒馆遇见的朋友"这一层关系上,并且在上海入秋以后,或许珊珊余生都不会再见我一面。大一的夏天即便有了珊珊,也依然没有多大的乐趣与改变,如果非得多加一个词汇来形容,那便是"没心没肺"吧。

  与茹一的情况类似,每次我结束与珊珊的相聚,心里总会想着要同雨喆说些什么。珊珊远没有茹一那般直接,更没有到与我一起走进同一个房间的地步。因为茹一的缘故,即便我确实邀请过珊珊来我家,我其实也打心底里不愿意同珊珊发展到越界的阶段。频繁的相见让我们对彼此有了更多的了解与信任,这足以让我相信自己在她心里的地位一定远超我在茹一心里的地位。

  珊珊在这个夏天快要结束的时候,为我制造过一场莫名其妙的闹剧。那个周日她传信息给我,问我想不想找点乐子。我说什么乐子,她说只管跟着她就好。我那会儿正无聊,没有多想,便答应了。

  珊珊把我带到一家医院,做了简单的登记后便领我到住院部。我有些不解,问这是来做什么,她说先来这儿办点事,晚点再带你去找乐子。我说到底什么事要来医院办?珊珊突然扭头看我,瞪大了眼睛,似笑非笑地深吸了一口气,然后故作严肃地对我说:"打不打赌?"

  "赌什么?"

  "赌你一会儿能不能待在这里超过15分钟。"

  "你不是来办事?"

  "改变计划了,现在就开始找乐子。"

  "我还是不明白。"

  "你一会儿过去,待着超过15分钟,今晚请你吃饭。"

  "不超过我请你?"

"不超过就不止一顿饭了。"

我一边继续询问珊珊，一边出于好奇随她上了住院楼的第三层。经过几个看上去奄奄一息的老人与正在玩手机的护士，我和珊珊走进了一个病房。坦白说，病房的环境比我想象中要好，尽管楼道里的空气闻上去酸溜溜的，墙角处有许多污垢，但走进病房的第一眼却异常明亮，窗台摆着红色的鲜花，床尾的杆子上挂着一个黑金色大包，床头上方悬着一只巨大的白色兔子玩偶，床上有一个精神得不像是需要住院的女孩。

"你怎么这么早就来了？"床上的女孩一边剥着橘子，一边问。

"我什么时候来还要你管！"珊珊理直气壮地回复。

"又不是什么大事，几天就出去了。"

"别装了，我听说得住小半年呢。"

"正好我也不想上学了。"

"你这环境不错，这半年应该会挺滋润的。"珊珊略显刻意地四处张望了一下。

"你到底来干吗呀？"女孩有些不耐烦。

"噢，听说你住院了，就是顺路来看看你。"

"看完可以走了。"

"克里斯没来看你？"

"来了，你没感觉到这病房里有余音绕梁吗？"

"那怎么没看到钢琴？"

床上的女孩不说话了，看上去有些生气，便恶狠狠地咬着手中的橘子。她往窗外望了会儿，然后又剥起另一只橘子。"这人谁呀？"她面朝着我，问珊珊。

"朋友。"

"朋友？男朋友？学校里的那几个还不够？"

"那肯定不够。"

"带来干啥，我是你妈？带来见家长的？"

"带来陪陪你的，他嘴可甜了，说话保你开心。你一开心，病一下就好了。"珊珊拍了一下我的背，"我去附近银行一趟，马上回来。你们先聊，说不定这个比弹钢琴那货要好，你就犯不着生病了。等我回来噢。"说完，珊珊就捂上了控制不住想笑的嘴，对我眨巴了几下眼睛，我还没来得及问她是什么意思，她已迅速离开了。

"你是谁呀？为啥要来？"病床上的女孩问我。

"她带我来的，我也很纳闷。"

时间是下午一点半，太阳正在窗外嚣张地倾泻着。女孩看了我一眼，便继续自顾自地剥橘子和吃橘子。她咀嚼的声音很难听，我后来想想，应该是她嘴唇厚的缘故。如果单挑这一点，可能还会有人夸她嘴巴生得好看而有型，说不定还会觉得她双唇特性感。嫩红的橘子转眼被女孩吃了个精光，然后很随意地把橘子皮丢下病床，不带一丝顾虑。那橘子皮与几颗小小的子在没有花纹的地砖上散落开来，看着十分显眼。

女孩接着玩了会儿手机，一只手又从果篮里抽出一根香蕉。她的手指看上去十分灵巧，想必单手打字的效率比我双手加在一起都快。她一边看，一边用另一只手把香蕉摁在自己的被子上，像把一条鱼摁在菜板上扒出鳃的部位一样。她在不太容易的情况下，用两个手指头掰开香蕉的皮，然后慢吞吞地咬上一口，眼睛仍全神贯注地盯着手机。这让我稍有些不悦，尽管我不清楚她生了什么病，甚至还不知道她的姓名，可我既然被带到了这里，总是她的客人，礼貌待客是起码的事，哪有像她现在这样边看手机边啃香蕉而对客人爱理不理的道理呢？

在等待珊珊回来的时间里，我对这个女孩的厌烦越发增长。其实她什么也没做，什么也没说，只是一根香蕉吃了半天，一部手机放不下来。按雨喆的标准来说，她可以算得上是一个"专心致志、废寝忘食"的人。仔细想来，她已经保持这姿势许久了，却一点不觉得累，这或许也是需要毅力的，唯有病人做得到；而那香蕉握在她手里，却迟迟没有被她了结的意思，更像是等待毙命的死囚，时间在那一刻稍有些凝固，显得可怜又无助。

终于，女孩吃完了最后一口香蕉，接着伸了下懒腰，换了个看上去更舒服、更放松的姿势靠着床，改用双手捧着手机继续看。一阵夏天的热风吹过，窗外的树叶沙沙地作响。一只黄色的小鸟落在女孩一旁的窗台上，有些抽搐似的朝各个方向探着脑袋。起初，我与专注于手机的女孩一样，并未太在意它的存在，只是由于等珊珊有些无聊，才多看了它两眼。没想到过了十分钟，那小鸟依然没有离去，并且已经一步一步地挪动自己的身躯到了微微打开的窗户旁。女孩从始至终都没有发现那小鸟，或许是看手机终于看累了，她举起双手伸展筋骨，发出一声近乎惨叫的哈欠声。那一刻，黄毛小鸟仿佛被惊吓似的，飞速地扑腾了几下小小的翅膀，以一种慌乱的姿态歪打正着地穿过了窗户间的缝隙，进入到我们所在的房间。

女孩依然没注意到小鸟已闪进室内，在房顶上飞了几圈，四处碰壁，最后无奈地停落在女孩一旁的床头柜上。女孩赶紧放下手机，突然面对近在咫尺的小鸟，顿时瞳孔放大，身子被吓得往后直仰。她做了个深呼吸动作，然后转向我，小声问道："怎么有鸟进来？"

"进来一会儿了。"我真实地答道。

"怎么办啊?"

"你说什么?大声点我听不清。"

"怎么办啊!"四个大字,女孩也就前两个字稍微能听得清。

"什么怎么办,不就是一只鸟,我们把窗子都打开,它就会飞出去的。"

"我怕,小鸟会咬人的。"

"你是真傻还是装傻?"

女孩的一系列反应让我完全失去了对她所有的兴趣。有病人家属迅速推开所有窗户,终于放生了误入歧途的鸟儿。我没再搭理女孩,故意低头看起了自己的手机。女孩见我良久不说话,有些不好意思地主动挑起话题:"我好怕这种动物。"

"那可是人类的朋友。"我郑重介绍。

"看上去很恶心。"

"你吃的东西生前都是那模样。"

"也是,你长得像只猪,又胖又难看。但这并不妨碍你和那小鸟都是人类的朋友,所不同的是,小鸟是在活着的时候,而你应该是在被人类宰杀了以后……对了,我不明白珊珊为什么带你来这里。这里可是治愈伤痛的地方,你肯定走错方向了!"

"好像没人觉得你刚才的话有丝毫幽默之处。"

"你不乐意待这里了吧?那你走。"

"外面没空调。"

"算了,看在你帮我校正对鸟的认识的面子上,我同意你多凉快会儿。"

我不再说话,心里堵着一口气,有些埋怨珊珊把我带到这种地方来。我开始明白珊珊为何要下那样的赌注:要在这个空间里坚持15分钟确非易事。

这女孩真让人受伤，所以每个来的人又算是来对了地方，挨下去需要疗伤不是？突然，女孩的床头响起了手机振动的声音，她迅速接了电话，眼睛顿时瞪得又大又慌张，大声说道："不用来了！不用来了！"

电话那头好像又说了一些什么，女孩惊得浑身剧烈地抖动了一下，大声回复道："你们迟到这么久，我一会儿要在房间里换药了，不方便！真的不方便！你们明天再来吧……"女孩挂了电话，神情看上去十分失落，雪白的皮肤此时更像是病入膏肓的样子。上一秒她还神气活现地说着话，下一秒，连一旁地上的橘子皮都显得冷落可怜起来。

我不禁问道："怎么了？"

"没事，一个快递！"女孩强颜欢笑道。

"噢，你要换药？"我趁机看了下时间，一点三刻，我赢得彻彻底底，便如释重负地说，"那我走了。"

"不凉快了？"

"不想看你换药。"

"真的？"

"那就是不想看你了。"我起身就走。本想再回头看看女孩是否会露出我所期待的某种表情，但我最终没回头，也就是没有多瞅她一眼的兴致。

走到楼梯口的时候，我看见了珊珊，她好像料到了我会在这时出现似的，不悲也不喜地等在那里。

"你咋走了，不等我回来？"珊珊问。

"她要换药了。"

"你和那位美女聊得怎么样？"

"遇人不淑，还能聊得怎么样？"

102

"那我就放心了。"珊珊递过来一瓶已经不冰了,却依然挂满水珠的可乐,我拿在手里湿漉漉的,完全没有打开它的欲望。

"你们聊了什么?"

"鸟。"我故意这样回答。

"挺刺激!还有呢?"珊珊乐了。

"没了。"

"哦对了,"珊珊拿出手机看了一眼,"你赢啦!还赌不赌?"

"先请我吃上饭再说。这次赌什么?"

"先说赌什么。"

"今晚的酒。"

"那赌。"

"我赌你还不知道她的名字。"

"你赢了。"我无奈地认输,珊珊啧啧地炫耀了两声,有些兴奋地走起小碎步来。

"所以,这是什么乐子?"

"看你恶心人家,我反正觉得挺好玩儿的。"

"哪有你这样对待患者的?"

刚出住院部的门,就见两个穿着灰色T恤的男人带着一个巨大的长条纸盒站在路旁。我与珊珊走过他们时,矮个男人正急急忙忙地打着电话:"喂,成哥,顾客说今天不送了,好像是医院要换药,不方便哦。"

高个男人在一旁骂骂咧咧地跺着脚:"见鬼,扛那么远说不要就不要了!"

"好,我们先回去,先回去。"较矮的男人冲着电话,一个劲地点头。

我与珊珊不谋而合地瞄了一眼那个纸盒,纸盒上印着几个硕大的英文字母和黑白空格相间的钢琴键盘图案。

"现在找到乐子了？"珊珊问我。

"找到了。"我实在是憋不住笑了。

我们一起在附近随便吃了晚饭，然后又去了那家酒吧喝酒。喝酒时珊珊说，这可能是她回美国前最后一次和我喝酒了。

"什么时候回美国？"我问珊珊。

"后天就走啦！"

要离开珊珊了，竟让我感到许久未有的难过，这种感觉甚至超越了我在汉堡店里与特瑞莎和谭基告别。临走时，珊珊同我说："会继续减肥吗？"

"怎么突然问这个？"

"看你暑假成效不错。"

"可能吧，说不定哪天懒了，就不继续了。"

"不行，什么事都贵在坚持。"

"如果我比现在胖，当初你会愿意和我说话吗？"

"不好说。但如果你比现在还瘦，没准儿那晚我们还能再多喝几杯。"

当然，离开珊珊带给我的难过与雨喆冷眼待我时不同：雨喆带给我的是一种难以确认又无法言表的失落。总会有一只手从雨喆的嘴与眼睛中伸出，把我的心挖空，我却怎么也留不住那只残忍的手，也不知道自己是不是真的难过；然而当我想到珊珊可能不会再次在我的生命里这般频繁而有规律地出现，我心里能感受到确实的伤感，好似一只大象在心中的平原被射杀，在空旷的土地上发出震耳的哀嚎，每一次声波的再创造都被我捕捉进存在心底的留声机里。珊珊的背影与酒馆的紫色融为一体，她不挥手，往前走去。珊珊是一个很好故事里面的一个很好的女主角，不，珊珊本身就是一个很好的故

事,是很适合储藏与静置、拿出或端详的一段记忆。

也许是因为白天那个女孩的缘故,我没有让珊珊就这样离开,而是叫住了她,然后要求和她一起往她住的地方走去。珊珊说路远,不打车不行,要不一起上车。我说不用,就走走。我们就这样逛了许久,在我记不得路名的街头街尾,有尾气、大排档的油腻,还有属于树木但被我误以为是来自夏蝉的气息。我的重心不太稳,珊珊扶住了我,我笑了,因为她在与我触碰时,发现她往前的步子也算不上利索,估计酒量也不比我好太多。我和珊珊走了快两个小时,终于到了她家。到的那一刻,她问我,走这么远,到底有什么意义?我说,你不也走完了?珊珊呵呵地傻笑着,说如果现在就让你回去,是不是太无情了?我说不会,我打个车就回去睡觉。珊珊过来与我拥抱。这是我许久以来的第一次拥抱,我能感到珊珊手臂上的汗珠,在夏夜里边黏糊糊的。珊珊说,你要不然上来睡觉吧,可以睡地上。我说算了,我回去了。然后我们又拥抱了一次,时隔十秒不到,我却觉得清爽、自在不少。那是一个不错的拥抱,我必须承认。

我转身要和珊珊分别了,这时候她又从后面拉住我的衣服。我问怎么了,这么想我留下来过夜?她说别臭美,只是自己喝多了,有点醉,估计一时也睡不着,想再走走。我说你这人真奇怪,刚刚还说不想走路回家,现在走完了一程又嫌不够,还想再走。珊珊不再说话,带着颇为欢快的步子往小区门口的方向蹦跶。这小区的树不高,都是些看上去又老又硬的老树,珊珊走过它们,更让人觉得它们一棵棵不是驼着背,就是已经被人斩了半截。眼睛若顺着那路边的一排树往珊珊的方向追寻,会渐渐发觉8月的夜空黑得发紫,在我们的正上方有一片很轻的云:我们来时,并没有察觉到它的存在;当我们各自去了,它才在逐渐宽广的远景里显现。我站在云下,珊珊以为我就这么站着睡着了,再次一路小跑地回到我身旁,把没有多少重量的手搭在我的肩膀上。我不知道珊珊为什么会愿意抱我,我们之间并没有特别的经历与交情,我更不明白自己为什么会一直牢牢地记得她离我远去的背影,因为我无论怎么思考,都不能让自己信服珊珊对我而言有多大的意义。

6

  大二,说是崭新的一年,但其实与大一差别不大。我就住原先大一房间的隔壁,窗外看出去的景致一模一样。校园里再一次充满了依然是高中生模样的少男少女,他们在我的窗外玩滑板,抽大麻,唱很难听的歌,发表没有根据与实际意义的感言。天空与去年的这个时节一样蓝,夏天的阳光打在树木与绿叶上,被风吹动,树叶就变成了波涛粼粼的海平面。

  返校第一天我就收到了雨喆发来的信息,她问我是否已经回了学校,说如果还在上海的话,自己的实习结束了,可以出来见一面。我告诉她我已经不在了,谢谢她的关心,表示很遗憾今年没能见着,但说不定明年有机会再见。给雨喆发去"拜拜"的信息前,我思考了要不要同她多聊几句。我想过和她聊聊珊珊,和她说说我的减肥进度,但仔细一想,雨喆可能对这些都不感兴趣。我为雨喆的大三生活发去了祝福,而雨喆则一如既往地回敬了我警告式的生活建议:"没事记得多看书、写书评。"

  差不多中午时候,特瑞莎与谆基来敲了我的门。特瑞莎还是与去年一般活力满满,谆基则看上去不知为何没什么力气,黑眼圈很深,一脸疲惫的模样。谆基和我打了招呼、帮我搬了一个箱子以后,就说自己要去吃饭了,吃完了还有事,便独自先离开了。我有些担心,问特瑞莎,谆基怎么了?特瑞

莎丝毫没有顾虑,安慰我说谆基估计就是太累了,暑假工作忙得很。

我与特瑞莎一道吃了熟悉的食堂午饭。我在国内待了三个月,几乎没吃过汉堡与比萨,中午见到了这两样,胃口大开。特瑞莎见我吃得正香,盯着我看了许久。我没有工夫理她,只觉得嘴巴里比萨饼的番茄与芝士味道特别香。

"你瘦了不少!"特瑞莎感慨。

"托你的福。"还有茹一与珊珊的福。

"那可不!"特瑞莎臭美得不行。

吃完了,我因为倒时差决定回房间睡觉。我拉上窗帘前看了一眼窗外,看了整整一年的景致又回到了最初的模样,一年过去了,我不知道自己身上发生了怎样的改变。我的视力应该没有变差,依然戴着原先的眼镜,也依然能看清远方吸烟同学穿的背心上印着的唐纳德·特朗普;我的听觉与嗅觉仍维持了去年的水平,还是能听清风声里的嬉闹,也能闻到尼古丁与各式草药的区别。

醒来已是晚上,我足足睡了七个多小时,可面对窗外的漆黑一片,我实在不知道把生物钟里期许的太阳招呼出来照亮睡眼惺忪的我。我去洗了一把脸,刷了个牙。已经过了吃晚饭的时间,我却一点不觉得饿。屋里还没装上风扇,闷热得不行,我决定出门逛逛。在山坡上,远远地能望到山脚下有为新生们生起的篝火,我想到了去年同样的时候,也有这样的篝火活动,但我当时并未参加,因为我对这类非常形式主义的活动兴趣不大。我依稀记得与雨喆一起参加的那个夏令营,也是在这样的夏夜里,一个帮助所有参加者认识彼此的活动。听着夏夜的蝉鸣,所有人试图在黑暗中用一两句话向彼此展现最引人注目的一面。他们说的话看似不同,实际上相当重复,不过是"我喜欢小提琴"或是"我喜欢高尔夫",要不然就是"我可能比较安静,喜欢一个人思考",再可能是"我很喜欢认识新朋友,欢迎大家多和我聊天"。这些自我介绍让人听起来既虚伪,又无趣。

轮到了雨喆,她是这样介绍自己的:"大家好,我叫林雨喆。"

"没了?不多说几句吗?"指导老师试图让雨喆像别的同学那样多说几句。

"没了,老师。"雨喆对老师笑笑,然后再没开口。

老师有些无奈:"那好吧,下一位同学。"

"大家好,我叫准杰。"我试图像雨喆一样少说一句是一句。

"嗯,没了?"老师的语气越发无奈。

"哦,我喜欢看书。"我最终妥协了。

"好,下一位!"

这些对话在脑海里重现完,我已经走下山坡,到了食堂的边上。东岸的9月上旬,虽然白天依然很热,可过了晚餐的时间,已能令人感受到秋天的凉意。篝火挥舞着橘红色的光,把周围吵闹的学生都照成了生机勃勃的模样。我在烤棉花糖的队伍里发现了特瑞莎,慢慢走近了她。特瑞莎也发现了我,便离开了队伍,带着我四处转悠。她比我早一周到学校,并且参加了引导新生入学的培训,因此对下一届的同学了如指掌。

"你看……那个人,他家里超级有钱。" 特瑞莎伸手指了下前方。

我问:"戴眼镜那个?"

"不是,很瘦、手很伸的那个。"

"多有钱?"

"很有钱,不过好像没有那个女的有钱。"

"哪个女的?"

"那个短发的。"

108

　　介绍了一圈，我没记住几个名字，我估计也没几个人记住了我。我与特瑞莎继续游荡着，完全没有回去的意思。在地广人稀的美国东岸的一片草坪上，看着一群人狂欢笙歌并无动于衷，我与特瑞莎还都找不到别的能做的事情，不可谓不是一种悲哀。

　　我们在食堂周围绕着圈走，走到离教堂颇近的一片草地上，看见两个女孩正指着天空念叨着些什么。

　　"你看，那是猎户座。"

　　"让我看看，让我看看！"

　　"这里星星好多呀。"

　　"真好！"

　　"学姐！"其中一个女孩意外地发现了特瑞莎。借着远处篝火晃动的微光，只见那女孩长得有些矮，脸形像只苹果，满是粉肉。女孩象征性地抱了一下特瑞莎：那不是一个很好的拥抱，虽然看起来特瑞莎与她的双手都接触到了彼此的后背，但我能看出她没使劲，特瑞莎也没使劲，两人的胸脯和脑袋甚至没撞到对方。

　　另一个偏瘦的女孩站在原地一动不动，她看着相拥的特瑞莎与矮女孩，好像感到一些寒冷般耸了耸肩。特瑞莎转向了我，向我介绍道："学长，快过来认识一下，这位是李莉。"

　　"你好！也可以叫我莉莉。" 李莉冲着我说。

　　"你好！"我没打算告诉她我的名字。

　　"这是素瓷。"

　　"哪个素？"我对瘦女孩好奇起来。

　　女孩笑着回答："素食主义者的素。"

"哪个瓷？"我又问。

"china（瓷器）的那个瓷。"她想了想后说。

特瑞莎问她们："你们怎么不去烤棉花糖吃？"

"吃过了，我们在这里待会儿就回去。"李莉答。

"学长，你们知道这个教堂里的管风琴什么时候会演奏呢？"素瓷问我。

"我知道每周日礼拜的时候会有人来，偶尔也有管风琴的演奏会。"

"学长常上教堂？"

"不常。"

我注意到素瓷正盯着我看。教堂里透出昏暗的光，照清楚了素瓷的那件小麦色外套。定睛一看，她单肩背包也是显眼的黄色。我慢慢将目光移到素瓷的脸上，黑夜、街灯与篝火旁，她的脸看上去十分洁净，眼睛分得开开的，不漂亮，却很耐看。如果此刻我还没有挣脱时差，那这个时候便是白昼；如果我还看得到阳光，当然，这时天空中没有阳光，那就是她身上小麦色外套与黄色背包带给我的错觉。

"什么时候能听到管风琴的演奏呢？"素瓷像是自言自语道。

我突然想起今天在食堂里看到过海报，便说："下周好像就有了。"

"这样啊，那我下周要去看！"素瓷顿时激动起来。

我说："去看吧。"

"你去不去看呢？"特瑞莎用调侃的语气问我。

"去个屁！"我没生猛地答道。

目睹我和特瑞莎的互怼，莉莉和素瓷都笑了。素瓷加了我的微信，我本想多待会儿，但不知为何，时差的劲头竟然消失了，面对天黑，我本能地感觉到了困倦，便与她们道了晚安，先回去睡觉了。

按照我的预想，大二上半学期的初始几周过得非常顺利：上稍微变难的课，被一两个人叫"学长"，然后迅速忘记他们的面孔，再就是在健身房里继续跑步或是做椭圆机。我不介意一筹莫展，因为我也很明白这代表着没有什么超出想象的事会发生。借着雨喆留给我的一点认真劲，我还是能比较轻松地应对我必须应对的这些事情。

偶尔在食堂，我会看到素瓷。每次见到我，她都会一挥手同我打招呼。她在入秋时节总穿着那件小麦色的牛仔外套，耳朵上偶尔有个不大的黄色耳钉，让她显得与屋内的世界格格不入，恨不得请她多出去跑两圈，我想那会是很美的景色。然而，我与素瓷的交集，除了那个篝火夜的初见及后来几次我都记不得具体场合的偶遇，并没有任何实质性的进展。我倒不是故意疏离素瓷，只是碰上类似意义不大的社交我总是想着避开。如果是要坐下来，好好聊点什么，我想我会愿意与素瓷再深聊的，但偶遇时莫名其妙的一句"你好"，实在让我提不起什么兴致，更可能被我本能地排斥。

对于素瓷这样的女孩，我一般不敢多想，就好像我也从未对特瑞莎存在非分之想一样。雨喆给我留下的除了各式各样的要求，也有对这个时代女性独有的恐惧。这种恐惧不知从何而来，难以总结，但却一直留存在我身上，难以抹去。素瓷的笑容总是恰到好处地刺激到我身上残留的对她们的恐惧。这让我感到内疚，我不知道要如何向她解释自己的失礼，但或许她根本不在乎。这样一想，我便有些害怕起来。

不管怎样，素瓷最初在我看来不过是不痛不痒的插曲。大二的生活还在继续，谆基与特瑞莎最近似乎变得忙了不少，我们三人相聚的机会寥寥无几，大部分时候只能靠短信或微信交流。甚至有那么一瞬间，我觉得我们正走在分裂的路上，可我并不觉得这有什么奇怪，任由各自往前踏步。

上学期总能带来话题的贾教授在我们大二时离开了学校。贾教授为了全身心投入到与老教授的对抗中，将积累了十余年的假期拿来使用，就想着打赢这场官司。贾教授离开学校后，全力营销自己在网络上的形象，每天发布不少于三条微博、两条豆瓣，不断地重复宣传自己为揭开老教授虚伪面孔所做的努力。抛开这些努力，贾教授还定期推送诸如自家养的猫、新买的电吉他、自己睡前写的诗等来维持其账号的热度。对此，谆基嗤之以鼻，他认为贾教授果然是个爱作秀的人，所伸张的正义也不过是获取名利的遮羞布。

作为我减肥路上的得力助手，我也不忍心与谆基一起败坏贾教授。如今，随着贾教授的热度提升，老教授一方在网络上被口诛笔伐，节节败退，贾教授也大有乘胜追击的势头。校园里，每天都有人提及贾教授如何如何，就连新生们也深受感染，张口闭口就是"贾教授加油"！

法院开庭的那天是中秋日。在异国过中国节日是一件奇怪的事情，若是遵照着具体的日期去过，那这头的中秋夜可能已经是大洋彼岸中秋后的第一个早上了；可如果原封不动地将代表中秋的北京时间平移到美洲大陆，可能得看着偌大的太阳庆祝这个节日了。

美国时间的中秋节晚上，也就是国内的中秋次日上午，我随谆基、特瑞莎一起去参加了华人学生组织的中秋晚会。在去的路上，特瑞莎看上去有些闷闷不乐，谆基的心情好像也不怎么样。中秋带给我们一次团圆的机会，却没有保障我们在团聚中的喜乐。那晚的月亮确实是肉眼可见的圆。一群华人学生预订了教学楼最高一层的房间，我们趴在窗台上，迎着秋天的晚风，在银白的月光里叽叽喳喳。我给谆基和特瑞莎拿来了月饼，一个莲蓉的，一个蛋黄的。特瑞莎说她没胃口，便把月饼放在一边，继续倚靠在窗旁眺望远处的圆月。

这时,我被人敲了一下,是素瓷。"学长,好巧。"她今天没穿那件黄色外套,而是披着一件深蓝色的袍子,看上去像个年轻的巫师。

"学妹好呀!"特瑞莎转过头,一改脸上的阴霾,和素瓷打了招呼。

"学姐!"素瓷笑嘻嘻地朝特瑞莎招手,随后又看向了我。我没有说什么,与她对视了一下,点头致意。

"我还有点事,先走了。学妹再见!"谆基含着最后一口蛋黄月饼说道,然后很快消失在教室门口。

特瑞莎叹了口气,拿起手中的莲蓉月饼说:"学妹,吃月饼吗?"

"吃!"素瓷完全没有推托的意思,幸福地吃了起来。

"你们一会儿要做什么?"特瑞莎问了一个我希望谆基在时她会问的问题。

"不知道,没什么事情做。"我坦诚地回答。

"我也不知道。"素瓷一边吃月饼一边说。

"我也是。"特瑞莎目光呆滞地对着月亮,莫非她是后羿转世?她突然转了头,对我们说:"要不去我的房间喝酒吧?"

"好呀。"素瓷同意了。

"那我也去。"我也同意。

特瑞莎的房间是标准的单人间,与我的那间占地面积基本相同,但不知为何,她的房间看上去拥挤许多,窗边摆满了一排一排的书籍,最为显眼的是一本躺着的《一间自己的房间》,弗吉尼亚·伍尔夫写的。除此,她的墙壁上贴满了各式海报,有身着西装的演讲者,也有ACDC演唱会现场的照片。书桌凌乱,但见不到梳妆用的玩意儿,没有口红,没有随意摆放的耳环、项链,只有翻开的笔记本与吃了一半的薯片袋子。地板上铺着红色的地毯,有玫瑰花纹,看上去毛茸茸的,穿着袜子踩在上面感觉非常舒服。特瑞莎的房间在地下一层,窗外只能看到一点点的地平面,有路人的腿和脚,但看不见上半身。月圆之夜,这房间里却连月亮的影子都看不着。

特瑞莎拿出了一瓶写着"Choya"字样的绿瓶子梅子酒,然后又拿来了三个塑料杯。也是这时我才注意到,她似乎并没有一个自己常用的杯子摆在房间里。她为我和素瓷都倒了小半杯梅子酒,然后说"喝吧",就自己咕咚咕咚地喝了起来。

我怀疑特瑞莎是不是心情不好,也没心思和素瓷说什么。我喝了一口梅子酒,含在嘴里觉得又酸又甜,入了喉的回甘里却又有酒的苦涩。素瓷也喝了一口,她坐在地上,身上还挂着那件袍子,看上去心情很好,完全没有注意到特瑞莎的郁郁不乐。

"好喝吧?"特瑞莎问我们。

素瓷不假思索地点头道:"好喝!"

"这是我和谆基上周买的。"特瑞莎对着我解释道。

我明知故问:"噢,你们最近都很忙吧?"

"我还好吧,主要是谆基太忙了。"特瑞莎又喝了一口酒,脸色更难看了。

"你们没事吧?"

"没事?能有什么事?当然没事!就是一忙起来,会觉得他这里也是毛病,那里也是毛病,不过这也没什么。我们在一起,想想也快一年了,这些事情这时候才发现出来,已经不错了。"

"不应该早点知道更好吗?"我问特瑞莎。

"早些知道?早些知道还会和他在一起吗?哦,不对不对,好像没那么严重。早些知道的话,没准儿也还是会和他在一起的。不过呢,交往的时候最好睁一只眼闭一只眼,其实和赌博没什么差别,就是赌以后的他是否会变

好,或者赌他没你想象中的那么坏。"

"那现在知道了,你怎么办呢?"

"什么也做不了。"

"谆基不是挺好的吗?"

"是挺好的,但最近变得有点奇怪,以后会怎么样也无法预料。他现在就想赚钱,要不然就是去法学院,可是赚钱和去法学院是图什么呢?我看他自己也搞不明白。"

"你怎么知道他搞不明白?"

"他连贾教授都看不起,能搞明白什么呢?"

"这么说来我也不是很明白了。"

"那你也得好好反省。"

特瑞莎又为自己倒上了一些梅子酒,接着说:"谈恋爱的两个人如果差太多,有时候是挺难的。"

"不一样也是可以解决的。"我试图安慰。

"想不出可以解决的方法,如果太不一样,就会像有一道跨不过去的沟壑一样。你想想,朝鲜和韩国,人种和语言百分之九十九相同,还不是闹得不可开交!"

"你不会是要跟谆基分手吧?"

"那不会。"

"突然说什么沟壑,吓死人。"

"哎呀,分手又怎么样,不分手又怎么样呢?谈恋爱再重要也没有自己过得舒服重要,不是吗?"特瑞莎抱着双腿,蹲坐在椅子上,活像个孤单的堡垒。

"那你是谈舒服还是不谈舒服？"

"我觉得谈还是更舒服点，虽然有时候也会觉得不谈舒服。"

"舒服的时间多于不舒服的时间就好。"我看了眼素瓷，说，"别说这个了，有学妹在呢。"

素瓷杯里的酒没喝多少，她正独自揉搓着那块红色地毯的毛。她是否在听我们刚才的对话，我不知道。

"学妹，你有男朋友吗？"特瑞莎问素瓷。

"还没有呢，学姐。"素瓷答道。

"也不能着急，还是要慢慢来。就是不能太快地给男人机会，他就懒得憋着了，会早早地露出马脚。"

我问特瑞莎："你能不能不要这样给学妹压力？"

"这不叫压力，是教训！"特瑞莎有些酒劲上头。

素瓷在一旁忍不住地笑："学姐，放心吧，我会慢慢看的。"

摇摇欲坠的特瑞莎已经是满脸通红。"学妹，无论是你们这届里有看得顺眼的，还是我们这届里有看得顺的，只要你愿意，我都会帮你介绍认识。"她略带豪气地说。

"我们这届？没几个吧。要不然就是已经有女朋友了。"素瓷想了想，说道。

我和特瑞莎同时笑了出来，素瓷看着我们，也笑了。

"学长，你好怪，上次在食堂与你打招呼，你都不答应。"素瓷突然将话题转向了我。

"我那天可能注意力不集中。"我试图搪塞过关。

"你别信他，他就是故意不理人。"特瑞莎坐在凳子上，两眼无神，看

起来是喝多了。

"错了,说实话,我觉得大部分人于我都只是擦肩而过,如果都得去认识,那太浪费时间了,而且也无必要。"我辩解道。

"那你觉得现在算浪费时间吗?" 特瑞莎问。

"也算吧。"

"那你为什么还待在这里?"

"有免费的酒,你学姐请客,所以还算值得。"

特瑞莎打开自己的苹果笔记本电脑,放了首歌,是我没听过的,唱的也是听不懂的语言。曲调柔和,曲风柔软,主唱的声线细腻又缓慢,若不是酒精正刺激着我的大脑,我想我在不觉中就要睡着了。特瑞莎说了一个名字,问我觉得好不好听。我说还行,素瓷则很激动,表示这是自己非常喜欢的乐队,每天睡觉前都要听。我歪过脑袋想去看看外面的月亮是不是还和我们先前在教室里见到的一样圆,这才意识到特瑞莎的房间是看不到月亮的。尽管夜已渐深,也许因为那天是周六,窗外来来回回路过的人越来越多。他们的脚上穿着皮靴、大号运动鞋、帆布鞋,或是拖鞋,搭配着白色的短裤、黑色的长裤,看起来像裙子似的裤子和像裤子似的裙子。特瑞莎房间里的音乐随着吹进来的凉风飘浮着,我在房间里因为喉咙里残存着一点酸酸的梅子味道,感觉自己轻飘飘的。

"你们还在关注贾教授的事吗?"特瑞莎又一次提起贾教授。

"有呀,我好崇拜他,听说他这学期都不在学校了。"素瓷说。

"哎,你和贾教授还有联系吗?"特瑞莎问我。

"不联系了,我们没有熟到那个程度。"说实话,我都怀疑贾教授是否还记得我。我在课堂上鲜有发言,大部分时候都是听他和同学们说话。

"学长上过贾教授的课？"素瓷问。

我点头道："上过。"

"怎么样呢？我之前好想报他的课，可惜他这学期不在了。"

"还行吧。"我并没有把心里想的那句"不怎么样"给说出来，反倒是给了一个模棱两可的答案。考虑到我已经微醺，我对自己潜意识里依然运行自如的虚伪感到羞愧。

"学长上的是哪节课呢？"

"中文文学与写作。"

"为什么会在美国上这种课呀？"

"高中就出来了，没有更多机会学习母语。"

"那你觉得贾教授是个什么样的人呢？"

"挺有趣的。"

"听说今天开庭的结果好像不是很好。"

在一旁给我们加酒的特瑞莎适时补充道："嗯，说是证据不足。"

"真不容易啊。"我感慨。

"是挺难的，而且那些女生好可怜。现在这个案子不结，她们有的人还会继续受到攻击；就算结了，她们以后的名声也没人可以保证。"素瓷借着酒劲，话越说越大声。

"你们两个先聊，我去一下洗手间。"特瑞莎起身，走出了房间。

没了特瑞莎，房间里突然弥漫起尴尬的气氛，让我与素瓷都不知如何是好。素瓷很快收起了笑意，低着头看她手里的那个塑料杯子，面色通红，看来酒量也不怎么样。她的蓝色袍子坠落到身旁的地毯上，在朦胧的视野里，仿佛她与那块毛茸茸的红色地毯融为了一体，好像一只巨大的猫倚坐在特瑞

莎的床边。她也看了我一眼,见我注意到她,又迅速将眼神收回到自己的酒杯上。窗外来往的脚步声变得稀疏了,可我们依然看不到那轮圆圆的月亮。

"学长,你是哪里人?"

"南方人。"

"南方哪里的?"

"说来有些复杂,我一般都懒得和人解释。"

"怎么复杂呢?"

"真的想听?"

"反正也没事干啊。"

"我生于X市,初中时去了上海,高中时来了美国,在俄亥俄读书。这期间,我爸妈移民了,拿了新的身份,如果我现在回国,回的还是X市比较多一点吧。"

"真好,我从小到大就一直在Z市。"

"从没离开过?"

素瓷摇了摇头。

"那你出国应该挺激动的吧,终于换了个环境?"我试探性地问了句。

"激动?也没有啦。现在网络这么发达,感觉不用出门,只需要上上网,听听去旅行过的同学回来说两句,大概就知道某个地方是什么样子了。所以来美国之前,我基本上都知道会遇见什么,不就是很多的垃圾食品啦、难吃的中餐啦、种族歧视、政治正确啦,相处的人都是留学生啦,并且其中肯定有许多官二代和富二代。要真有什么超出预期的,来到美国所带来的改变远不如离开Z市。好像只有离开了熟悉的环境才能让我感到紧张,而外面的世界却丝毫没让我觉得新鲜。我一想到几个月吃不到火锅和烩面,心里就直痒痒！"

"那你还是想家的。"我说。

"也许吧。"

"想回家吗？"

"不想，还是不想就那样长大。"素瓷盯着特瑞莎桌上的兔子玩偶，似乎要陷入沉思。

"所以你本意还是更想出来。"

"嗯，不过好像不管在哪里长大，以后的世界都不值得期待。"

"那就不要长大。"

"那不就是死了？"素瓷笑了出来。

"好像是的。"我也笑了，"咦，特瑞莎怎么还没回来？"

"学长为什么这么早就出国呢？"素瓷突然问我。

"我想想。"

这个问题雨喆也曾问过我，她很好奇我这样一个不精益求精，也没什么个人理想的人在高中就出国学习。我不好意思向雨喆承认是因为自己的成绩不佳，如果继续留在国内，很可能会考不上高中。因此我给雨喆的解释是"正因为我十分迷茫，在国内找不到方向，所以才需要去新的地方看看能不能让自己有所改变"。我不知道雨喆是否相信，但她当时是这样归纳的："迷茫的人在哪里都会是迷茫的。"

我没有过多考虑雨喆这句话的深意，因为这本来就不是我真心实意的回答。可如今这个问题再次摆在我面前，我却不想再次言不由衷。借着醉意，我向素瓷坦白道："其实很简单，来美国对我并不是特别主动的决定，真实的原因就是我成绩不好，留在国内大概率会混不下去。"

"你怎么这么老实？"

"我也只是偶尔老实。"

"哦，那我还挺幸运。"

"无巧不巧吧。"

　　特瑞莎回来了。她甩了甩还沾着点水珠的手，又为自己加上了一些酒，然后帮我与素瓷也一并倒了点。喝到这时，那瓶梅酒已经所剩无几，绿色的瓶子变得更加透明，我能看清瓶底的那颗有些蔫了的梅子。特瑞莎关掉了那首依然在播放的、听不清歌词的曲子，然后耸着肩喝了一口酒，看了一眼我与素瓷："你们一会儿去哪儿？"

　　我说："回去睡觉。"

　　素瓷说："回去写作业吧。"

　　"那我们喝完这杯就差不多吧。我今天有点累了，明天和谆基中午还有约呢。"

　　"都谈了这么久的恋爱，还约会呀？"我打趣地问她。

　　"这叫仪式感。"特瑞莎有些害羞地反驳。

　　"你们还吃月饼吗？我包里还有几个。"素瓷突然提起。

　　"不吃了，怕胖。"我拒绝道。

　　"学长，你也不胖呀。"素瓷对着我上下扫视了一番。

　　"还不够瘦。"我故作镇定地表明了立场，心中一阵暗喜。

　　我们在几个笑话后散了场。那几个笑话并不算好笑，但是有酒精借力，我们还是冲着彼此发出了颇为干燥的笑声。我与素瓷一起离开了特瑞莎的房间，越过学校的小山坡，看到月亮在天文台的上空高高地悬着。我们之间没有多少默契：她爱往天上看，很认真的那种凝望；而我只目视前方，让她小心迎面可能撞来的喝多了的几个老外。走到我们的宿舍楼底下,穿过一小段玻璃房,我们在黑夜里能看到两侧的树木随着微风摇摆,松鼠在草丛间跳跃穿梭。脚下的石头路仿佛变成了一座桥,在酒精的影响下,黑夜里的草木变成了蓝色的大洋。我们东看看,西瞅瞅,平时根本不会在意的昆虫与枝干在这时仿佛变成了腾跃而起的海豚与洁净的浪花。我放慢了脚步,走在素瓷的后面,她那件蓝色的袍子也随着轻快的步伐摆动起来,让她看起来有着别样的魔力。当鱼儿与波浪消逝,素瓷的行进像是在夜空里召唤着沉睡的阳光,在平静的洋面上升起温馨的气息。有那么一瞬间,小麦色外套与黄色背包又一次闪现在我的脑海里,使我想起所有与她相关的偶遇,也抚慰了在她身上"浪费"的每一分钟。

第二天起床,酒气未散的我开始思考自己是否算喜欢上了素瓷。这是一种奇妙的感受,我甚至不曾在雨喆身上正经地经历过。素瓷带给我的感受也许与传统意义上的"喜欢"更为接近。我觉得素瓷好看、可爱、大方,而且不会给我压力。或许这并不让人觉得素瓷有多特别,毕竟这些特点算不上有多么难能可贵,但我每每面对她时,确实感受到了少有的轻松。我又想起茹一,也想起珊珊,尽管在极短的时间内,我一度认为她们都可能是不错的对象,也想过或者真实地与她们发生过超越一般男女的关系,但记忆里的她们无论何时比起素瓷都模糊太多,甚至仅仅是相隔了一夜,她们的面孔就变得难以追忆。

还有一点让我对素瓷动了心的原因,是昨晚她大方地对我说了句"你也不胖呀",这让我简直受宠若惊。尽管回校以后,有认识的同学也这样说过我,但素瓷的语气里完全没有调侃的意思,她只是中庸地说出了自己的观感。我想这里面也有素瓷在我还是胖子时并不认识我的原因,而现在的我对

于素瓷来说就是最初的我、没有参照物的我,相比让她看到我丑陋不堪的进化过程,我更乐意从一开始就在她的心里以至少合格的形象存在。

　　与素瓷、特瑞莎喝完酒的后一天中午,我因为有些宿醉早早地就跑去食堂吃早午餐醒酒,在那里,我见到了谭基,他一个人坐在中央的一个位置上,周围空无一人。他一边在笔记本电脑上看着些什么,一边吃着一盘满是番茄酱的炒蛋和香肠。我坐到了谭基身边,他没正眼看我,说了一句"哟",然后继续吃他盘里的蛋。

　　"你昨晚后来怎么样了,不是有事吗?"

　　"噢,没事了,一个面试而已。"

　　"你可真是够忙的。"

　　"哪有贾教授忙?"谭基咧嘴一笑,然后喝了一口橙汁,"昨天开庭怎么样了?"

　　"据说结果不是很好。"我吃了一口炒鸡蛋。

　　"哎,我们贾哥有的是后援会,输一场官司没什么!"

　　"也是,毕竟'贾教授最帅'。"我拉高嗓子,模仿着贾教授社交媒体下经常收到的回复。

　　"贾教授太帅了,我想给贾教授生孩子!"谭基也学着我说话。

　　"你今天不是要和特瑞莎出去来着?我昨天听她说了。"

　　"嗯,但我上午突然有个会,一会儿还有另外一个面试,所以就不去了。"

　　"她不生气?"

　　"怎么会?"

　　"最近这么忙?"

　　"是啊。"

"暑假怎么样？之前都没问过你。"

"挺好的，就是一直工作，忙死，"谆基看上去并没有我想象中那么阴郁，反倒是一边抖着腿，一边大口嚼着松饼，"在一个投行上了班。"

"可以啊。"

"可以什么？实话和你说，是我爸托关系帮着我进去的。我本来是没什么感觉，就觉得这种工作随便做做也不会多难。结果没想到，你记得，我上学期就在申请了，但自己肯定是没结果，最后只能靠我爸了。当时甚至还想暑假会挺空，提前买了好几张去找特瑞莎的机票，结果最后都没用成，亏了我小几千呢。反正，我就开始做这份工，周围的人也是进去了才知道，都是北大、清华、交大什么的，要不就是藤校的。我本以为这也不是什么顶尖的公司，没想到去了是这样。原来还指望每周干五天，上午9点上班，晚上最晚七八点走人吧，没想到熬到最后，基本上周六周日也要干活儿，每天晚上十一二点都还没结工。我给特瑞莎打电话的时间也没多少了，就是搬砖、干活。"

"辛苦了，真的是。"

"嗯，感觉一个夏天过去，和世界重连了。"谆基云淡风轻得有些刻意，脸上的肌肉一边舒展，一边抽搐，看上去令人担忧。

"重连？那是什么时候断连的呢？"

"来这里上大学时开始的吧。"

"现在好些了？"

"或许吧。"谆基摇了摇头，同时露出了一个缓和气氛的、使坏的笑，"对了，昨晚玩得咋样？没喝倒？"

"挺好的。"我挠了挠头，转向一旁。周日的中午，食堂里的人多了起

来，大家昨晚好像都喝了不少，步子慢悠悠的，讲话更是像慵懒的牛在田里无聊地叫。我决定旁敲侧击地向谭基坦白我对素瓷的想法："哦，对了，还记得昨晚的那个学妹吗？"

"昨天晚上那个？有点印象，叫素瓷对吧？特瑞莎提过。"

"对。"

"怎么了？"

"没怎么，没怎么……"我突然怯了场，"昨晚后来就和她一起在特瑞莎那里待着。"

"对人家有意思？"谭基似乎看出了我的心思。

"我可没这么说。"我本能地想撇清关系。

"你也太明显了，自己说吧，是不是想搞人家？"

"别说得这么难听，什么搞不搞的……"

"搞就是搞。带她去看两场她想看的电影，吃两顿她想吃的饭，然后陪她到一个她喜欢的地方，和她说'我喜欢你'，剩下的看造化。成了就成了，不成就不成。"

"凭什么都是她喜欢的和她想要的，就不能告诉她我喜欢什么和想干什么？"

"那你有什么能说的？"

我一时哑口无言。

"大哥，你想想看，是你追她还是她追你？何况这本来就是走个过场。该在一起的最后都会在一起。在一起以后也是做这些没有意义的事：去没有意义的景点拍没有意义的照，到更没有意义的网红餐厅吃没什么意义的网红餐，继续拍几张没有意义的照……"

"你是在劝我不要谈恋爱吗?"我打断了谆基。

"我劝你也没有意义,你迟早要恋爱,不是和这个学妹,就会有下一个学妹。我只是让你做好心理准备罢了。"

"你这心理准备做得也太残忍了。"

"那你别追了。"

"你当时追特瑞莎也是这么想的吗?"

"没有,特瑞莎肯定比那女生难追,相信我。她一直藏着,就是故意不让我知道她喜欢什么,让我自己去猜……"

"猜到了?"

"嗯,猜到她喜欢红的了,最后还送了她一面国旗。"

"那你们知根知底的,最近是怎么了?"

"不知道。"

"有什么事吗?"

"可能有,可能没有,怎么,你想帮帮我吗?"

"我怕没那个资格。"

"没事,不强求你。"

"你一会儿去干啥?一起健身去吗?"

"不去了。"谆基吃完最后一口松饼,离开了座位,"不是说了吗?还有一个面试,花旗呢。"

离开谆基以后,我也很快地把盘子里剩下的早午饭给吃完了,然后跑到图书馆的电脑房准备写这个周末的作业。我刚坐下,便发现特瑞莎早已先我一步,坐在一旁开始了学习。她趴在桌子上翻看着一本很厚的书,然后打了个哈欠,起身时发现了正盯着她看的我。特瑞莎远远地朝我打了个招呼,然

后继续趴在桌子上看书。我原本想过是否也向她索要些心得，可最终还是将这个念头敛了回去。"她与素瓷那样熟，万一提前和素瓷说了怎么办？"可我转念一想，觉得倘若确实要与素瓷有更多的什么，这样的情感不早晚都要让她知晓？说与不说，每一个决定看上去都是矛盾的，而我最终还是选择了后者。

  我对谆基在关键时刻没能给我有效而具体的指引感到失望，当然，我相信他说的都不是废话，只是我不知如何效仿罢了。事实上我也不算完全没有经验。我曾将许多所谓的攻略在与雨喆相处时使用过，只不过它们的效果非常一般，甚至完全无效。就拿"投其所好"来说，我一度觉得雨喆的"读书"与"写书评"这两个兴趣过于耗时耗神，因此我尝试着旁敲侧击地去了解雨喆是否有其他爱好。我通过个别同学打听到了雨喆喜欢听林夕作词的歌，因此没事就去书店看看有没有什么她会喜欢的林夕作词的专辑。雨喆第一次收到专辑时很惊讶我竟然知道她喜欢林夕，我假装大方地说我并不知道她喜欢林夕，只是我也喜欢林夕，觉得这张专辑不错，所以送她一张。然而这并没有进一步拉近我与雨喆的距离，她除了对我进行例行的感谢，并没有想象中因此而对我亲近起来；相反，在了解了她更多喜好，并针对性地下了功夫后，我反而觉得她对我越发陌生了，因此我适时停止了类似的做法，因为我慢慢相信这样做是徒劳的。

  至于带雨喆或是陪伴雨喆做"没有意义"的事情，其实我也有过类似的经历。我与雨喆在上海不少挺火的咖啡厅或餐馆吃过饭，但每次雨喆都觉得那些店家徒有其名且价格昂贵，最后反倒怪起我来说："不要盲目地追逐这些名气。"幸运的是，雨喆是雨喆，素瓷是素瓷。在强迫自己与雨喆相关的一切慢慢分离的一段时间后，我想我能够用相对崭新的态度去面对素瓷。暂时我确实不知道从何下手，但闲着也是闲着，我决定一不做二不休。

追素瓷的第一天，是从星期日下午特瑞莎离开电脑房后开始的。那晚一别后，我们没有再联系，尽管临走前我对素瓷说了"有时间再一起吃饭啊"这样的话，但是很显然，如果在第二天就着急落实会显得有些不切实际。我在电脑房里给素瓷发了信息："同学你好，昨晚没喝多吧。"

不一会儿素瓷就回复了："没喝多。"

"好的，同学，那下次有机会再一起玩。"

"学长知道附近哪家面条店好吃吗？"

"面条？山下的越南米粉不错。"

"这样啊，那我明天去试试。"

素瓷后来问过我为何用"同学"这个称呼，我的理解是如果直呼其名恐怕有些不讲道理的亲昵；如果叫她"学妹"，我又感觉有占她便宜的嫌疑，所以我最终选择了"同学"这样一个相对中性又不容易造成误解的词语。素瓷听了笑得不行，她认为我这样称呼她，容易使我自己看起来像前辈似的，叫人"同学"与叫人"同志"似乎无异。

简单地对话后，我们没有继续交谈，周日就这样结束了。

追素瓷的第二天，星期一，我在食堂吃饭时发现她正和李莉及另一个同学准备下山吃饭。她见我路过，同我打了招呼，我假装不在意地点头，然后吃完了饭便去上课。一整节课的时间，我都难以专心。周一的那节午课正好比较短，一共才50分钟。我算了一下，如果下了课直接跑到素瓷去的越南米粉馆，她也应该差不多出来了。于是我一路小跑地下了山，还在路上装模作样地买了一杯咖啡。不出所料，我看到了素瓷在餐馆不远处的一个十字路口与她的朋友挥手道别。我朝她的方向走了过去，她也发现了有些小心翼翼的我。

"学长,这么巧。"

"哦,好巧。"

"你也出来吃饭?"

"没有,下山买杯咖啡,这家咖啡店的咖啡不错的。"我举起手中的咖啡晃了晃。

"啊,你还特地下山买咖啡!"

"算是吧。"我感到了些许尴尬。

返校途中,我们没有多说什么,或者仅限于"你最近忙吗""我最近还好""不忙就多出来吃吃饭,另外一家也很好吃"之类的闲聊。我们一起来到图书馆学习,其间,素瓷意识到自己的水杯好像忘在餐馆了,我便提出帮她拿回来,正好我学累了,想出去透透气。素瓷想都没想,便同意了。

我将水杯从餐馆拿回来还给了素瓷,先回房睡觉了,留下她一个人在图书馆。素瓷这天作业挺多,我不想多打扰她。

追素瓷的第三天,比前两回更平淡。那天上午上完课,窗外突然下起了暴雨,我有些狼狈地跑到食堂,与一群同样狼狈的人一起排队吃饭。我在人群中发现了也在排队的素瓷,她随后发现了我,朝我笑了笑,是中间隔着距离,不方便再说些什么。暴雨夹杂着雷声,这本是我喜欢的适合窝在宿舍里睡觉的天气,却因为撞见了素瓷而变得不合时宜地恼人。食堂一别后,我在那一天里未再见到过素瓷。

那晚我睡得很糟糕。我的睡眠质量通常都不错,然而是夜不知怎的,我凌晨两点醒来一次,四五点又醒来一次,并且每次醒来都难以再次入睡。我想这与我那天没能同素瓷说上一句话有关。

追素瓷的第四天,结束了一天的课程后,我在平常不怎么去的一个食堂里碰到了素瓷。她好像刚参加完一个新生的会议，与李莉及另外几个新生坐在一起。我问他们我能不能坐在他们旁边，素瓷说好。其时他们正谈论着选课和感恩节旅行的计划，特瑞莎竟然也出现在了这个食堂里，端着一盘薯条多得离谱的墨西哥卷饼坐到了我的旁边。

这顿饭我一句话没说，倒是特瑞莎与几个新生聊得很是开心。他们纷纷加了特瑞莎的微信，旁边的男生甚至还不知道我的名字，就很出格地悄悄问我："学长，学姐有男朋友吗？"

"有，而且不止一个。"我故意气他。

"那我是不是反而有机会了？"

"你去给她写情书，最好用拉丁语写，她最近在学那个。"

吃完饭后，素瓷和特瑞莎要一起去图书馆学习，特瑞莎给我使了个眼色，我便同他们一起到图书馆地下一层的位置坐下。事实上那天我没有特别多的作业要写，该读的书之前读过了，要写的东西也不急着完成。身旁的素瓷与特瑞莎已经开始读书写字，而我却没有什么事干，这让我感到十分无聊，又不能辜负特瑞莎的一片好意，于是我开始拿出书包里那本已经读烂了的《了不起的盖茨比》，翻看起来。我发现素瓷在偷偷看我的书，她有些不太好意思，刚想轻声说话，却好像突然意识到自己正身处图书馆里，便在纸上写道："你在看什么呀？"

我看了一眼素瓷，心里觉得好笑，也用白纸黑字与她对话："《了不起的盖茨比》。"我已许久没用笔写过中文，盖茨比的"茨"是想了好一会儿才写出来。

"哪节课要看的？"

"自己要看的。"

"你没有作业吗?"

"做完了。"

然后我就对着盖茨比发了两个多小时的了不起的呆,其间我感到些许无聊,便跑去小卖部给素瓷和特瑞莎带了茶和薯片,回来以后继续看书。大概9点左右,素瓷再次在那张白纸上书写起来:"我好困。"

"我也是。"其实我写的时候还挺精神的。

"要不然我们走吧。"

"那好。"

于是我和素瓷收拾东西准备离开。我问特瑞莎要不要一起走,她愣了愣,再一次暗暗给我使眼色,然后说:"不了,我作业没写完,你们先走吧。"

我和素瓷走出了图书馆,前一天下过了雨,那晚的大风显得干爽又舒服。我与素瓷一路走到宿舍前的小山坡上都没有说话,直到我们又要进入那玻璃房时,她才开了口:"学长,你回去会做什么?"

我说:"没什么事做,可能睡觉了。"

"学长没事时做什么?"

"睡觉、看书,有时候也玩游戏、看电影。"

"学长去不去琴房呢?我最近才发现我们学校的琴房很好玩儿。"

"我不懂音乐,"我想了想,又说道,"你喜欢音乐?我记得你之前说过想听管风琴来着。"

"是喜欢,最近作业还不多,没事就跑琴房去玩。"

"那挺好的。"

不知不觉之中,我又一次走到了她的房间门口,挥手同她道别,说了晚安,然后回自己的宿舍。

追素瓷的第五天，与第三天类似。我一整个上午都未见到素瓷，没想到下午在公共厨房弄吃的东西时撞见了刚下课的她。素瓷问我在做什么，我说我在弄吃的。她过来转了一圈，看了一眼，便说先回房间了。大约五分钟后，素瓷给我发了信息，问我要不要一起吃晚饭，我说现在吃了东西，晚上估计吃不下了。大概隔了十分钟左右，素瓷给我发了一首歌，歌名怪怪的，叫"My Heart Longs for You, Pizza"，我还没来得及打开听，素瓷就发来了信息："今天特别困，现在躺在床上听这样的歌真的好幸福。"

"好好休息吧。"我回。

"学长喜欢听什么样的歌呢？"素瓷问我。

"我较少听歌。"我诚实地回答。

"学长下次来琴房一起玩吧。"

"你应该去修音乐系。"

"是吗？但我估计最后还是不会选。"

"为什么？"

"不知道。"

那天晚上我也早早地上床睡觉了，十一二点时，我因为一个梦醒来，梦的内容是雨喆疯狂地辱骂了我一顿，她说你又胖又不上进，爱撒谎并且没有改正的意愿。当时素瓷站在一旁，呆呆地注视着我和雨喆。我试图解释什么，但我听不清梦里自己的声音。惊醒之后，我喝了口水，发现时间还早，只能继续睡觉。睡着前，我的手机振了一下，是素瓷发来信息：

"学长，附近H城的那家中餐馆好吃吗？这个周末想去吃。"

"好吃，要不然我们明天去？我也想吃了。"

"那好呀！我明天联系你。"

"行。"回完信息,我带着微笑很快睡着了。

追素瓷的第六天,星期五。我上完上午的一节短课后,便开始等待素瓷联系我,结果一直过了午饭,到下午一两点,素瓷都没有给我发任何信息。我有些着急,便想着是不是该问问素瓷,但心里想着这么做可能会让她觉得奇怪,于是强忍着心里的期待跑去图书馆写作业。写了一个多小时,我有些坐不住了,想去小卖部买些零食。我刚走出图书馆的门,便在门前的那条路上撞见了素瓷。她搬着两个不小的纸箱子,走路的姿势摇摇晃晃的。站在台阶上看着缓慢前行的她,我不禁笑了出来。我走近素瓷,她浑然不觉。一阵风吹来,她没稳住,上面那个纸箱子跌落地上,她十分滑稽地竟然先尝试用脚去踢了两下地上的箱子,差不多走到了小卖部才重新把盒子捡起来。我跟在后面,本想拍拍她或者戳她一下,但心里觉得不太合适,就加快脚步,走到了她面前:"搬东西啊,要不要我帮你?"

"好呀,就是些书,重死了。"素瓷毫不客气地把其中一个箱子分给我。

我掂了掂那箱子,觉得是挺沉的。"今晚要一起去那家中餐馆吗?"我最终还是没忍住,主动问了素瓷昨晚她提及的计划。

"可以啊,但我刚知道一会儿有个社团的事情要去做,等做完可能得7点多了,到时候再去会不会太晚啊?"

"是有点晚,要不我去给你带回来吃吧?我刚好想去那里的超市买点东西。"我这么说,不过是找个无中生有的理由而已。

"可以,那就谢谢学长了。"

"你有什么特别想吃的吗?"

"想吃辣、重口味的东西,学校的饭菜太清淡了!"

"那我想想……给你带麻辣香锅吧?"

"好呀，好久没吃了。"

于是我5点左右就早早出发，打了车，去往那家中餐厅。车费是二十美刀，没有人分摊，并不便宜。到餐厅时才不到五点半，我有些着急，想着早些点上菜，早些回去，但又想到这样一来菜会冷却，便在店里坐下，想着要不要也点上什么先吃一些，毕竟来这家中餐馆一次也不容易。可是坐下的瞬间，我忽然感觉到肚子上的赘肉被挤压了一下，思来想去，还是决定向老板要了一杯水，说一会儿再点菜。

看了近一个小时的手机，终于到了可以点菜的时候，我点了麻辣香锅，又觉得光一个菜会不会太单调，便再加了一份鱼香肉丝。服务员帮我打包完后，向我递上了账单。为了不让自己犹豫或皱眉，我看都没看一眼地就把信用卡递了过去。

回到了学校，我把打包盒放在公共厨房外的桌子上，便有些疲倦地在一旁的沙发上睡着了。醒来时，只见素瓷已坐在一旁，面前的两盒菜被她打开了，她笑了笑，说："醒了？"

"嗯，"我有些迷糊，"几点了？"

"7点40分。那个活动持续得太长了，我一直想早点溜出来。"

"那怎么没溜？"我还是有些困，便顺着素瓷的话说。

"老师盯得好死，"素瓷拆开了一双一次性筷子，递给了我，"加上那些同学都太热情太认真了，我也不好意思走。"

"不说这些了，快吃饭吧。"

我们好像都很饿，全程只顾埋头吃着，吃完后素瓷很开心地向我道了谢。她开心的样子十分真诚，让她的眼睛看上去比厨房里的灯光还要明亮。

我问素瓷："一会儿做什么？"

素瓷说:"不知道,可能去琴房待会儿吧。"

"你很喜欢弹琴?"

"我从小练到大,尽管开始时是我妈逼着我学的,但后来我自己也喜欢上了。"

"除了钢琴,别的乐器呢?"

"我还学了打鼓。"

"真厉害。"

"其实也没什么,就是些个人的小爱好或小特长而已。"

"我感觉我就没有。"

"会有的。肯定有什么是你会,而别人不会的。"

"我觉得我会的,别人也都会。"

"那也不错。"

"是不错。"

我们又一次走到象征分岔口的玻璃房,与中秋节那天不同,现在时间还早,玻璃房外的世界正喧闹无比。周五的夜晚,香槟的喷涌声、酒杯的碰撞声、送外卖的车子穿梭而过声及呕吐或点烟声,缺一不可地在玻璃房外的黑幕里此起彼伏地响动着。我与素瓷更像是动物园里的两只动物,而墙外则是无礼又惹人恼怒的人类。我们没有表演的兴致,也不想给别人看热闹。素瓷问:"你要回去了吗?"我说:"我不知道,我想想吧。"然后我们站在原地,开始安静地看着对方。那是一次难以名状的对视,不记得是谁率先盯着对方,但我们都没有直白地说"你为什么盯着我看"之类责备对方的话,而是在差不多一分钟内彼此默许了这一切的发生。

"你不是要去弹琴吗?"我问素瓷,差点忘了她刚才与我说过的话。

"哦，也不一定非得去。"

"那现在你想怎么打发时间呢？"

"随便。对了，附近还有不少地方我没去逛过呢，听说有一个湖，学长知道怎么走吗？"

"知道，要不一起去转转，只不过天有些黑了。"

"黑不黑都一样，带我去看看吧。"

我开启了导航，和素瓷一起往山下的方向去。气温降了不少，差不多走到半山腰的教堂旁，我有些后悔自己没有披上一件外套。素瓷说："看，往上看，有很多星星。"我用双手捂着身体，稍微抬眼瞄了眼夜幕，只见头顶上果然闪着许多错落的亮点，有近也有远。我们俩走路的速度不算快，原本15分钟能走到的路程，硬生生被我们走了快半个小时。

坦白讲，对于那片湖的确切位置，我也没有十足把握；跟着手里的导航走，虽然靠谱，但总让人觉得如果是这样的话，素瓷自己也能去。我陷入奇怪的矛盾之中，这才意识到自己与素瓷从学校走到湖边还没怎么说过话。当我正想着是不是再挑起点什么话题的时候，我与素瓷已经穿过主街，来到前往那湖畔的必经路口。白色的金属杆子围起这座小镇唯一的地下通道，推开没有锁上却永远紧闭的门，有许多级台阶正等着我们。每级台阶看上去都有不同程度的损坏，走在上面必须很小心，不然一不留神就会踩空甚至摔跤。

来到地下，便能看到通道尽头的湖畔夜景。那通道并无异常，只是散发着一股废水的味道，两侧的墙上刷着白里泛黄的油漆，上面涂有好些图案与文字，不知安置在何处的播放器正演奏着一首节奏缓慢的乐曲。快速通过，发现湖畔周围一个人都没有，看上去冷清极了。往左首望去是一座高高的桥，桥下有水，一直流向被夜色吞噬的丛林。我们已经无法用肉眼察觉那片

丛林的浓茂,却在植被不怎么旺盛的湖边闻着沿水生长的绿叶植物的鲜腥气息。这种气息不是生来就能察觉到的,但在初三那年的最后一次春游,雨喆这样教育过我:"你看上去没什么兴致嘛。"

"公园这种地方早就来腻了。"

"你不喜欢大自然?"

"不喜欢。"

"因为你只用眼睛去试图理解它,所以觉得无聊。但你仔细闻的话,公园里的树和我们学校旁边的树的味道是不一样的,山沟沟里的草和足球场上的草闻起来也是不一样的。"

那以后,我依然算不上喜欢自然景观,但总会多此一举地去感受植物与季节的气息。

素瓷见我在嗅着什么,便问道:"你在闻什么呀?"

"树的味道。"

"你厉害!你很喜欢自然吗?"没等我回答,素瓷自己接着说,"我很喜欢。可能是因为长期生活城市中,纯自然的东西离我们越来越遥远了。"

"你读书到现在,总有一两个学科你很讨厌,见到那些任课老师你的头都不会愿意抬起来。但那些学科最后你都不得不上,甚至还因为你在那方面没有天赋,需要花费的时间和精力往往比其他学科多。你问我喜不喜欢大自然,差不多就是这么个原理吧。"

"所以闻树是你的必修课吗?"

"或许在某个阶段曾经是过,但现在不是了。"

我们一起沿着湖旁的小道朝右侧走去。行进了五六百米,见到湖边停着一艘不小的游艇,凑近看了看,发现白色的船身上被街灯照出一层薄薄的灰，应该是许久没人上来过。不远处开着一家海鲜餐馆，摆着一块船形图案的牌子，可看过去没有一点人气，餐桌四周净是空落落的，拉美人长相的男服务员在后厨旁边的阴暗角落抽着烟。当我们走过那几个服务员时，脚底下出现了一片沙滩，最先感觉到的是素瓷，她放慢脚步，有些惊喜地对我小声说："是沙！"然后蹲下身，用手捧起一把沙，举到我面前，问我，"说吧，沙子是什么味道呢？"

"水的味道、土的味道。"

"你这话和没说一样。"

"那我不说了。"

我们从湖的一端走向另外一端，不觉间，已经来到了小镇的边缘地带。远处传来火车经过的声音，周围秋末的虫鸣顿时不那么明显。素瓷倚靠着湖旁的栏杆，仰起了头，在静谧与喧闹中哼出了一首曲子。

"好听。"我走到栏杆旁，却没好意思再靠近素瓷。

"小时候学琴的时候经常练的，是刚刚隧道里放的呢，没听出来？"

"没听出来。"

"那再回去听一次吧。"素瓷提议。

离开了湖畔，又一次穿过那条地下通道，我们未再说话，只顾往前走。晚风在耳边掠过，恰到好处地吹走了我们不言不语的尴尬，用转凉前的余温让我们在心里感慨："真是舒服的季节啊。"

在准备回学校时，我们终于产生了别样的默契。素瓷好像是想开口说些什么，但又抿起了嘴。没过一分钟，她的步子突然变得轻盈，往前迈步子的腿有些刻意地绷直，使得每一步落脚时都响起咚咚声。眼看即将回到来时经过的那个路口之际，素瓷终于没忍住，说："其实我还没想好，不知道自己

有没有能力去担当很多事情。"

"担当什么呢?"

"自己情绪的波动,或是想要做的事情。"

"想做便去做呗。"

"你知道我在说什么?"素瓷边说边笑,看着我。这时,我们都感觉到了身边有什么东西飞快地经过。我们朝那个方向望去,原来是一只在街灯下有些金光神气的小狗。

"好像,但不确定。"

"我觉得我喜欢你,"素瓷说,然后深吸了一口气,"可我不知道自己是不是能担得起这份责任,万一我很快又不喜欢你了呢?"

"你喜新厌旧吗?"

"我觉得我算不上,但万一呢?"

"你来做决定吧。"

"你怎么想?"素瓷反问道。

"这不重要,一切取决于你。"

"你好像没什么主意,这么重要的事情,都让我做决定。"素瓷似乎被我气笑了。

"说实话,我对未来也没把握,不敢随便向你做任何保证。"

"那你,喜欢我吗?"素瓷似乎紧张得不行,一说完就扭过头去,呆呆地目视前方。

"喜欢。"

"那你为什么刚才不说?"

"你不是害怕担责吗?我担心说出来你压力会更大。"

"你还挺会替人着想的。"

"那你现在还觉得自己担不起责任吗？"

"不那么觉得了，只剩一点点担心。"

"没什么好担心的，你要相信自己。"

"我能相信你吗？"

"相信我只是一方面，另一方面，最终决定这段关系的是你。要成是你，不要成也是你，最后的走向也会由你来决定，因为我都不会有意见。"

"真的都由我来决定？"

"我不会有意见。"

"那就试试吧！"

素瓷忽然用右手臂搀住我正插在衣袋里的左手臂，然后好像瞬时没了力气一样地低下身子，踉跄了几步。我差点被素瓷一起拽倒在地，赶紧平衡着身子，将她扶好。

素瓷就这样在2018年9月28日成为我的女朋友，我在很长时间内都视那天为改变我一生的重要日子。那晚我与素瓷返回校园，一起走过了教堂、图书馆、食堂等再熟悉不过的地方，有点象征着重温过去旅程的意思。素瓷的手久久地放在我的口袋里，与我十指相扣，但口袋不大，很难长时间装下两只手。素瓷不愿意抽离，我也不方便扰了她刚起的兴致，便各自难受地漫步了将近半个小时。我们来到那晚对视良久的玻璃房，素瓷踮起脚，凑到我脸庞吻了我一下。外面的风不小，她的嘴唇冰冰的，而她又很快抱住了我，我也有些生硬地将她搂进怀里，这才体会到原来寒冷的东西也可以是让人感到安定的。

在我们拥抱的那一刻，我感觉到自己肚子与下臂的位置被素瓷的身体挤压出层层叠叠的赘肉，这让我非常不安，手心出汗。我想着要不要挣脱素

瓷,但意识到自己并不应当在这时这么做,才难受地坚持了一会儿。在那之后,我们互道了晚安,回到各自的房间。

睡前,素瓷给我发来了信息:"你为什么喜欢我?"

"为什么突然这么问?"

"如果是不知道原因的喜欢,总觉得心里不踏实。"

"我一时半会儿说不上来。那你又为什么喜欢我呢?"

"我觉得你很可爱,和别人不一样,好像沉浸在自己的小世界里,但又能听得见周围的人说的话。"

"受宠若惊。"

"还是说不出来为什么喜欢上我?"

"说不出来,但一定有理由。"

"没关系,你有很长时间可以想。"

"我会认真思考的。"

聊完天,我仍想着素瓷提及的"喜欢的原因",不由得回忆起初中时与雨喆的一段对话。那天,我与雨喆一同骑车回家,路经一盏红灯亮起时,我假装漫不经心地问:"你好像和我待在一起的时间挺久了。"

"有吗?"

"因为我感觉我好像和你待在一起的时间挺久的。"

"为什么呢?"

"什么为什么?"

"为什么和我待那么久呢?"雨喆瞬间反客为主,向我提出了我本想询问的问题。

"我说不清楚。"

"说不清楚还和我待那么久？"雨喆没看着我，安静地笑了。

"可能因为你是我邻居吧。"

"这不算什么好的理由。"

"那你又为什么和我待那么久呢？"我找准时机，反问道。

"我觉得你没什么意见。我数落你，你好像也不怎么会反抗。"

"怎么感觉你是在骂我？"

"不过话说回来，你真的没想过为什么愿意和我待这么久？"

"想过，但我说不出来。"

"是想不出和我待在一起的理由，还是根本就没有理由呢？"

"肯定是有理由的。

"哦，那你可以慢慢想。"

雨喆转头看我，我指了指，示意绿灯亮了。雨喆下车，推车过马路。我看着雨喆的背影，心里重复着雨喆对我的评价。

"有个理由很重要吗？"

"和亲人在一起，是因为他们无条件地支持你，给你生机；和朋友在一起，是因为他们与你有共同的话题或爱好，或是因为特定的契机，使你们彼此对对方有所需求。有些理由听上去尽管牵强，但也是理由。"

"这样不是让我们之间的关系变得很……"

"功利？"绿灯开始倒计时，雨喆依然慢慢悠悠地推车走在斑马线上。

"嗯。"

"是吗？我不这么认为。相反，难以列举出原因的情感更可能是盲目和让人担忧的。"

"照你这么说，我们关系还不错嘛。"这是我在当时唯一在乎的事情。

"是不错!"雨喆肯定道。

我满心欢喜,没等过了红绿灯便跨上车,迎着尾气与雨喆的背影往家里骑去。

我终止了在这么一个夜晚对雨喆的思绪。关上手机前,我决定把喜讯告诉谆基与特瑞莎,毕竟他们当时的交好,也是第一时间让我知道的。虽然他们俩那时可能正在一个房间里,回复我的口气却不尽相同。

"牛,搞定就好。"谆基说。

"真的假的?天哪,真是恭喜你啊!"特瑞莎说。

同他们道完谢,我闭上眼睛,试图强迫自己赶紧入睡,好让新的有素瓷的一天能快些到来。可即便窗外已是满天繁星,室内却伸手见不着五指,我感觉着自己的每一个器官都在剧烈地运行着。表面看,它们无一不处在静止的状态,而事实上只有我知道它们正经历着前所未有的激动。这不是我闭眼、闭嘴、捂住耳朵就能控制的,是超越五感的情感。

黑暗里,我首先想到的是我与素瓷只相处了不到一周,便确认了关系。既然成功了,我应该欣喜。那晚的我,暂时还看不清楚自己与素瓷太多的共性,也无法找到自己身上究竟有值得她喜欢的点,更不敢预测由此走下去的方向和结局。我的脑子是乱的,当想要的东西真的呈现在面前时,才明白原先的心理准备是多么不充分。我没有放任自己继续揣测下去,下意识地掐了一下自己的手腕,就当这几分钟没发生过。

接着我告诉自己,如果同素瓷开始交往,我势必不能像从前那般依赖雨喆。对此,我颇有信心。我在大一时已经干得不错,没有传过书评给她,暑假也没见面,我们的关系是毋庸置疑地越来越淡。我觉得这是一件好事,可心里仍觉得不安。我害怕雨喆若有若无地存在代表我没有确认阵营、站稳脚跟，在与素瓷的感情中呈模棱两可的态度，而我也知道这绝不应该发生。我再次打开手机，将雨喆从微信中删除。在这之后，我仍可以通过邮件或是电话号码联系上雨喆；而我这么做的原因与目的是降低雨喆于我而言的"日常性"或"每日性"，减少她在我生命里的浓度。我认为雨喆绝非有害或负面的存在，只是她并不属于这个时间的我。我会在合适的时候与她重逢，以更理智、更健全的朋友姿态来面对她。那时的我们，也都能从这段关系中更健康、更愉快地获取各自所需要的内容。

处理完雨喆留在手机中的微信后，我有一种某件事情或是某个阶段告一段落的感觉。我不知道这是否合理和必需，但我确实需要从此控制住自己的思绪，往合理和必需的方向前行，至少我主观上是这么认为的。

那晚入睡前，我用被子包裹着自己，仿佛重新获得了所有的感知，且每一个感知都异常清醒。我近视与散光兼具的眼睛在黑夜里不仅能看到黑夜，似乎还变得可以在没有眼镜的帮助下，看清楚遥远处星光的存在。我的鼻子闻着衣服上残留的鱼香肉丝的咸酸味道，耳朵听到隔壁房间的人走上阳台，拿出打火机点烟的声音。被子很暖和，我借着一点点月光看了看自己的右手，手指比去年今日细了些许，但如果做握拳的动作，那拳头的边缘位置依然能看到一块肉被挤成三角形状。我觉得自己正重新连接上许多我一度断联或从未有过的感知，而这一切都拜素瓷所赐。夜空、水流、空气、金属或木制品的撞击……一切都让我心驰神往，越发期待起床后的明天。

7

与素瓷在一起后的头一个月里，我感觉每天都在发生改变，用许巍的

歌名说，就是"每一刻都是崭新的"。白天我会比以往更早地起床，更用力地刷干净牙齿，用洗面奶洗脸，然后去吃一顿不错的早餐，再去上我当天该上的课。如果上午刚好没课，我会选择去健身房运动，我的减肥算是初见成效。自从我恋爱后，越来越多的人注意到了我比原来身材确有变瘦，再加上素瓷的存在，我有了更多的动力。当然，这依然没有真正让我走出舒适圈。我依然进行着非常无趣、重复的有氧减肥，反正这方法有用没用，我都没必要去追求极致。

素瓷的课一般集中在中午与下午，所以这段时间内我一般没法找她，上完了自己的课还是只能做自己的事情。头一个月里，我试图改变自己独处时间的规划，可发现我所能做出的调整并不是很多，我的自由时间有很大一部分要贡献给作业。在与素瓷好上以后，我更多地选择离开自己的房间，在图书馆、草坪一类的地方完成作业。然而改变并没有我想象中那么容易，我在坚持去图书馆一周左右后发现，自己的学习效率不仅没有提升，反而日渐低下。仔细想来，主要原因竟是图书馆里的学习环境太过舒适：在即将入冬的日子里，图书馆是整个校园最早为学生们打开暖气的场所；除此之外，它提供的座位比宿舍里的标配凳子软上不少，很容易坐着坐着就暖和地深陷惰性之中。至于大草坪，每次过去，都能闻到混合着大麻与香烟的味道，同时看到男生和女生深情地拥吻，就像在一个发情的季节进入了动物园，不用任何遮掩，也让四周无关的人当了无聊的电灯泡，根本无法在那里安心地学习。在反反复复地尝试后，我只有在自己的房间里完成作业，与以前相差不大。

我最终决定继续改造自己学习以外的生活，主要的方法没多大新奇，不过是改变我平时活动的位置，尽可能多出门、多离开房间。我邀请素瓷一起出门，这样说听上去名正言顺，但真的实行起来多少令我或令素瓷都觉得有些奇怪。每当素瓷下了课或是完成了作业，问我："一会儿干啥呢？"我嘴边一句习惯性的"不知道"或是"都可以"都被自己下意识地纠正成"去外面吧"。

"去外面？去外面干什么呢？"素瓷总是追问道。

"就是随便走走。"

"就走走？"

"就走走。"

于是我与素瓷在谈恋爱以后的头两个月里，一有空就出去走路。具体都走了些什么路，连我自己也记忆不清了，无非是把我们一起去过的小镇河边又去了许多回，看一看并不宽敞的水平面时不时地泛起波澜；然后走到邻近的一个街区，买了夹着用盐过量香肠的三明治；再跑到铁路旁去数枕木，有一次我还在铁轨上摔了一大跤。我们也会去往学校附属的农场，到那里闻肥料的味道。每次走到农场附近，素瓷都得一边捂着鼻子，一边笑着问我为什么要来这里，我说来亲近大自然呗。素瓷说，亲近大自然没错，可这里又臭又无聊。于是我俩多半会掉头回宿舍，一起点一份中餐外卖，打开几个没什么意义的搞笑视频，一眨眼大半天就过去了。

素瓷带给我的是雨喆从未提供过的轻松感受。如果她是感情中"随性随心"的提倡者，那么雨喆更像是总爱要求孩子"做这个""做那个""别做这个"的家长。坦白说，与素瓷在一起的时间越久，我就越多质疑自己以前为何要去费时费神地考虑雨喆或与她相处；我甚至一度怀疑自己是否有潜在的受虐倾向，会选择在一段充斥着要求与不满的关系里面坚持了那样长时间。雨喆慢慢地在头几个月里成为我不愿意去想起的人，有关她的记忆也随素瓷的笑容一起被秋风拂过，只不过素瓷留下了，触手可及；雨喆很遥远，

我难以再有追忆她的动力。她们两人彼此各不相关,可若以我为原点,也算是走不同方向的同路人。

11月,我与素瓷首次一起旅行。我自认为不是一个很好的旅行者,更不是旅行者都渴望的一个很好的陪伴者。在踏上旅途之前,我一直非常担心不能保证素瓷有一次完美的旅行,可素瓷丝毫不担心,还说"怎么样都好",就订了机票,这让我放心不少。

2018年的感恩节,我同素瓷与她的两个在南部上大学的高中同学一起去华盛顿特区过节。我们坐了那天最早的班机从纽约飞过去。那班飞机虽然颠得并不厉害,但上飞机前我走了一小段室外的路,手被冻得发紫,素瓷见我一路上哆哆嗦嗦,也不说话,以为我是害怕,一直紧握着我的手。飞机穿过云层,顶上是更遥远的、即将被太阳点亮的宇宙,底下是白雪皑皑的大地,中间的大气层没有让我感到超脱引力的自由。"我一定不能失去她!"我这样想着,同时回忆起每次坐飞机去找寻雨喆时的心境。"我一定要和素瓷好好地在一起,这辈子!"我再次暗暗提醒自己。

下了飞机,走出机场时又感受到一股更为强烈、更具北方气息的寒冷。素瓷和我等了大约十分钟,才上了车。因为早班机的缘故,我们都困得不行,到了车上倒头就睡。我醒来时,素瓷仍然熟睡着,汽车仍在宽敞冷清的高速公路上行驶着。我微微睁开的眼睛首次记录下了有关华盛顿的画面与印象:一切看来都很整齐,整齐的树木、整齐的房区与市井,唯一显得突兀的便是那座纪念碑,而早在能看见它之前,便有广阔的湖面与树林为它恭敬地造势,以至于其存在显得一五一十,毫无张扬。这是我第一次来华盛顿,留学至今已有近六年,而我却从未有机会真正造访这座异国的首都。我还没来得及感慨,素瓷已先感慨起来:"我们来了,又去了。这里终究不是我们的，我们只是这里匆匆的过客。"

太阳出来了，透过被风刮秃了的树木，照在我们抵达的公寓前。我与素瓷进了大房间，房内没有暖气，很冷。一张大床大到有些多余，床边的木柜子上摆着几个玩偶，素瓷抓起一只毛茸茸的棕色熊捏了几下，然后一头倒在宽敞的床上，打起难看的滚来。

紧挨着大房间的，还有两个相对较小的房间，各自放有一张单人床和一盏颇高的落地灯。客厅就夹在三个房间的中间，一台不大不小的老式电视机摆在角落，这家的原主人估计是几代人不看电视了。沙发和餐桌都在客厅正中央的位置，坐在沙发上可以看到窗外隔壁人家的后门，除此不见太多的景致可供观赏。客厅与厨房之间没有屏障，做饭的环境一览无余。电磁炉、烤箱、巨大的白色冰箱及各式厨具应有尽有。素瓷翻箱倒柜，把一堆锅碗瓢盆拿出来又放回去。我问素瓷："你想做饭吗？"

"我是看特瑞莎和学长他们总做菜，还老发照片到朋友圈。"

"那我们这几天也可以做。"

"好主意！"

素瓷想睡午觉，我不困，就出了门，顺着素瓷上午的意思，打算去超市买点菜。经过邻近的一栋栋楼房，只见它们装饰典雅，窗户与墙壁的外沿能看到花边和鸟形的装饰，厚重的木门上提前挂上了圣诞花环等，让人感到别样的生活气息。我幻想着会与素瓷在这样一个地方定居，也幻想了这样一个午后，她在午睡，我出门买菜，走在不算热闹的街头，呼吸新鲜或不新鲜的空气，心里盘算着晚上要做什么给素瓷吃。这样的幻想在我出门后没十五分钟便破灭了，原因是素瓷给我打来电话，说她的两个高中同学都到了，晚上还是出去吃饭吧。

"我们可以自己做饭,你问问她们想吃什么,我一块儿买回去。"

"你别搞了,快回来吧。我们准备打车出去吃了,她们要去吃那个什么点心店。"

我有些失望,但也没多想就掉头回去了。说实话,我也喜欢在外面吃饭,我先前肥硕的身材肯定不是靠家里餐食养出来的。可惜的是,最后我们因为出门太晚,连点心也没吃成,只得在点心店旁边的一家看上去还不错的烤肉店解决了晚餐。我们点了几种烤肉店都会有的肉,烤制后的肉吃上去确实又扎实又鲜嫩。素瓷的两个朋友几乎在店家上第一盘肉开始,就掏出手机进行拍摄,好像她们是来体验生活的,一副摄影师的派头。这令我有些不舒服,见素瓷扭头看了我一眼,我只好迅速收起略显不快的神色,夹了一块肉喂到她的嘴里。她笑着嚼肉,拍了两下我的后背。

接下来在华盛顿的几天,与这顿烤肉有异曲同工之妙。我们总是突然找到某样期待的事情,比如吃完烤肉,素瓷说明天很想去看一个乐器博物馆,也很想后天去听个小型音乐会。在这之后,我们就会用各种自己都难以想象的方式让原本的期待破灭,比如因为素瓷突然要在本地办什么事而去不了博物馆,那个小型音乐会则是由于素瓷与我一起睡了个午觉,不知不觉竟睡迟了,也没去成。我们在大房间里的那张大床上,以及宽敞的客厅里,度过了大约四天的感恩节假期。就连感恩节的当晚,我们都没能维持一点点仪式感,随便在附近的一个中餐馆里点了几样菜,解决了每天需要解决的吃饭问题。

每当我在心里担忧这样是否会让素瓷失望时,我多半会问她"没事吧""开心吗",素瓷的回答总是"没事呀""开心",然后亲热地搂住我的手臂。看着素瓷的笑脸被射入房内的阳光照得如梦似幻,我内心依然荡漾着一种虚幻的、难以触摸的满足感,好似许多年的期许与幻想都已成真。素瓷在华盛顿的最后一个晚上对我说，她又发现了一个自己喜欢我的地方。我问她是什么，她这样回答："你不张扬，不争也不抢。你不会想跟人吵架，就是你一直都不要求什么。"

"为什么突然这么觉得？"

"这几天你没提过要求吧？吃什么，去哪里，都随我。就算吃不喜欢的东西也可以，去无聊的地方你也一句不说。"

"嗯，那只是因为我确实没什么特别想做的事情。"

"你这样让我觉得很安心，你不是一个总考虑自己、总想突出自己的人。"

"那你也可以把我设想成思想浅薄、没有多少自信的人。"

"我不这样认为。"

"就因为这个喜欢我？"

"是个重要原因。"

"可万一遇上你很想做的事情，我这样算不算不够支持你呢？"

"不知道，没准儿和你在一起久了，也没有多少很想做的事情了。"

我不知道自己是否应该感到欣慰，又追问道："你觉得华盛顿怎么样？"

"挺好的呀！"

"可我们什么都没做成，你会不会觉得我们有点太懒散了？"

"是有点，可也不一定要做成些什么。和你在一起就很开心啦！"

"不过下次还是订个计划吧。"

"也可以，可也不用太过上心。这种计划本来就像是写作文时的大纲一样，你脑海里有个思路，照着这个思路往前走就是了，不用具体落实到吃什么、去哪里，那样的旅行多累呀。"

"我只是不想你觉得我们在一起是虚度光阴。"

"和自己喜欢的人在一起,哪怕仅仅是待在一起,就未必算是虚度光阴吧。"

"你喜欢虚度光阴?"

"不喜欢,可我喜欢你。"

"喜欢到愿意虚度光阴?"

"那要看是多虚了。"素瓷笑了,然后吻了一下我的额头,"好啦,下回出来,一定不这样了。"

我扪心自问,自己能否像素瓷一样非常肯定地说出这句话:我喜欢你。谆基关于恋爱的结论印在我的脑海里,如果真如他所说,感情里这些看似必需的内容到头来都没有意义,我又为何会因为素瓷与自己的无所事事而心有不安呢?与素瓷仅仅是坐在沙发上看云彩,或者漫无目的地简单行走。我常常在思考一个问题,要怎样"在一起"才能满足我呢?

回到学校后,我与素瓷一起经历了2018年的第一场雪。那场雪开始下时,我刚因为写作业困,在房间里睡觉。素瓷给我打来电话,说外面下雪了,要我出去和她赏雪。我原本对白雪无感,见素瓷时而扔雪球,时而堆雪人,时而又对着漫天雪花久久伫立,我也就陪着她忘情于皑皑大地。等我们回到房间,素瓷竟莫名地拥抱和亲吻我,气息急促,一如仍置身于漫天飞雪中。

"为什么这么激动?"我问素瓷。

"因为下雪。"

"下雪有什么好激动的?每年都会下。"

"和你在一起连季节的变化都变得有意义。"

"那就一直在一起。"

"一起经历更多的四季。"

和素瓷相拥的初雪长夜里，我久久没能入眠。素瓷在一旁发出轻轻的呼噜声，我想象着室外厚如棉絮的积雪，心中无比平静。"为什么会这样呢？"这是个不需要回答的问题。反正雪已经下下来，事情已经发生了，所有美好就此长存，我坚信不疑。

好吧，我承认这时我又一次想到了雨喆。尽管我马上意识到这对素瓷多少是一种亵渎，而且在如此温馨的雪夜去忆及另一女孩，那肯定不是我的本意。我只是每次下雪，眼前多半会浮现出第一次与雨喆一起看雪景的画面。

初一那年的12月，正在为期末考试复习做准备的我们，突然发现教室外的世界迅速发白，仿佛被裹上一层圣洁的滤镜。我想这是与雨喆说话的好时机，便对她说："快看，下雪了！"

"啊，真是！"雨喆看了眼窗外，稍后又问我，"你很喜欢下雪吗？"

"不讨厌，不过后面几天融雪的过程气温会非常低，应该谈不上喜欢。"

"可我喜欢。"

"你很耐寒？"

"下雪让世界变得很彻底，是重新再来的机会。没有下雪的冬季，迎来的春天也不会那么美好。"雨喆再次转向窗外，将目光投向空无一物的世界里。

"突然很深沉嘛。"

"冬天不下雪，一年中剩余的三个季节都少了趣味。"

"那我们一会儿去玩雪吧！"

好容易等到下了课，我们从教学楼的四楼小跑到了操场。操场上的积雪已有近半尺厚，是一片满满的亮色，四周的灯、树木和东侧遮雨棚上也都被染得没有了本来的颜色，好像天地融为了一体，中间不见过渡，很纯粹的样

子。小学部的孩子们冲出了教学楼，扑倒在已满是白雪的草坪上，他们激动地跑啊，跳啊，扔雪球，打雪仗，大喊大叫。空气是湿冷的，雨喆把脸埋进了白色的围巾里。我们就这样看着雪，欣赏着大雪漫漫的景象。

"你喜欢雪吗？"雨喆突然问我。

我说："这个问题好像你刚才已经问过了。"

"我是说现在喜欢了吗？"

"喜欢。"

"这么冷也喜欢？"

"喜欢。"

"因为冷才喜欢？"

"你接近它了，它就不冷了。玩弄它，投掷它，它就不属于冬天，只属于你了。"

"那我这辈子都不打雪仗。"

"那你这辈子都会有很好的冬天。"

2019年的3月，我与素瓷踏上了第二次旅行。那时我们已经好上快半年了，决定去波士顿延续我们的浪漫。相较于上一回的华盛顿之旅，这次我提前预订了要去吃的餐厅，素瓷则把想看的音乐剧、电影及要顺路围观的节日活动全部安排了一遍。所有的攻略都做好后，我们在放春假的第一个下午就坐车出发了。我想我们都明白，这次旅行若再成为一场哪儿都没去成的梦游，那我们一定会后悔莫及。

我们抵达了波士顿，在住处安置好了行李后就出门了。路边的积雪还没有融化的迹象，我和雨喆走了四十分钟，到波士顿的唐人街的时间已是下午6点。随着春天的逼近，太阳落得也相应晚了，抬头望去，天空还是一片淡淡的蓝色。说实话，这天色并没有为我提供吃晚饭的胃口，我有些后悔把在此地的第一顿饭订得早了些，便问素瓷："现在去吃？"

"你饿不饿？"

"我其实不太饿。"

"你看人好多呀！来都来了，先进去吧，不能像华盛顿那次那样了，想吃的一定要吃上！"

"你说得对，走吧。"

那是一家本地知名的中餐馆，里面挤满了亚洲人面孔的食客。翻开菜单一番浏览，我一时半会儿竟无法分辨这到底是一家怎样的餐馆。倘若在以前，我会发一条问询信息给特瑞莎，以期得到我想要的答复；然而特瑞莎在2019年的2月，也就是春假的前一个月，与谆基分手了。特瑞莎是第一时间将她与谆基分手的消息告诉了我，之后却整整五天没有音信。五天后，她发了条信息给我，问我最近有没有和贾教授联系。我说贾教授已不在学校了，我也就上过他一学期的课，现在没联系了。大二开始后，我和谆基、特瑞莎就不住在一栋楼里了，我也无法直接了解谆基的房间是否因为特瑞莎的离开恢复了往日的安静。奇怪的是，尽管这变化发生得十分突然，我好像没有多少惊讶。或许在我的潜意识里，男女间所有的分分合合都是常态，也在心里默默地做好了准备。由此我想起自己与素瓷正是合着的状态，便又害怕那样的结局是否具备普遍性。

想到这里，我呆呆地望着窗外唐人街的市井相貌与残留积雪，过去的仿佛已经十分遥远，把握好眼前才是最重要的。素瓷点了"避风塘炒蟹"和"猪头流沙包"以及"牛小排佐鹅肝酱"，她说做了攻略，这几道菜是点的人最多的，一定要打卡。我看着菜单上的配图，尽量挑相对熟悉的点。等菜上桌

时，素瓷自顾自地玩起了手机，我问她："你在看什么呢？"

"没看什么。有点无聊，没事干。"

"不和我说说话？"

"好呀，说什么呢？"

"现在你开心吗？"

"开心！"

"嗯，那就好。"

我不知道该接着说什么，素瓷见我不说话，便继续低头玩手机了。朝窗外望去，一眼就能分辨哪些人是游客，哪些人是居民。游客看上去年轻又鲜艳，他们脚步飞快，从窗的一端到另一端只要两秒；而当地的居民则往往步伐缓慢，穿着朴素老旧，乍一看，好像是老城区墙上的一块壁画。这两类人之间并没有一个中间值，我见不着一个走得又快却穿着一件不合身破旧黑色外套的人，更找不到一个驼着背却神采奕奕满脸笑容的人，或许唐人街里就只有这两种人。

点的菜陆陆续续地被一些满是皱纹的服务员端上来了。素瓷拿出手机摆了几下，拍好了照。我也给我父母拍了几张发过去，然后就拿起筷子准备开动。"避风塘炒蟹"看上去卖相不错，我夹起一块类似蟹钳的肉咬了下去，入口是松脆的炸蒜和辣椒碎，但细嚼几下，发觉那螃蟹肉又柴又没味道，不要说新鲜，甚至没让我觉得像螃蟹肉，更像是已经风干了的干贝丝，或是煎得过火的鸡胸肉。仔细看看，这螃蟹露出来的肉都和刚刚的看上去一般干巴巴的，蟹黄蟹膏更是一点也见不到。回味一番，也说不上绝对没有味道，炸蒜和辣椒碎的滋味确实蛮厚重，我喝了几口茶都消除不掉。不一会儿，服务员又端上了"猪头流沙包"和"牛小排佐鹅肝酱"。那包子确实被做成了猪的模样，只不过是一头颇丑的猪。素瓷拍了两张照片，问我："你看，这猪还挺可爱的。"我没忍住，说："挺丑的。"素瓷憋不住笑，便承认了自己的真实想法："确实挺丑的。"

猪头包和牛小排的味道与炒蟹差不了太多。包子说到底，除了模仿猪头的部分让传统流沙包圆滚滚的外皮多了一些起伏的口感，肉馅的味道和我小时候家里用来代餐的10块钱10个的速冻流沙包没什么区别；牛小排更是难以让人接受，本身就不容易老的部位硬生生地被做成了与刚才那道炒蟹类似的口感，一层所谓的鹅肝酱更是诡异，说白了就是给那几块难吃的牛肉刷上一层难以形容味道的油，一口牛小排咬下去，又肥腻又干柴，同时被两种难吃的感官冲击，实在是令人作呕。我看出素瓷也吃得一脸不满意，一块牛肉放嘴巴里吧唧吧唧嚼了一分钟，面色越嚼越难看，终于没忍住把牛肉吐了出来，喝了一口水对我说："这也太难吃了！"

"没想到这么难吃。"我赞同道。

"我看这家店好多人都来过，特瑞莎学姐和他男朋友也来过的。有好多认识的人都说还行。"

"看来他们的品位也不咋样。"

"实在太难吃了。"

"也就看看还行。"

"看看是还行，不过吃饭是为了吃，不是为了看啊！"

"我看我们别吃了，多盯着看一会儿吧。"

"你别动，"素瓷掏出手机，"我得多拍几张，不然这顿饭太亏了。"

"你还饿吗？"我问素瓷。

"还行，你要再点一些不？"

"算了,不吃了。"我看了看自己的肚子,尽管已经有了成效,但减肥之路远没有结束。"能少吃一口是一口。"我这样想着。

为了不让素瓷承受难吃以外的痛苦,我说"这顿饭我请了",然后咬咬牙,独自扛下了这80美金的重担。走出餐馆,我不禁为我们接下来几天的行程感到担忧,会不会再碰上名不副实的去处呢?

幸好作为下一个目的地的波士顿美术馆和港口,倒并没有让我们太过失望。尤其是港口,我本来是不打算来的,害怕一片简单的海不能满足我们的期待,但我又想起特瑞莎说的要仔细琢磨对方的喜好,便猜想素瓷一定是喜欢大海的辽阔,才将自己的电脑桌面设置为一幅大海的图景,那上面还有一群飞鸥飞过,海面上波涛汹涌,白浪滔天。果不其然,旅行前我只是随口提了一下要不要去波士顿的海边看看,素瓷马上点头同意了。

一旦真的到了港口海边,素瓷立刻激动起来,她一会儿追着海鸥跑,一会儿对着大海发出诡异的号叫。我生在沿海城市,类似的海鸟、港口、渔船、波浪与没有边际的大海,于我都不算太陌生。我没看出太平洋彼岸的这里与故乡的海有多大区别,只是身边少了父母,多了一个女孩,或许是因为她,我才能感受波涛中的静谧,也或许是因为前几天去的地方都不如纯粹的一片大海来得简单美好。

临离开时,素瓷依依不舍地不断回望着那片海。她突然站在原地,拉住了我的手,让我转身陪她一起看海。我注意到素瓷的眼眸里闪着纯色的光,看上去没有一点杂质。我握紧她的手,有冰凉而细腻的感觉。

"我长大的地方都没有海,所以一直渴望居住地附近能有海。"素瓷把手放到了木栏杆上,托着脸说。

"那我们以后就靠海住。"我附和道。

"那这辈子都不愁看大海了。"

"你的余生都有海了。"

"每天看海,有一天会不会腻了呢?"素瓷突然噘起嘴来问我。

"你每天看我,会不会也腻了呢?"

"那就靠海边住吧,没问题的。"

"原来我和大海差不多。"

"那你能看到那只海鸥了吗?"素瓷伸出手,指了指她右边的远方某处。

"哪里呀?"我扫视一圈,没发现,但顺着素瓷的手指望过去,竟然真望见了一个灰白色的身影。

"对,就是它。"

"看到了。"

"你本来看得到吗,大海先生?"

"不一定能注意得到,坦白说。"

"那我还挺厉害的。"

"是不赖。"

"你喜欢我吗?"素瓷抱住了我,对着不知道是大海还是我说着。

"喜欢。"我试图像此刻平静的海水一般回答她。

"为什么喜欢?"

"因为你让大海长了眼睛。"

我们在港口转悠了小半天,就打算返回住处了。走到半路的时候,素瓷说太累了,需要休息一会儿。我们在一棵树旁的座位上坐下,左右张望了近二十分钟。波士顿的街景算不上有特色,只能说中规中矩。行人走路的速度有快有慢,流浪汉不多。有人在吸烟,却没有人把烟头踩灭,烟雾随着风

飘到楼与楼之间的天空里。远处没有特别高的楼，飞近我与素瓷的鸽子穿过我们对街的棕红色新英格兰风住宅，最后在我们的脚边停落，地上却没有供它们食用的东西。眼前的景致因为有素瓷而变得生动起来，不仅有平静的海面，还有行走的人群和浮游的云层。万物鲜亮而明艳，生机勃勃，让人想不留意都很难。可仅仅是看到了它们，我又有了什么改变呢？即便是这样，我也为自己能看清楚而感到欣慰。

　　回到住处，我与素瓷轮流洗漱了一下，准备直接上床睡觉。没想到刚进被窝，素瓷就抱紧了我。3月末，天开始黑得迟了，在太阳落下后的最后一点余晖里，我在被窝里也能看清素瓷的裸体，但我仅看了一眼，便收起目光，全神贯注地盯着她的眼睛。我们紧紧相拥，在没了暖气的公寓里感受生命的暖意。

　　素瓷轻轻地问我："累了吧？"

　　"还行，旅行嘛。"我答。

　　"那是不是还有气力走最后一段行程？"

　　"你是说一天中的吧？"

　　"当然，先走好一天中的。"

　　"走好了一天，然后才有一个月、一年、一辈子，是这么个道理。"

　　每次睡着前最后几分钟里，我抚摸着素瓷的背。那一刻我的手指像是徘徊无助的旅人，毫无方向地在素瓷平原与山川交错的皮肤上行走，一路上时急时缓，时而徘徊在一片被修整干净的草地上。夜色越来越浓，不远的前方渐渐闪出一块电影大银幕，银幕上放映着韩寒导演的影片《后会无期》，下面的观众席里有我和雨喆，我们坐在一起。当火箭升空爆炸的那一瞬间，一旁的雨喆第一次抓住我的手。借着银幕的光亮，我看到雨喆流下的眼泪，她的手一直没松开,好像手心里正出着汗。我也不想松开,我感觉到她中指一侧有一块又硬又大的凸起,一块积累已久的茧,只有经常写字、握笔用劲的人才会有如此粗糙而明显的茧。雨喆忽然抽出了手,我却意犹未尽。

"怎么啦?"素瓷在耳旁轻声问。

我好像猛然惊醒,脱口而出道:"对不起……"

"没事,看来你今天确实是累了,那就睡吧。"

"嗯,还有明天、后天……"

在我的印象里,大二是模糊又难以回味的。这年里上的尽管都是必须认真对待的专业课,但也并没有多少能令我由衷地感慨自己受益良多的。我上的课多为文学史,简单说就是学历史,和文学没有多大的关系。朝鲜女性的意识觉醒、长征及革命文学发展及日本昭和时代的全貌等,都成为我每天接触的话题。这几门课的教授年纪也都相对较大,往往语速颇慢,很容易让底下的学生听着听着便失去了兴趣,甚至一不留神就会睡着。大约期中的时候,也就是春假开始前,各门课都接近讲到与二战相关话题的那一阵子,几位教授不可谓不各显神通,有的请了自己经历过珍珠港事件的父亲来为我们还原当年的战况,有的则连线了韩国启蒙级女性作家的后代来为我们讲述儒家文化下的女性血泪,还有位为我们展示了他的祖父因为自己没有参加入侵越南而在小腿上留下的子弹痕迹。但不管课堂主题怎样严肃、教授怎样用心,我似乎对这些课程的印象都不深,也难有多少共情。即便如此,这学年里我的成绩还算不错,而这更让我难以清楚地记得或理解我所学习过的内容;比起时不时变得晦涩难懂的文学课,大二的历史课可说得上都算平铺直叙,除了记忆与比较,并没有太多深奥的学习技巧可言,反而是这样简单粗暴的内容最终并没有办法在我的脑海里留存下几多重量,也远不如贾教授随

便让我读首诗来得情感汹涌。

临近期末，谆基邀请我去他的房间同他单独喝酒。那是个周日的晚上，由于我第二天有一篇与日本历史相关的论文要交，本该推辞，不过我还是决定下午把本该用来睡觉的时间将那篇论文写完，好在晚上安慰安慰谆基不佳的心情。

坦白地说，我是打算空手而去拜访谆基的，可后来想想每次都是他请客喝酒，若是安慰他还让他花钱，我心里实在有些过意不去，便在离开图书馆后，一路小跑到了山下的酒行。里边的人不多，只有几个留着络腮胡子、看上去精神好得出人意料的大块头中年人。我在不同品种类别的酒之间犹豫了一番，却意识到自己似乎并不了解谆基喜欢的是哪一款，无端的猜疑自然不值得信赖，我也不想花钱不讨好，毁了谆基已经不佳的心情。我最终的选择是随着那些中年人一起在入口处的冰柜里买上了一小捆啤酒，它们价格便宜，尽管不至于讨好谆基，但应当也不会惹恼他，算得上是当下最优的解法。六瓶十九点九美刀，我拿出了一张二十元的纸币给收银员，说不用找了。对方却没急着收下，让我拿出证件给他看看。我心里觉得可笑，便从包里掏出护照。那人似乎没见过护照之类的证件，翻弄了一会儿，也没找到写着生日年月的页码。我见他困难，伸手取回了护照，要帮他翻页。他笑了笑，对我解释说："不好意思，但我确实很久没见过这样的证件了。"

"没有关系，"我将翻好的护照递给了他，"这只是本护照而已。"

"我知道是护照，但我确实很久没见过有人拿着护照买酒了。"

"本地的亚洲学生应该都是用这玩意儿的吧？"

"你还别说，"收银员又拿起那张"20"，用马克笔在上面画了一条线，一边观察一边说道，"最近那些……那些和你类似的学生，基本上都有身份证呢，美国的，我是说。"

"真没想到。"

收银员笑了笑，收下了纸币，将那捆啤酒朝我推来，然后继续躲进柜台后看起报纸。

我敲响谆基房门的时候，已经9点光景了。因为背上的书包里装着啤酒，当我停下步子时，周遭都能听到我背上"哐当哐当"地响。我见门没关死，就推门进去，发现谆基已经喝上了。他拿出了一个塑料杯子，往里边倒上了一点伏特加。那杯子与当时特瑞莎招待我与素瓷时用的是同一款的；与特瑞莎不同，谆基有自己的用来喝酒的玻璃杯子，那个杯子在他的台灯下折射出琉璃光彩，显得十分特别。谆基喊我坐下，自己起身坐到了床上，把桌子前的座位让给了我。我把包放下，一边拿出那几瓶啤酒，一边说："老是你请，多不好意思。"

"那你就带点别的呀。"

"我也不知道什么靠谱，想来想去好像也就这个不会错。"

"哈哈，恰恰错了。你知道我为什么不喜欢喝啤酒吗？"

"不知道。"

"因为之前遇到的喝啤酒的人总喜欢炫耀，'我喝了五罐''我干了十瓶'，生怕别人不知道他的酒量，还老把瓶子或易拉罐放到自己面前。如果没人理他们，他们就把易拉罐捏扁，搞得心里很难过的样子。"

"我还真没这么想过。"

"因为你没有像那群傻瓜一样装模作样。"谆基自己喝了一口，然后看着自己的杯子，"我觉得喝完这种酒，胃像被人打了一记舒服的闷拳，可你熬过去了，只会安静地享受。"

"你还好吗?"我问谆基。

"挺好!"谆基说,尽管他看上去并不是很有精神。

"周日喝酒,真有雅致。明早没课?"

"有课,不过问题不大,去不去都成。"

"你最近都在干什么?"

"还能干什么?又快暑假了,当然是准备暑假的实习。"

"已经找到了?"

"找到了,花旗。"谆基把杯子里剩余的酒一饮而尽。

"恭喜啊。"我说完,才意识到自己祝贺的语气过于平淡了些。

"你下午在干什么呢?给你发消息都没回。本来想叫你一起下去吃个饭直接回来喝的。"

"写论文呢。"

"哦,写什么呀,贾教授的?"谆基打趣地说着,一年过去了,贾教授依然能让他兴奋不已。

"他都休假那么久了,你说什么呢?"

"开玩笑,我知道。"

"写了日本历史的那个。"

"写二战?"

"没有,Issei Sagawa,中文好像叫佐川一政。1981年的时候,他在巴黎把一个荷兰女人奸杀以后吃掉了。后来被抓了,托他爸的福,竟然没有坐牢,进了精神病院,放出来以后,就和正常人一样生活。夸张的是他还写了一本书,分享自己的作案心理什么的。"

"真是怪人啊。"谆基咧开嘴,干巴巴地笑了两声。

"是挺怪的,关键是还有人买他的书。"我也跟着谆基笑了起来,我们还轻轻碰了杯。

"他后来赚了很多钱吗?"我问。

"没赚很多,但是够养活他自己了吧。"谆基看上去还有些兴奋,"这种人竟然没被关到牢里,至少得无期吧。"

"死刑都不为过。"我也抖起了腿。

"现在变态的真是多。"

"还是得有一个很牛的老爹,"我点着头说,"没有他爹,他早进去了。"

"他爹很有钱吧?"

"好像是当官的,应该不会穷。"

"所以说,还是得有钱,连吃了人都没事。"

"你这话说的,你也挺变态的。"

"你不也是变态?变态才拿这种人写论文。"

"我的教授还担心我心理状态不好,知道我写这个家伙以后,跟我说:'如果想延期可以延期,不要让自己感到不舒服。'"

"那你要延期吗?"

"没要,又不是我被吃。"

"你要被吃了也就不存在延期了。"

我们俩都笑了,没有碰杯,把杯中的酒一起喝完。谆基的房间今年与特瑞莎的在同一栋楼,只不过特瑞莎的在地下室,谆基的在三楼。从这儿的窗户望出去,能看到图书馆、食堂,以及一小部分教学楼,但因为楼层高,底下同学们的动向倒是看不太清,只有图书馆昼夜通明的白色灯光映在谆基的笑容上。我也不自觉地跟着谆基露出开心的表情,仿佛吃人根本不是什么骇

人听闻的事情。

"你最近是不是都不去健身了?"我捏了一把谭基的胳膊,相比去年,他现在的肌肉又软又没劲,只是形状看上去还算有些训练的痕迹。

"不去了,没时间,就算去了,没运动两分钟就会觉得没意思。你看我这肉,都软得不像样了。"

"也还好吧。"

"你倒是瘦了不少,比起去年。"

"托你的福。"我差点说成"托特瑞莎的福"。

"和我有啥关系,是特瑞莎劝的吧?我老早就放弃你了。不过你现在看上去确实还不错,瘦下来好多。"

"我也觉得好了不少。"

"和特瑞莎分手以后,我确实是没动力去健身房了。仔细想想,自己试图变好不就是为了让女朋友高兴一点。"谭基叹气道。

"你也有所收获吧?"我试图安慰谭基。

"收获呢?就好像你收到了一份礼物,这件礼物一开始被称作'情人节礼物',你不知道是谁送的,但你知道它是'情人节礼物';可过了一阵,老天爷告诉你,不是的,这只是一份普通的礼物。你的确收到了这份礼物,但它不是'情人节礼物'。"

"怎么说也是礼物吧。"

"是吗?我相信你会同意我的,有一天你也会这么想,当然不是今天,因为你还和素瓷在一起。我没有说你们最终会分开的意思,你明白……"

"我明白的。"

"嗯,我只是说,有一天你可能会意识到,没了素瓷你就没了动力,你已经忘记了有素瓷之前你是怎么活的了,然后你发现这些年来,因为素瓷在你身上所发生的那些好的改变,也会慢慢失去。那时你甚至可能会主动抛弃它们,好从头开始。"

"或许现在抛弃它们还太早了,没准儿不久的将来还能为你所用。"

"你是在劝我再找一个女朋友吗?"

"你要这么理解也行。"

同样是叫你去健身,素瓷的意思可能是'你该健康一点',但有的女生的意思可能是'你该壮一点',也有人的意思会是'你去健身,所以我的姐妹会看到,那样我有面子'。我觉得换女朋友未必需要努力改变习惯,但肯定要花不少力气。"

"你又没换过,说不定老的那颗心还能用呢。"

"原来追到学妹的都是你这种人啊。"谆基调侃。

"我这颗心可是崭新如故的呢。"我回敬道。

"我现在本该在图书馆里学习的,还有作业没写呢。"

"为什么不写呢?"

"写或不写,工作都是我爸替我找。"

"我也不想写了,你介绍我认识一下你爸吧,求你了。"

"那你和素瓷分手吧,我爸只照顾悲痛的单身小孩。"

"那我得考虑考虑。"

喝到这里,我的胃感觉暖和又舒服。谆基看上去却一点不像喝了酒的样子,要不是我知道了他此时的境遇,我准会觉得他什么事都没有。

"谆基。"

"怎么了?"

"好难过啊。"

"我知道。"

"怎么办呢?"

"你想怎么样就怎么样吧,自己能开心就好。"

"你也总算肯给出建议了。"

"我以往没给?"

"没给。"

"好好休息吧,下周请你吃饭。"

"我还是不明白,为什么会这么难过呢?"

"因为你之前确实很喜欢她吧?"

"她存在过……在我的身体里。现在她走了,就好像把我体内的血液慢慢抽干了,但是躯壳还在,每次呼吸,都能清楚地感觉到压抑和疼痛。"

"那就不要呼吸啦。"我从椅子上起身,躺倒了谭基的床上。

"那会死吧?我可没考虑过要死,还没难过到那个程度。"

谭基一边双手捧着酒杯,一边身体发着抖。他摇头落泪,嘴角却是笑容。从留有一条缝隙的窗户外,吹进来春天夜晚的风。一些化肥的臭味夹杂着新鲜草木的香气,与又甘辣冲鼻却热暖全身的伏特加十分相配。

"准杰,"谭基微微点着头说,"你父母对你有什么要求吗?"

"要我健康地活着就差不多了,他们也认清我不可能飞黄腾达。"

"挺好的,真的挺好的。我给你讲讲我家吧。"

"你讲。"

"不怕告诉你,我是个私生子。"

"我不信。"

"你不信没关系，反正事实如此……我爸是个有能力的人，在他们的那个年代就赚到了钱，然后娶了他的第一个老婆。没错，第一个。据说那个阿姨很漂亮，如果突然要求见她，她不用化妆，你都会觉得很漂亮。他们生下来的第一个是女孩，也就是我姐。你不知道吧？我还有姐姐，当然，是没什么来往的。我爸想要个儿子，结果那个阿姨第二回怀孕，又是个女的，也就是我的二姐。说到她，她对我还挺好的。我二姐什么都好，可惜不是个男孩。我爸想再生，可那个阿姨好像得了什么病，不能再生小孩了。我爸求子心切，就去外头找了第二个女人，这个女人就是我妈。我妈比较普通了，之前是我爸公司里的一个柜台小姐，不知道怎么就和我爸搞上了，然后就有了我。当然，我妈没什么奢望，更没想过要上位，她只要求我爸好好抚养我就行了，因为她觉得靠她自己是养不起一个孩子的。我爸生了儿子以后，目标就改变了。他是他那一辈唯一的儿子，我也是我这一代中唯一的儿子，所以之后我的任务你也差不多能猜到了。"

"传宗接代，也没什么不对吧？"我酒后的这句安慰，后来想想真是令人作呕。

"我觉得是因为我的这些经历让我，怎么说呢？对特瑞莎或是动了不好的企图，也有了不一样的要求。这些企图如果是因为我喜欢她、她喜欢我而发生，就很正常；可如果是因为我心里的责任感或是负罪感而发生的，那就变得有些龌龊而又难以启齿。我不知道怎么样和她道歉，我想我会愧疚一辈子的。"

我没敢细问，顺手拍了拍谆基的后背。

"我不会变成我爸那样的人吧？"谆基看着我说。

"不会的。"我故作坚定地回答。

"你凭什么觉得我不会呢?我喝了酒这么问你,或许代表我私心里真这么想过。"

"有底线在,应该不至于太离谱。"

"其实我大部分时候想的和你一样,"谆基看着窗外,从抽屉里拿出一把指甲刀,开始剪自己的左手指甲,"不过自从和特瑞莎分手后,我时常怀疑自己。"

"是想去怀疑自己,还是真的怀疑自己呢?"

"想想而已,但还没到真的要怀疑的程度。"

"那不就是想多了。"

"准杰,虽然我是私生子,但我爸一直觉得他对我的教育是真正把我当成继承人一样的。我记得很清楚,他甚至不愿意给我妈换个包,却愿意在我18岁生日时给我在银行开设账户,往里面打了1000万,还和我说什么'不要拘小节,不要省小钱'之类的。"

"那不是挺好的吗?"

"可我害怕自己担负不起他所赋予的那个重任,这也多少有点影响……"

"影响什么?"

"我和特瑞莎。"

"你还是想多了。你喜欢她,她喜欢你,不就完事了?"

"我们两个很不一样。"

"不一样又如何呢?"

"对了,我发现你只在一对一的时候能说很多话。你不是没话说,可在超过两个人的时候又不说话了。"

"我自己都没有意识到。"

"别人是不是也像我这样,和你说过一些自己不愿提起的往事?"

我想到了特瑞莎,但还是答道:"没有。"

"是吗?"

"为什么这样觉得?"

"因为你常常没有任何倾向性的意见或者态度。别人不管说什么,你都是一副无所谓的样子。"

"你想我表态吗?"

"我无所谓。但我们很不一样,就像我与特瑞莎很不一样。我们处理差异的方式也是不同的:面对不一样的我,你似乎能接受,不过当我和特瑞莎在一起时,我们就会摩擦,会吵架,然后就是分手。"

"从有人类开始,每个人就都是不一样的吧?之所以能够彼此相处,关键在于学会忍让或者包容。"

"哦,准杰,我发现你比你自己想象中要聪明得多。可能是因为素瓷,也可能你本来就是这样的,但你要记住我说的。"

"喝了这么多酒,我怕是记不住喽。"

"一定要记住。"

正如我所预言的那样,后来我与谆基还说了什么,我都记不太清楚了,只能回想起那个夜晚,最终以我喝多了结束。即便谆基再难过,他的酒量依然比我好上不少。到了后半段时,我基本已不省人事,完全靠着一点残留的条件反射及肌肉记忆在同谆基交谈些有的没的。在这期间,我发觉自己很少再留意窗外学校的景致,谆基把原因归结为我看腻了,不认为还有再看的必要。喝醉的我,自然就同意了谆基的归纳。临别前,谆基要我和素瓷维持好

关系,不要吵架,互相理解。我说没有问题,我很大度的,什么状况我都能挺过去。关上谆基房门的那一刻,我很想知道特瑞莎是否也会像谆基一般对我说些什么,大一那顿饭仍历历在目,我便认为或许是自己透支了对特瑞莎的了解。

回到房间以后,我的手机响了,是父母打来的。此时素瓷正在床上看看电影,我没接电话,一个扑腾跳到了床上,抱住素瓷吻了她一下。素瓷问我特瑞莎是否有事,我说应该没事,现在应该在拼乐高。我们一起看电影到深夜,我父母又打来了电话,我赶紧回了条"今天白天比较忙,有些累,明早联系"的信息,就关上了手机。

除了这些,我似乎没有别的有关大二的记忆了。这一年里,我确实没有再联系过雨喆;书包里的《盖茨比》自打追素瓷的那周读过后,就再没拿出来翻过。这些应该都是好事,我心想。当然,我确实也慢慢意识到把雨喆从通信软件上删除是一件有些愚蠢的事情。我本来就没花大量时间和她往来,这么做无非是一种自欺欺人。结合起谆基所形容的我,我在所难免地感到惶恐,可考虑到如今他也是这般狼狈的模样,我就没再太怪罪自己。

8

大二的暑假,也就是2019年的夏天,是一个平淡无味、没有什么可回忆的夏天。我与素瓷第一次面临超过一个月的分居,可我们并不担心:国内的交通方便又便宜,而且我们的暑期工作也都算不上繁重,总能抽出时间见面。

之前的5月底、6月初的时候,也就是这个暑假正式开始前,我收到了雨喆的邮件:

准杰你好！许久未见，近来可好？有一阵子都没怎么见你发我微信，是不是上网少了？如果是，那是好事。我最近也不常用微信或QQ了，除了我爸妈找我，平时都不去看了。因此如果你想找我，就用这个邮箱联系我吧。当然，我也不是天天查看邮件，可能两个礼拜会有一次吧。

最近是否常联系叔叔阿姨？我们学校食堂卖拉面的师傅近来常泡一种绿茶，远远闻着，味道和你爸当年一直喝的茶很像，我还想着叔叔怎么来我们学校打工了呢？

我们上次见面好像是两年前的事情了，时间过得真快。我下个学期就是大四了，现在已经找到了实习，是在一个出版社做编辑工作。我每天都在阅读来自全国各地的投稿，有的可以，有的却写得一般，甚至很差。我不会用"烂"来形容，那样可能有点不尊重作者的劳动。这几天我在帮忙编校一篇校园青春小说，作者的文笔不错，遣词造句上也比较新颖，就是主题和情节有些老套而无趣，写的是男主恋爱、女主也恋爱，男主"出轨"、女主也"被出轨"的故事。当然，我自己没谈过恋爱，或许恋爱本就是这样无聊，所以我没资格对此评头论足，只是我觉得它远不如你给我读的那部《草样年华》。不瞒你说，前些日子我找到了你当初给我的那本，原来你一直没要回去。偶尔睡前，我还会翻看一会儿，看看大学男生都在想些什么。这不是一个单纯的恋爱故事，读来还是挺有趣的。

今年全球气候变暖，上海春天还没过去，就已经是夏天的感觉，热得不行。不知道美国那里是什么样，希望你也能注意环保，少用塑料制品。

有机会的话，请保持读书的习惯，也请发我些书评看看。许久不联系，突然和你说这么多，祝你一切顺利，越来越好！

林雨喆于2019.5.31

　　读完这封信，我欣慰雨喆没有发现我在微信上删除了她。为了这件事，我曾苦恼了许久，尽管这事确实是我做的，可之后我一直担心有一天雨喆会质问我删她的理由。如果我告诉她实情，说"因为我有女朋友了"，那么雨喆会否变成世俗概念下的备胎，而我并不希望雨喆这么想，即使从外人的眼光里看上去的确如此。

　　雨喆能用邮件的方式联系上我，这令我欣慰又感动。我认为邮件代表了我们之间彼此默认了的交往渠道和交往距离，而她能在这么久之后，想起来主动问候我，这多少让我开始怀疑自己过去的几年是否做错了。我没急着回复，习惯性地在收到邮件的几天里反复想着要如何回复雨喆才好。"是否应该写一篇书评？""该怎么问候呢？""要不要告诉她素瓷相关的事情？"面对这些又多又难的问题，我一时想不出合适的答案，最后索性被晾一边了。一直到暑假结束前，雨喆都没有再联系过我，那封惊喜的邮件在我的回复后，又一次成为梦境一样虚幻的瞬间。

　　大三第一个学期开始时，发生了很多事情。首先是谆基选择暂时休学，他与特瑞莎分手后，精神持续不振，当然，这事我是从别人口中得知的。由于大部分时间都同素瓷待在一起，我在春天小聚的一别后也没能再见到他。听说他暑假里去了一个金融学的夏校，以至于整个夏天他一声没吭，我们之间连基本的寒暄都免去了。直到新学期开学整整一周，我发现校园里的各个角落都没有谆基的身影，便发信息问他怎么回事。

　　"我gap（休学）了。"他回复。

　　我又问："是准备做什么吗？"

　　"去学一些学校里学不到的。"

　　"你没回家？"

"我有一年没回过家了。"

除了谆基,贾教授那里也出了状况。贾教授今年选择延长了自己的休假,按理说带薪假期已经结束,一般的教授一年后都会回来;但贾教授选择继续与老教授的斗争,据说还放弃了带薪假期,属于无薪动用个人时间来完成自己的目标。贾教授本身的决定并没有引起太大的关注,毕竟从他与老教授对峙至今,时间已经过去了近一年半,他如今决定在学校外面多奋斗一年半载,也算不上什么重磅新闻。这场战役之所以再次回归所有人的视野,是因为贾教授声援团内一个同样被老教授侵犯过的女孩在今年8月底自杀了,死亡方式是割腕。这位名叫王一戚的女孩留下一封遗书,其中有一部分内容令贾教授深陷争议:

  同其他一起与贾教授努力的女生一样,我也是一名性侵受害者。虽然事情已经过去很长一段时间了,但其实情况一直没有好转。
  因为这件事情的原因,我其实也被迫将自己曝光在家人、同学与社会面前。我的父母,尤其是老家的亲戚,认为这种事情不能说出去,只能私底下解决。爷爷奶奶说得最多的一句话是"这样子以后村里要给你找一个都难"。我的同学中不乏调侃我的,说我脏,说我成绩不好,没准儿是我先对老教授起了念头。至于网上的评论,我想也不用多说了。这封遗书你们看到的时候,翻翻评论区,自然就能找到答案了。
  我在大约一年半以前被诊断为患了重度抑郁症,同时也患上了各种精神疾病,在此之前已经到了必须使用大量药物才能勉强维持正常生活的程度。我进行过自残,也试图自杀,进过抢救室,也与不知道多少专家和医生交谈过。这些都没有帮助到我,因为老教授至今还是安然无恙。我因此而每天经历着极大的恐惧与自我怀疑,怀疑自己是否做了错的决定。现在我生命里的一切都让我感到痛苦,我实在找

不到坚持下去的理由了。即便老教授被抓起来，对我来说也太晚了。

性骚扰，能判几年呢？三年？十年？那样足够吗？

我想我就要走了，我想。如果顺利的话，你们看到这封信的时候，我已经不会再感到痛苦与愤怒。我只是想做一个不被抑制的人，可当我一抒发我真实的感受，一告诉你们确实发生了的故事，为什么还要尝试一切来无效化我的努力呢？我明明是没有犯什么错的人，一群善良又可爱的朋友，为什么唯独对着我要戴着有色眼镜呢？

贾教授，对不起，希望我的离去不会造成你的困扰，如果我会，那便希望以此为契机你可以更加小心地对待并保护站在你身后的女孩们。

再见。

这封遗书传出后的一周后，我在下午的一节课后见到了一张印着"王一戚"名字拼音的海报，上边还有女孩的照片，十有八九是王一戚本人的模样。用现在人的说法，她有一对"笑眼"，在每一张有关她的照片里，她的左眼和右眼都各自成像，单独去看，都像是在笑。诚然，"笑"指的是嘴角的两端向上，吊桥一样的模样。王一戚的眼睛自然更牢固，虽然也是桥的模样，但毋庸置疑是两端向下的。尽管如此，我也认为大部分人会觉得她的眼睛在笑。也是在那时，我才意识到"笑"并不仅仅来自双唇的形状，或许也不来自五官的任何一处；那是一种充满包裹能力的气息，让人看上去鲜活。正因为如此，纸上的王一戚看上去比一般同学更充满生气。

或许是因为那对笑眼，我随着那海报说的地址而去，才知道一场讨论会正在举行，而且主题竟然与贾教授有关。会场不算大，座位也不算充足，不少同学倚着最后边的墙站着，也有些索性坐在了地上。我到的时候已经没了座位，只好同几个拉丁美裔模样的学生一起堵在了门口附近。我在密集的人群中，一眼看到了坐在前排的素瓷，她的身边坐着几个中国学生，应当是同她一起来的。准确点说，似乎前排的位置都被亚洲面孔占据了。没过多久，一个教授模样的白人与一个站姿笔挺的黄皮肤学生走上了台。他们具体说了些什么，我听不太清楚，只知道那教授是在劝诫大家要理性讨论，不要被自己的偏见所束缚；至于那黄皮肤学生，则是用一口颇地道的英式英语阐述了这个讨论会的重要性和必要性。两人的开场白相当冗长，以至于讨论会还没正式开始，我便已经感到了疲惫。

大约五分钟后，黄皮肤学生宣布开放式的讨论正式开始。刚才至少还有些交头接耳声与哈欠声的会场即刻安静了下来，直到一个坐在中间的黑人学生举了手，说了几句"我觉得这女生可真是惨"之类的话，底下才陆陆续续地有学生举手要求发言。发言者结合自身经历与知识，对王一威之死进行判断、分析及评论。大家七嘴八舌，也顺带着拉扯出一系列隐藏着的关于贾教授的争议：不少人认为贾教授在声讨老教授的前半程，是为自己收获名利，而他的实际贡献不过是整理了这些受害女生的资料，后续的官司、对老教授构成的威胁，其实主要也不是由他策划并执行的；说白了，贾教授在他的反对者眼中，不过是一个好事做一半的好人，甚至还不到一半。许多对贾教授有意见的学生，也在此时含沙射影地暗示贾教授的国籍问题，表示他所来自的国度缺少对女权意识的普及，才会让贾教授这样的角色有进入众人视野的机会。一众华人学生听着心里难受，有的已红了眼眶。他们此时不言，等待的便是为贾教授申冤的环节。他们的单词用得倒也高级，什么"合理性""共情心""社会性"。整个场面看上去有些混乱，根本不像是在严肃地讨论问题。正当我打算提前离开时，站在台上的那个黄皮肤学生像突然发现了我似

的,他大声问道:"门口那位同学,真那么着急吗?"

我没意识到他是在叫我,但这却让会场里的人瞬间闭上了嘴,一齐看向了我。直到我远远地与素瓷四目相对,才确认自己被点名了:"我吗?"

"是的,你有什么急事非得马上离开吗?"

"我没什么急事,只是觉得听够了。"

"那么对于这件事,你有什么想说的吗?"黄皮肤学生依然咄咄逼人,双手盘胸,一脸审讯重罪犯人的架势。

"没有!"我也不由得扯开嗓门,"我什么也不想说!"

"有个与我们年龄相仿的同学冤死了,你就什么感想都没有?"

"没有。"

"如果对她没有评价,那对贾教授呢?你知道这位教授吗?"

"知道。"

"上过他的课?"

"上过。"

"那对他有什么评价吗?"

"没有,什么也没有!"我继续加大音量地说道,"祝你们讨论顺利,我先走了!"

临走前,我又一次看向素瓷,只见她正皱着双眉,抿着嘴,一副坐立不安的样子。我能看出她的失望,赶紧离开了会场。

那晚我还是同往常一样,与素瓷一同在图书馆里写作业。9点未到,素瓷突然起身,说是不想写了。我便陪着她回了宿舍。素瓷一进宿舍就上床躺下了。我有些不明所以,也跟着躺下。

"累了吧?"我轻声问素瓷。

"还好,就是心里难过。"

"哦,那就睡吧,睡一觉就会好的。"我刻意避开可能有的敏感话题。

"唉,就是学校里大家都在说的事,恐怕不容易睡着。"

我假装糊涂:"什么事?贾教授吗?"

素瓷忽然坐起来:"是的。"

"对不起,可能我中午那样说,让你难过了。"

"我知道你的性格就是这样……但你可以做得更好吧?"

"我明白。"

"明白就好,我相信你。"素瓷说,接着问道,"你觉得老教授是坏人吗?"

"一定是。"

"和在特瑞莎房间说的一样,那就好啦。"素瓷好像稍微安心了些。

"总之,别为我烦恼了。"我拽了一把素瓷的脸蛋。

"除了你,我也有别的需要烦恼的事呀。"

"比如说什么?"

"我不知道自己该站在哪一边。"

"哪一边?"

"那些女生,还有贾教授。"

"你可以两边都不站,"我抱住了素瓷,感受到她的脸贴在我的胸口,湿湿的,"像我一样。"

"我做不到。"

"做不到什么?"

"那个女生就这么死了。她和我年纪差不多,可她就这么死了,说不定还没有谈过恋爱,还没有学过自己想学的东西,还没有尝试过她本来会去尝

试的事情……"

"所以你会站那些女生一边?"

"可贾教授也在挨骂,只因为他是中国人。现在学校里中国人的日子也越来越难过了。"素瓷的抽泣越发剧烈,"我的班上,你见过的,有几个女生就在那里一直骂贾教授,到后来就说,中国人就是这样啦,中国人就是喜欢掩盖事实啦,出来说话的也是些没种的……我想反驳,你知道的,但我又做不到,因为那个女生死了。准杰,她死了!"

"我知道。"

"一个大活人就这样死了。"

"我知道。"

当素瓷一次次提起"死"这个字眼的时候,我的心也被她在我怀里的哭泣和低语悸动着。如同最初只是个模糊的概念,而现在王一戚的死,在我眼前变得越来越真实。我希望能为她的不幸说些什么,但又不知道该怎么说、说什么。我不敢说王一戚的死也属正常,甚至可以被预见,这样怎么能安慰得了素瓷呢?可如果要强调王一戚的特殊性,我似乎无从下手,因为我并不详尽了解她,作为一个男性,我无法感同身受地为她辩解,也怕由于措辞不当,可能让素瓷误会了我的立场。在这样两难的迷津里,我选择再度抱紧素瓷,然后静待她开口。

"所以,我该怎么办呢?如果谁都置身事外,或者因为这事与我无关,就听之任之,说不定有一天,我也会被那样的老教授侵犯呢。"素瓷缩得更紧了。

"不会的。若真是那样,你就告他。"我拍了拍素瓷。

"如果我不想让别人知道我被侵犯?如果你最后也害怕面对我被人侵犯

了的事实呢？"

"我不会怕。"

"万一你怕了呢？"

"那你就匿名举报。不过我还是相信，这种事不会发生在你身上。校园里的争论就随他们去。你觉得什么是对的，你就那样去想，那样去做，没有人能把你怎么样。"

"他们能的，准杰。贾教授已经不在这里，都快被开除校籍了，中国学生的处境并不好……"

"那你就保护好自己。"

"就由着他们去攻击贾教授吗？我们出国是为了什么呢？"

"我是因为成绩太差。"

"如果差的不只是成绩，那出国也解决不了什么。"

"对不起。"

"你可以否定我，可以和我较劲，但你不能让我不说话。"

"就跟我说好了，我愿意听。"

"我不缺听众。"

"我会做最忠实的那个。"

"那好。"

素瓷的声音越来越小，然后转过身，好像睡着了一样。时间还早，才10点不到的样子。这是第三年的秋天，往常的这个时候，正是转冷的时节，可是今年不知怎么回事，叶子都掉光了，气温还是居高不下。我听到风吹过稀疏的树叶，抖落了月光。我心里不是滋味，不明白素瓷为什么要为这样一件她无法改变的事而如此动情。我与她都十分渺小，为什么不能成为森林里相

互依靠的矮人呢？

　　大约到了这年的11月，同学们开始忙于准备期末考试，似乎没有人再有心思去为一个过往的教授进行讨论或辩驳。包括已经消失的王一戚，也许她的遭遇会在个别学生的期末论文中被提到，但我非常怀疑论文的作者是否能准确地拼写出她的名字。

　　我与素瓷的感情趋于稳定。一年以后，我们可能没了往日把彼此推到雪中亲吻的热情，却也绝对谈不上彼此厌倦。我们依然会为偶尔出现的默契而感到暖心，除此也没有更多机会为相互的存在而表露出更多的情感。素瓷不怎么去琴房了，我也很少再邀请她一起出门散步。素瓷会等周围的朋友走光后，让我到她所在的自习室里陪她写完作业。我们白天忙自己的事情，晚上一起学习，然后回宿舍睡觉。相比第一年，我们已经不常亲热了，原因我和素瓷都说不上来；而且每次事毕，我们总是会在以后几天内没有了任何继续的动力，亲热也越发像是在完成一次例行的作业。

　　"不能再这样了。"有时素瓷也抱怨。

　　"那要怎样呢？"我问。

　　事实上，我一直不明白发生关系对我来说意味着什么。时至今日，我仍难以自如地表达自己这方面的欲望。自从与茹一偶然开启了我首次体验后，我便清楚地发觉自己似乎并不特别喜欢做那样的事，而在与素瓷发生关系时，我往往是被动的一方；当然，这不代表素瓷就是绝对主动的一方。从一年前初雪的那一夜起，我们的行为像是被某种共同承认的仪式感所引领，而不是明目张胆地表达内心的欲望。说得直白一点，我们更多的时候是觉得自己"该做了"，而极少发生我对素瓷或是素瓷对我说"我想做了"。或许这能解释得通我与素瓷发生关系时，为什么都不愿意发出过大声音的原因：

我们在这一过程中并未进入"忘我"的状态。我们似乎没有那么想要对方，尽管问起来，我们可能都会回答那种感觉很不错，可过程中我们依然留存着相当多的自我意识与理智的，致使发生关系越来越像某种守旧的祭祀活动。我们在现代城市里难以找到合适的空间与时间，来演奏属于前朝的祭奠神灵的乐曲，躲躲藏藏。我们赤裸的皮肤就像迎接亘古不变的礼仪，而匆匆披上的内衣就像祭服下的最后一块遮羞布，脱下便是穿上，穿上也成了脱下。

同素瓷在一起久了，我越发意识到自己是个难有"忘我"心理的人，好像没有一件事情对我来说是非做不可的。素瓷说正因为如此，她总猜不到我会在哪里、在做什么。打个比方，周一下午两点，素瓷没课，我应该有课，此时素瓷想和我说些什么，她不会顾忌我正在上课，而会直接发信息过来，因为她知道我没准儿今天刚好没去上；倘若我回复了她，证实了我不在教室，那她更猜不到我在哪儿："会在健身房吗？不对，他前两天去过，今天说不定就不去了。会去买吃的了吗？也可能不是，他说小卖部的东西吃着味道都差不多。不会是在房间里玩电脑、看视频吧？不对，他说不定玩着玩着就跑床上睡着了。"素瓷说这样的心理活动时常出现，以至于一段时间以后，她完全放弃了为了给我惊喜而突然出现在健身房或是房门口。为此我表示抱歉，但也无能为力，因为我也不知道自己这般没有定性的原因是什么。看得出来，素瓷并不那么反感，只是偶尔会有些许担忧或焦躁。这无伤我们的关系，我没有改变的必要，继续随自己的性子行事。

相对来说，最让我"忘我"的雨喆，与我的联系也日趋稀少。人其实是很奇怪的存在，当我一直不想回复她上个学期末发我的邮件，偶尔我会不由自主地想起雨喆，而且想起的频率似乎越来越密。尽管这并不表明我的心思已经从素瓷身上移开去了，我也明白必须控制住自己的思维，不能让无关的

女性介入我的感情生活。可是不知道为什么，一旦我面对某些难题一筹莫展时，雨喆的形象就会很自然地在我的心底涌现。

2019年感恩节前的最后一节课，是一个姓梁的香港女教授上的。这节课我们所学的是刘以鬯先生所著的《对倒》。梁教授依然给我们设置了一系列还算有趣的讨论题目，诸如："时间作为一种方法论是如何被作者拆解并使用于诠释他心中的香港城？""这样的香港里有什么事是稳定而永恒的，又有什么事是脆弱又转瞬即逝的呢？"这样的问题除了考查我们对于文本的基本认知，也需要我们给出一定的看法带有感情色彩的立场；然而，或许因为这是假期前的最后一节课，整个班里没几个同学是有精神上课的，更别提到底有几个人是真的读了《对倒》的。讨论的声音稀稀拉拉，听上去像几小撮和尚各成一派，一起念着难听的经。梁教授见状，有些恼火，严肃地要求我们停止讨论，直接开始讲课。一整节课她都不再提问，而是自顾自地对着课件念稿。我们也不用再专心听讲，一些同学甚至偷起懒、打起盹儿。不料，梁教授下课前突然打断了自己的讲课，冲着我们问道："对于这篇文章，你们还有什么想说的吗？"

底下的我们面面相觑，一言不发。

"没有什么想说的吗？"

一位同学举了手，眼神飘忽地说："我觉得这篇作品非常虚幻，很明显，作者用了意识流的表现手法，而意识流的作品的确变化莫测，难以捉摸。不过正如有同学指出的那样，作品中看不到明显的立足点，也没有足够的故事性。这让我觉得它就像是科幻小说一般难具说服力。"

另一位同学补充道："没错，我也这么觉得。我能感受到作品里的念旧，以及某种对于旧时光的追思，又或是一些莫名其妙的幻想。但这一切都不具说服力,让我无法同情他们所失去的某段记忆……"

没等后一位同学说完,梁老师突然打断了他,说道:"你们是不是都不太喜欢这篇作品?"

不少同学点头,当然更多的是一动不动。

"我个人很喜欢这篇文章。"梁教授放下捧在手里的笔记本,看着我们,"一男一女,一老一少,各不相同。正如你们所说的,他们都活在回忆或幻想里,向往着某种作者的文字也难以驾驭并描述的过去;这叙述的过程毋庸置疑是苦涩的,你们也很自然地表现出了相对应的不满,或者说得难听点,是不耐烦。这我可以理解。我们从开学以来读过的文章,其中的过去、现在乃至将来,都是具体又触手可及,能用言语来依靠和接近的。可同样是20世纪的作品,无一不让我感到确实的代沟与距离。我在高中时初读《永远的尹雪艳》是这样觉得,后来再读《浮城志异》也有相同的感受,可当我读到《对倒》,我只觉得里边所描述的一切都历历在目,仿佛在每一天、每一处都能发生……"

"梁教授,那您其实在说我们作为年轻的一代,也像亚杏那样经常做一些无谓的期许呢?"

"大可不必紧张,这不是一种贬低,自然也不是一种赞美。我们随着时间都慢慢地被撕扯至历史的某一个方向,而刘以鬯先生记录下这样的趋势,是具有伟大与永恒的品质的。"

"可我们确实不像亚杏。"一个同学没举手,随便插道。

"确实不像。"又一个同学附和他。

"如果像,那你们便有了参照物,你们可以为自己被记录下而感到幸运;如果不像,那代表你们正拥有亚杏与淳于白都难以享有的'现在',或

许，我是说或许，也是一件很好的事情。"梁教授带着微笑地说。

"不是或许，我觉得那是再好不过的事情。"一个女生笑了起来，嚼着口香糖，抖起了脚。

"是吗？"梁教授又笑了，脸上挤出两个深深的酒窝，传递着一种亚洲人独有的温暖，她把黑板上的白字擦掉，拍了拍手上的灰，对我们说，"今天我们早些结束吧。顺便预告一下，你们感恩节没有作业，请好好休息。另外，假期回来以后的第一节课我们不上，我那会儿不在学校。"

"您要去哪儿？"有人问。

"我得回一趟香港，"梁教授继续笑着说，"我的祖母过世了。"

"您那位总说普通话的祖母？"

"是的，就是她。"

走出教室时，几个同学正捂着嘴笑。我经过他们的时候，他们说着"真好啊，又少一节课""是啊，太开心了，这样假期又长了"，然后一起往食堂的方向走去。

我没有急着回房间，而是决定在假期开始前去健身房再锻炼一次。走在去健身房的路上，需要经过一段名叫"喷泉"的街区，那里密密麻麻地分布着矮矮小小、别墅般的高年级宿舍。而此刻，"喷泉"正在白天绽放着通常只有夜晚才能见到的迷醉混沌的花。当卡车驶过，"喷泉"内离校园最近的一栋灰色房子里走出来一个穿着紫红色毛衣的长发男生。他皱了皱眉头，一副刚睡醒的模样。他的手里拽着一瓶没有瓶塞的红酒，很随意地将瓶口塞到嘴里，吮吸般舔饮了几下，他的嘴角流下与他的衣服颜色相近的液体。从他背后半开着的门内，缓缓走出一只长得有些丑陋的灰猫。他将猫抱起，又喝了一口酒，液体又一次滴下，这回坠落到猫的脑袋上。他抚摸它的样子有些诡异，看上去有些脆弱。一阵风吹来，长发男生竟险些摔倒。两个抽着烟路过的女生，都穿着粉红色的毛衣外套，对着踉跄在阵风中慢慢站直的长发男生歪头问好。男生见到她们，似乎瞬间没了站直的兴致，索性一屁股坐在木质台阶上，对着两个女生笑。其中一个女生顺势抱起从男生怀里溜走的猫，她一边抱着，一边近乎疯狂地吻着猫的脊背与前额。男生递上酒，两个女生便一人一口地喝了起来。一个戴着耳机、踩着滑板的男生风一样来到面前，从抱着猫的女生手里抽走一支烟，他抽了一口，吞云吐雾。那烟雾有薄荷的香气，却转眼和冷冽的寒风混合在一起，四处飘散。二十出头的白人、黑人、拉美人，还有个别黄种人，在阳光早已不再明媚的东岸初冬里，好似十分默契地为彼此点起了烟、放一首音乐、倒一杯洋酒。走在街的这一头环顾"喷泉"，每栋建筑之间还能看到更深的景象，更深处是高高的树，树上挂着几个气球，它们来回扯动，没一个真正飞得起来。这就是"喷泉"。

每次要去健身房，都必定要经过"喷泉"，因此如果这样计算，"喷泉"对我而言并不算陌生，但我似乎从来没有主动地试图去感知它的存在。奇怪的是，在那年的那一时刻再看它，我却仿佛能看到我未曾面对面见过的王一威与梁教授的母亲，而当她们的身形变得具体，素瓷便成为我唯一的所想。那"喷泉"的节日气息正随着音乐与酒精开启，而我却一点感受不到它里边的欢快。过量吸烟、吸毒、饮酒或过度用功读书的学生纷纷拖着瘦弱的躯体走到头，他们倚靠在屋檐下的栏杆上，有的则平躺在已经枯黄的草地上。往健身房的路可以说因为他们的存在而变得水泄不通，而我完全没有坚持到底的欲望，锻炼的想法不复存在，转头便往宿舍的方向走去。

那晚我做了一个梦，令我至今印象深刻。梦里先见着的是珊珊，她大声呼喊着我的名字，好像在说好久不见。我没敢吱声，心里想着素瓷会不会听

到,然而瞬间之后,我已经站到了她的身边。她穿着什么、长什么模样,我看不清楚,也记不得了,但我知道她是珊珊。梦里的我与其知道她是珊珊,还不如说我希望她是珊珊。总之,珊珊拉住了我,带着我准备向前跑。我先是跟着她跑了一阵,然后意识到情况似乎不对,便试图挣脱她。珊珊停下脚步,转头问我:"怎么啦?"

"别拉我的手,我有女朋友。"我在梦里决绝地对珊珊解释道。

"那你跟我走就好,我不拉你手。"

"行。"

"你和我走,不怕你女朋友说?"

"你要带我去哪里呢?"

"有趣的地方。"

我与珊珊走着走着,一旁变成了正在流动的乡村景象。这时我们坐在一辆火车上,红色的皮椅,珊珊的手里拿着一杯去年夏天她经常喝的鸡尾酒。火车越来越快,快到我渐渐看不见外面究竟有些什么,只剩下一片杂乱的黑色及令人不安的光点。我问珊珊:"我们是在隧道里吗?怎么什么也看不清?"珊珊说:"这不是隧道,只是火车开得太快,所以才看不清。"我又追问:"那我们要去哪里?"珊珊说:"你猜呢?"

我试图起身,却发觉自己浑身无力。一路上,珊珊好像都在安慰我。马上就到终点站了,我没有回应她。而下一幕,那红色的皮椅变成了通往云霄的楼宇、车水马龙的繁华街道,以及被几个黑人兄弟围着点缀的圣诞树。这终点谈不上多么令人心安,但也不算坏。珊珊说,终于到了。我说,终于到哪里了?珊珊说,你不知道吗?我说,我当然不知道,这里到底是哪里?珊珊不再看我,略带神秘地说,你想它是哪里,它就是哪里。

梦的结尾是场葬礼。我不知道是什么时候发现自己与珊珊恰好都穿着黑色的衣服，当然，那不是丧服，也不是多么工整的正装，我发现自己腿上是黑色牛仔裤，身上的黑色则来自一件卫衣。我有些懊恼，担心自己没能在这样的场合穿着得体。我想赶紧和珊珊解释自己不是故意的，想问哪里能换身衣服。珊珊却置之不理，面朝着遗体的方向站立着。我见她不理我，只能跟着朝躯体的方向注视，不料定睛一看，玻璃罩子里的人竟然十分熟悉，那不是去年夏天珊珊带我去医院见到的那个女孩吗？女孩闭着眼睛平躺着，全身纹丝不动。我不敢看太久，其实梦里的我并没有多少时间上的准确概念。终止我注视的是周围人的哭声，一群穿着正式的年轻男女泪雨纷飞，他们看上去都似曾相识，却又并非我日常能接触到的、叫得出名字的面孔。我一一走过他们，同时又一个接一个地问："你也认识她吗？"结果他们都不回答。不过仔细打量他们，却发现没有一个人在哭，我便有些不耐烦地质问："既然你们都不哭，为什么不能回答我呢？"经我这样一问，他们反倒恼火了，包括珊珊在内，他们一起反问我："那你凭什么在这儿呢？"我有些紧张，指着珊珊说："是她带我来的。"他们开始冷笑，继而大笑，到后来，葬礼的现场严肃不再，只剩下那女孩透明地躺在看上去十分冰冷的白色床单上，周围的人都忙着对我冷嘲热讽。我感受到无比的羞辱，但我没有急着朝他们发火，又或者我并不敢挑战那么多人围攻。我唯一能做的是走向珊珊，质问她道："你为什么带我来这里？"

"不为什么，我就是带你来了。"

"她是怎么死的？"

"病死的。你忘了？上次见她，你们就在病房里呀。"

"这些人是谁？"

"她的朋友。"

"他们为什么笑我?"

"他们觉得你不配吧。"

"凭什么觉得我不配?至少我不会在葬礼上嘻嘻哈哈。"

"他们觉得你和她没有关系,却还在这里装模作样。"

"你这样说,是不是你也这么觉得?"

"是的。"

"那你不是故意让我来这里丢人吗?"

"我以为你讨厌她。"

"讨厌她就不能悼念她了?"

"没说不能,但很好笑。"

"我不觉得这有什么好笑。"

"那就让别人去笑,你千万别笑。"

"无聊!"我想转身离开,可珊珊拽住了我的手,接着更多的人不约而同地拉住我的衣角。他们倒没对我做什么,只是将我推搡到那个躺着的女孩面前。再次面对她,我仿佛无法动弹了,也没有发火念头,只想着控制好自己,但这身衣服令我在站立间又一次感到难堪。那群人大笑起来,我想转头让他们闭嘴,却没有力气。有几个人慢慢地凑到我的耳边,对我说:"你不是不喜欢她吗,为什么还要来她的葬礼?"

"我不知道!是珊珊带我来的,是她带我来的!"我忍无可忍地喊了出来,而惊醒前的最后一幕,是女孩冰冷的面孔,与去年夏天那个凉爽的病房里被一只小鸟惊吓的她相差无几。我想起来了,我那时的确非常不喜欢她。

当我惊醒,窗外还是黑的。我抱住了一旁的素瓷,素瓷也短暂地醒了。她嘟哝了几声，问我怎么回事，我有些迷迷糊糊地回答："我梦到了一场葬礼。"

"没事了，都没事了。"素瓷估计也不知道自己在说什么。

"你说，如果去参加一个很讨厌的人的葬礼，你还应该……应该很礼貌吗？"我感觉自己的话都说不利索了。

"你刚才很礼貌吗？"素瓷睁了睁眼睛。

"好像挺礼貌的，但我确实不喜欢那个人。"

"不喜欢就不用礼貌。"素瓷又闭上了眼，有些不耐烦。

"我这样不礼貌，你会讨厌我吗？"我似乎本能地感到不安。

"不会，你怎么样我都喜欢你。"素瓷抱了我一下，"睡吧。"

那之后我又睡着了，没再做梦。可当我再次醒来，我却觉得异常疲惫，仿佛和没睡过的一样。睁开眼睛，一旁的素瓷还在熟睡，我轻轻起身，听到外面大风肆虐，窗户被刮得发出咚咚的响声。若是往常，我一定会回到被窝里，或者就这样待在房内，哪儿也不去；但此时我满脑子都是昨晚做的那个瘆人的梦，于是背上包，准备出门去图书馆，换个地方学习一阵。走在路上，那银灰色的妖风正冲撞着大地，也扰乱了我的视线；经过教堂，那风更是舞得肆无忌惮，我一时难以前行，便只能走进教堂先避一避。教堂里不亮，可还是有微微的灯光，一个穿着白袍子的白人老神父正带着一个黑人男孩与一个黑人女孩读着经文。我没有走进去打扰他们，而是在大门与里堂中的几扇玻璃门旁倚靠着简单粉刷过的砖头墙壁休息。外面的风声张狂依旧，可我没想到神父的声音仿佛是从我身后砖头缝隙中穿出来的一般，一时间竟盖住了大风的气焰。

神父读完经文，问道："你们这礼拜有什么想要认的罪，或是想向上帝祈求原谅的事情吗？"

男孩说:"没有,神父。"

神父浅笑了笑:"你可以对我说没有,但你不可对你那天上的父说没有。"

男孩倔强地说:"我每周都来教堂,每天完成作业,做其他同学都做的事情,没有做什么特别不好的事情,所以我并没觉得自己犯了什么罪。"

神父不再追究,转向女孩问道:"那你呢,你有什么想认的罪?"

"我……我不知道……"女孩听上去有些不确定,随即又补充道,"啊,我想起来了,我是有罪的。对不起,神父,我要坦白……"

"你有什么罪呢?"

"我心里曾动过歪念,我今天本来想对您撒谎,说我身体不舒服,就不来教堂了。"

"可你最后还是来了。你心里的圣灵战胜了撒旦,神自然会宽恕你的罪,孩子。"

"可我因为有过这样的念头感到不安。"

"说出来后,你还觉得不安吗?"

"好多了,可我害怕这样的念头会再次出现,而我并没有信心每次都能战胜歪念。"

"能承认自己有罪就还有救。当耶稣降临,使者告诉犹太人,将有'救世主来赦免他们的罪',他们无一相信。孩子,你的智慧已经超过那些聪明绝顶的部族了呢。"

女孩点头恭敬地点头道:"谢谢您,神父。"

"那今天就到这里吧?"神父说。

"好的,神父,那下周见。"男孩说。

"下周见,神父。"女孩说。

两个少年走出了教堂,脚步声轻得让人惊讶。我能听到的却只有神父往更深处走去的脚步声,以及女孩在推开门前偷偷地朝男孩说:"我是被逼才那么说的,真是尴尬呀!"

风已经停下,推开门,空气里满是寒冬的阴郁。感恩节假期的第一个上午属于宿醉,草木无声,鸟雀哀鸣,嬉闹不再,校园寂静。我正想离开教堂,一只手不轻不重、稳稳当当地搭在了我的肩上,就着手上的皱纹,我猜是那神父。扭头一看,我猜对了。神父微笑地问我:"你在这里做什么呢?"

"我来避一避风。"我诚实地回答。

"是吗?那你应该避得差不多了。"神父看了看门外。

"是的。"

"你还好吗?你叫什么名字?"

"我叫准杰。我还行,不好不坏。"

"不好不坏?你正经历什么麻烦吗?"

"哦,我还以为'不好不坏'是褒义词呢。"

"在上帝那里,他是要人喜悦与有信心,所以'不好不坏'算不上多好的状态。"

"原来是这样。"

"这是你第一次来教堂吗?"

"不是。"

"你以前来过?你信教吗?"

"我父母信。"

"那你在这'不好不坏'的时候可曾试过祷告呢?"

"我只见过我父母祷告。"

"我可以带着你祷告。当然,前提是你愿意。"

"我以为我不愿意您带着我祷告呢。"

"孩子,你知道这么一个故事吗?"神父问我,接着道,"耶稣在救治盲人的时候,将唾液与泥土涂抹在盲人的眼睛上,随后说:'你往西罗亚池子里去洗。'那人去了,得以医治,眼睛重见光明。如果盲人不走到池子旁边,他的眼疾就不会治好。"

"那我愿意,神父。"以前的我会拒绝,但那天我没有。看着祖父诚挚的眼窝,雨喆与我曾有过的一段对话忽然回荡在耳旁:

"你的父母信教,你为什么不信呢?"

"因为我觉得我还不知道我该不该信教。你呢,信吗?"

"如果有合适的契机让我去信,我一定会信的。"

"基督教吗?"

"也可能是佛教、伊斯兰教,谁知道呢。"

"你觉得信哪一个教对你最合适呢?"现在想来,这样的提问真是幼稚,但那时的我由衷地期待着雨喆的答案。

"我不了解宗教,所以我没法回答。"雨喆明确地答道,"但信仰是人生最重要的精神皈依。正常情况下,每个人都应有自己明确的寄托,某种可以无条件相信的东西,有时甚至也不是什么东西,而只是些干巴巴的概念,以便保证他在最艰难的时刻做出对自己负责的决定。"

"那不就是所谓的智慧吗?"我有些不解。

"不,智慧在感情的波动面前一样脆弱,何况大部分人都没有真正的智慧,又怎能有那么般强的意志力呢?这就是信仰的重要。"雨喆是这样告诉我的。

恍惚间，老者握住我的双手，闭上眼，低下了头，开始祷告："仁慈的天父，在感恩节来临之际，我们感谢你赐予我们的一切。愿你能在节日里带给你的每一个孩子平静与喜乐。愿他们能在你的呼召里走出'不好不坏'，走出欺骗、谎言与撒旦赋予的不安。愿你能明晰他们的眼，坚定他们的灵，乃至风吹雨打，日夜沉浮，也有你那丝丝毫毫便足以统治万邦的真理指引他们。祷告奉我主耶稣基督的名求，阿门。"

离开教堂没走两步，那风重新刮起来。"风吹雨打""日夜沉浮"，那神父莫非是个先知？可我转念一想，这般令人厌烦的天气只是一件暖和结实的羽绒风衣便足以御寒，更何况回房间，总有素瓷等着我吧。这样想着，那神父的身影逐渐在我的脑海里变得模糊起来。

特瑞莎这时发来了消息："你知道谆基这会儿在哪儿吗？"

"我倒是想知道来着。"我回道。

"我以为你一定会知道。"

"我以为你不会想知道。"

"我现在有点想知道。我还没跟你讲过我们为什么会分手吧？"

"我不想知道。"我回复道，然后合上了手机。要不是我脑子还很清醒，我一定会认定特瑞莎是喝多了。

特瑞莎之后并没有埋怨过我那天那样对她，用她的话说，她早知道结果是这样，就不该对我这种人抱有期望。

9

初二那年的春天，我与雨喆一同站在天目山脉中的一座顶峰上，在湿

湿的空气里，我们感受到开始落下的雨滴，脚下苍茫的景致仿佛将我们置身云端。雨喆往我这儿走近一些，我还没来得及激动，便发觉她弯腰下蹲，探出头去打量我这侧的一处树林。在嘈杂的雨点中，我忽略了来自那一端的鸟鸣，清脆利落，雨喆完全被吸引，镇定地在雨中观察着。我们的身前有一排不高的木围栏，雨喆直起身子，倚在了围栏上。雨水在她的校服上肆无忌惮地流淌着，她的头发黏糊糊地贴着头顶与侧脸。雨喆完全不为所动，看上去有些享受屹立在天地间的感觉，全神贯注地观察着草木与飞鸟。我在一旁想开口说些什么，最后仅归纳为一句小心翼翼的提醒："你不要太靠近围栏，有点危险的。"

"没事。"

"你不怕围栏并不牢靠，谁知道它杵在这儿多少年没人管了？"

"不怕。"

我淋着雨，干巴巴地苦笑，开始口无遮拦起来："你不怕死吗？从这儿摔下去，应该会很难看的。"

"你看这山间，能死在这里，也不错呀。"雨喆罕有地转头看我，在雨中露出微笑的她，镇定得活像一只来自森林的精灵。

"你愿意死在这里？"

"我不知道，我离死应该还有很长的距离。"雨喆深呼吸着潮湿的水汽，"对了，你想过自己有一天会死吗？"

"不太敢想，每次想到就会哆嗦。"

"没必要，迟早的事。"

"别说了，我又要哆嗦了。"

"那说明你现在过得不错，应当珍惜！"

"既然如此，又说什么没必要呢？"

"哎哟，说不明白了。"

话音未落，一声春雷响了起来。我拉了一把雨喆，手接触到了她的臂膀，心里为之一颤。雨喆的眼神依然望着天目山中的某处，托她专注的福，我也听到那鸟鸣声没有停息。

回想起来，新冠肺炎疫情的暴发对我来说，好像没法被确切地定位于某个具体的日子。大概是2020年的1月，假期还未结束，我们越来越频繁地听到这种病毒的消息，不过我与素瓷，包括我们的家人，在刚开始时都没有特别在意。在返校的前一天，"人传人"成为开启这段疫情的风向标。有一天上午8点，我与家人一起在收看电视台的《早间新闻》，与前些日子里对疫情零零散散的播报不同，那天所有的头条新闻都被整理得格外一致：武汉市、新冠肺炎、强传染性等。即便如此，包括我在内的大部分人，似乎仍不以为然。作为留美学生，我们在异国早已习惯了每年来一场甚至几场流感，就算死几个人哪怕更多的人，好像也觉得这是再正常不过的事情。

打算返美前的那天早上，我的父母一边喝稀饭，一边继续关注早间新闻。父亲突然问起了我："这个疫情不会影响你飞美国吧，要不要再观察一段时间？如果流行起来，说不定过去了就回不来了。"

"不会。不就是个流感吗？"我十分肯定地回答。

吃完早饭，洗罢碗筷，我给素瓷发去了信息，问她有没有注意到与流感相关的新闻。我还设法找到当时有关新冠病毒的所有资料，给素瓷发过去，包括可能的危害、传播性、预防措施及发展趋势等。估计素瓷那天是睡晚了，我发了信息后过两个多小时，她才回复说："这么说，我会不会回不去美国了？"

"为什么回不去?"我反问。

"你忘了吗?我前天才去了武汉玩呢。"

"那怎么办?到时候海关不会问吧?"

"被问也没办法了,机票都已经买了,而且感觉也还没那么严重吧。"

"我觉得届时海关如果问起来,你就说没去过武汉。海关应该也不会多问。美国那边更不会去查你在国内的旅游信息吧?"我给素瓷出起了主意。

"说得也是,你是明天飞吗?"

"对,明天上午9点20分的航班。"

"你应该没什么问题。"

"嗯,你放心。"

第二天一早,我便出门赶赴飞北京的航班,大约三个小时以后抵达了首都的国际机场。此时距离我前往美国的班机还有大约两个半小时,按以往的办理速度,就算连上转机的时间都绰绰有余了。我事先是想到过留学生返航的高峰期值机柜台前会人满为患,可真到了那里一看,等待的时间肯定需要很久却是未预料到的,甚至也是我以往屡次往返时从未遇见过的。许多排在后面的人见队伍良久不前,都跑到柜台再次确认这到底是不是前往纽约的航班。当时人多还只是一方面,另一方面是因为我发现,往往乘客较少但一定存在的贵宾通道也被关闭了。所有的人流都聚集在一条长长的队伍里,没有人能闲庭信步地走向以往写着"头等舱/商务舱"的方向。尽管队伍前进的速度极其缓慢,不过前后的留学生们看上去倒不算太悲观,有的还有说有笑,像往常返校时一样激动又兴奋。

这已经是我连续第七年目睹类似的景象,而我从未想过这很有可能是我这辈子最后一次为了求学在机场排这么长的队伍。当雨喆说我"怕死是因为过得不错",我以为自己只会珍惜那些美轮美奂的光鲜时刻,可当拥挤与吵闹也成了我渴望回到的场景,我才知道自己将永远深陷在过去的泥沼里难以自拔。我大概是站累了,不管不顾地瘫坐在行李箱子上,后背靠着短短的手拉杆竟然差点睡着。在这样的半梦半醒中,我想到自己似乎应该给雨喆回复点什么。之前一直没有回复她的邮件,主要是顾忌我身边有素瓷的存在。我在心里琢磨着是不是借疫情问候一下雨喆,这肯定是一个再正当不过的理由,而且完全有必要。我在心中罗列了一些一定要和雨喆提到的事情:

一、询问雨喆是否做好迅速到来的疫情防备。按她的性格与一贯作风,她大概率不需要准备也能保护好自己,但如果真演变成了难以控制的时代性病毒,她一定会在保护自己的同时,去想办法帮助其他需要帮助的人,而我愿意倾听她此刻的想法和建议。

二、让雨喆了解我的近况。我的生活趋于无聊,没有什么乐趣。当然,我没有打算把这一切怪罪于某件事或某个人,我只是单纯地想让雨喆知道我还好,没受到疫情的影响,当然也没什么值得开心或激动的事情。之所以要对雨喆说这个,并非因为雨喆是擅长帮我排解负面情绪的人;在绝大多数的时候,她对我的牢骚或不满都选择置之不理,也不会尝试开导我,但眼下我却觉得哪怕是来自雨喆的责备都令我满怀期待。

至于要不要顺便告诉雨喆我有了女朋友这件事,我其实纠结了许久。我对雨喆早已不存任何非分之想,从我与素瓷确定关系的那一刻起,我就纯粹地面对与雨喆的过去。事实上我和雨喆一直仅止于同学加朋友的关系,一直未超越普通或正常的界限,我清楚我们之间的距离。我觉得若是坦然地向雨喆传达我近来的所思所想,反倒可以证明我心无杂念,已经做好了以朋友的身份面对她的充分准备。之所以犹豫要不要告诉雨喆,是因为雨喆对类似

你情我爱、男女八卦的事情从来没有多大兴趣。我如果告诉了她,可能会有种此地无银三百两的感觉,仿佛在暗示自己因为有了女朋友,要与她划清界限;但倘若不和她说,这样的有意隐瞒也显得有些奇怪。既然我们是能够交心的好友,为什么不能分享彼此的信息呢?

等差不多排到我办理乘机的手续时,我在心里已暗暗决定:还是先不告诉雨喆有关素瓷的事情。所谓好朋友也不是完完全全的无话不说,有一些不合时宜的事情没必要一定提起,可以在日后找到更合适的时机再说。

办完登机手续,一直到上飞机之前,都没再遇到麻烦。首都机场看上去并没有被初露苗头的疫情所影响,里面依旧挤满了急于返回世界各地校园的留学生们。尽管如此,我却在机场买咖啡时听到服务员说,今年这个时间的客流量比往年已少了许多,主要原因是2020年的春节来得早,很多留学生向所在学校申请晚些回去,可以在家里过了中国年再走。我不太清楚别的学校情况如何,但我那所学校一贯尊重学生的个人意愿和他们的文化差异性,因此确实有不少同学成功地多申请到了七天寒假。甚至还有人在朋友圈里为此事讨论和庆祝,认为大学几年,终于能在家过一次年,实在不容易。

我的父母也在寒假时问我想不想在家里过完年再回美国。"你就晚几天回去,没什么大不了的吧?"他们这样问我。

我说:"改机票太贵了,我是在替你们省钱呢。"

"你要真想留下来过年,钱肯定不是问题。"母亲说。

我说:"可我真的不在乎。"

"好多年没在家里过春节了,还以为你会很期待呢。"父亲说。

我说:"以后会有机会的。"

与我的父母一样,素瓷也问了我相同的问题:"你要不要和我一起在国内过完年再回学校?"

"我也想呀,可我已预订了机票。"

"嘿,说真的,我还是挺想在这儿过年的。我家每次过年时,都会做一大桌子菜,所有在外的亲人都团聚了。我姥姥会用自己做的酸菜和鸭子一起炖,还会包饺子,做好几种馅。"素瓷在电话那头顿了顿,"坏了坏了,我真的不想走了!"

"要不然你就留在国内过完年再回去?"

"不要,我想和你待在一起。"

"那你和我一起回去吧。"

"也行,那就继续在美国过中国年吧!"

不过,在疫情真正暴发之前,大三的第二个学期早已算不上舒坦的日子。第一篇棘手的论文在我回学校以后的第二周就布置了。那节课是学校中日本文学最高阶的课程,我的教授是个中年加拿大白人男子,他让我们称他为老S。老S留着厚厚的络腮胡子,脸形颇像一只倭瓜,说起话来那一圈枯叶色的绒毛在上下晃动,嘴却没见他张开。这位教授不仅看上去慈祥,讲起课来更是对学生万分尊重,甚至能说得上是纵容;即便听上去像是在胡言乱语,这位教授也能在捋胡须的分秒之间找到合适的校正方法。就拿我们这学期第三节课来举例吧。

"同学们,请分享一下你们在阅读《三四郎》时的感受。作为一节相对高阶的课程,我希望你们能结合我们这节课的讨论主题:'日常生活与每日性'这一元素来进行有针对性的思考。也请你们在提供答案时,尽可能一并考虑夏目漱石先生所使用的文学手法。乔伊,从你这儿先开始吧?"老S说。

"嗯,谈恋爱,没错,是谈恋爱。三四郎每天都想着谈恋爱,这就是我

的感受。我不确定谈恋爱在其中的意义，他好像真的很想谈恋爱。"就我几年上课的经验判断，这位名叫乔伊的白人男孩如此糊弄性质的回答，基本暗示了他没有仔细地读过这本书，可能只是粗略地翻了翻，甚至更大的可能是他连书都没买，仅是简单地在网上看了一眼简介而已。

几个同学捂着脸，显得既尴尬又担心。

不料老S并未直接批评或质疑乔伊，而是非常友善地帮他补充起来："其实你说得非常对，乔伊，谢谢你！关于'谈恋爱'这个话题，其实很多学者在《三四郎》这本书中进行过仔细研究。为什么三四郎这么想谈恋爱？即便抛开文学的角度，其中也有很多值得深思的问题。有学者认为这是现代化及城市化之后产生的'人类及格线'。正因为此，这个话题甚至可以被带入到社会学、政治学、心理学等领域及角度进行思考。你开了个不错的头，很好！"

"谢谢你，教授。"乔伊捏了一把冷汗，继续躲到电脑后不知道开什么小差去了。

尽管如此，老S并不是一位没有要求的教授。早在选他的课之前，我就听几位同专业的学长说起过他给分苛刻无比，而且总能挑出刁钻的理由让你心服口服地接受自己拿低分的现实。这让我在领到他所出的第一篇论文题目时感到十分慌张，写完初稿以后，我没有着急地开始修改，而是先给老S发了过去，试探性地寻求一些反馈。

老S在收到我发去的初稿后，要我第二天去找他。在邮件中，他说："这是一篇很有潜力的文章，当然，也有很多容易造成误解的地方，我们可以一起解决。"

这样的回答让我开心，然而当我第二天真的坐在老S的面前时，他的所言却让我不知如何是好。

"你在说一些空话,准杰,"老S像往常一样捋了捋胡子,"你现在所讨论的这本书中的'每日性',可以被非常广泛地定义;同样道理,它代表你没有抓住一个确切的核心进行讨论与研究。我认为你花了大量的精力在分析夏目漱石的写作手法与他所独具的现实主义,这些都很好;你也发现了他抑扬顿挫的写作风格,有的甚至是我不曾仔细考虑过的。只是你得明白,你已经大三了,在这样的阶段里仅有类似的分析是不够的,不能就此满足,止步不前。你应该好好想想,他这样抑制自由的文风中有什么东西正在被阐述与曝光,然后再对应我们的课程主题,同时思考这部小说为什么可以被视为极具潜力的研究对象。准杰,你的写作水准不错,思路也很清晰,目前这份初稿的逻辑已经相当合理,只是我并不觉得这会是一篇对学术研究有所贡献的论文。"

"我明白了。"我向老S道了谢,很快回到宿舍对论文进行了初次修改,并且在第二天下午将修改稿发给了老S,还在邮件的附言中写道:"麻烦您再次阅读,十分感谢!"

大约过了十分钟,老S便回复了我:"没问题,这是我的职责所在。不过这是我最后一次在这篇论文截止日之前帮助你,不然的话,可能对其他学生有些不公平。"

再次进入老S的办公室时,他正在用日语打电话。我不懂日语,所以也不清楚他说的有没有口音,但听上去老S的日语说得非常流利。老S乍一见到我,他的面色迅速从方才通话时带着微笑的温暖,骤降成窗外结了冰的冷色。老S让我坐下,自己出门,为我去教职工休息室倒了一杯咖啡。他把咖啡递给我,回到自己的座椅上,一边用左手食指按照节拍轻轻敲击着桌面,一边用右手握着鼠标在电脑上打开了我发他的二稿。他读了两三分钟,没有

说话。没等他滚动到文章和结尾处,他忽然松开握鼠标的手,冲我说:"准杰,你在怕什么呢?"

"教授,我不明白您什么意思。"

"你看这里,你写道:三四郎在进入东京以后,认为自己陷入了一种令人头晕目眩的困境,除了他在全书不同章节中与母亲所保持的沟通,可以证明他的困境代表了日本城市化进程中的一种正在被催化的落差感与边缘化。他真正的困境实则存在于看上去最为平常的'日常生活之中'……这里还行,接着往下看:这些日常生活包括与东京的城市好友一同进食、参加音乐会、追求美弥子等。当然,我们很难直接去定义何为标准且正统的现代日式日常生活,然而,三四郎的存在某种程度上可以被理解为作者在试图开始对这一笼统概念的阐述……你写到这里也还好,只是接着你对于夏目漱石和你后面的解释,显得过于概括,而且你并没有提出一个非常准确的论点。"

我指了指老S先前读的第一段文字:"这就是我目前的论点。"

老S仰起头又默读了一遍,然后摇了摇头,说:"这并不是一个很明确的论点。怎么说呢?我觉得这个阶段的文学分析如果停留在对写作手法与文本的拆解上,可能会有些薄弱。我倒也不是希望你直接跳到'精神层面''主观思想'这些概念上,但你可以试试,去考虑一下文中人物的所思所想。简单来说,你的文章不应试图让这些人物的生活模式变得理所应当,而是……怎么说呢?其实我并不介意你用现在的视角——2020年的视角去看待他们的生活,然后很直接地去体会,再去做比较缜密的解析。"

"您继续说,我还是没能太理解。"

"不能完全理解吗?好吧,说得直白点,我并不需要你替我合理化三四郎的存在,也没兴趣听你阐述夏目漱石这么做,其背后隐藏的目的是否与他的时代有所关联。你所应该做的是帮助我,或是你的读者,理解三四郎本人。你可以说他软弱、痛苦,不要在乎那些刻板的、老旧的写作规矩。请你仔细并深入地与书中的人物进行沟通……"

老S的一番点拨,未必能让我耳目一新。简单来说,他的话与雨喆数年前对我所写书评的评判近乎如出一辙。尽管老S这回看上去比上次还要不满意,可我在这次谈话后,并没有再对文章做太多的修改,最终稿基本上就是二稿的修复版。论文最终的成绩并不理想,对此我没有怨言。两次交谈下来,我意识到自己与老S或许八字不合,我终究不是他喜欢的那类学生,因此没再强求自己去努力适应。

素瓷却对此不以为然,她认为我作为学生有义务去尽量符合老师的要求。"不就是一个地道的精神论者吗?"素瓷这样说。

自那之后,对老S布置的几篇论文,我都发挥得不错,总结起来,无非就是在讨论帝国主义的时候,再加上些悲壮、批判的语言,或是针对类似福岛核泄漏事故的敏感话题时,更多地从人本角度对故事进行叙述与评价。其实这与我原先的写作路数相差甚少,依然是按部就班地填充特定内容。

素瓷问我:"你在论文中就没什么真心想说的话吗?"

"连我都不知道自己在现实生活中说过多少真心话,更何况要把它们放到论文里呢?"我想了想后回道。

1月25日,农历新年。去年农历新年的日子较晚,我与素瓷的各科目都有不少作业,最后索性去"亚洲餐厅"随便吃了一顿干炒牛河与宫保鸡丁,算是迎接新年的晚餐了。当时的素瓷显得有些失落,她觉得来美国的第一顿年夜饭就这么寒酸,让自己在这样的节日里更加想家了。正因为如此,素瓷为2020年的年夜饭做了不少准备。她罗列了一张菜单,其中包括她想买的、

想吃的和想做的。最终在"想吃的"环节上,我们反复商量了许久。素瓷说:"我想多吃几个菜,至少要包个饺子,炖个汤,烧个荤菜,再炒个蔬菜吧?"

"这么多菜,我们两个吃得完吗?"

"估计吃不完。"

"你问问还有没有人要来一起吃的?"

"估计没有。李莉要忙这忙那,其他人好像根本没打算来。"

"那我们还是得好好想一想做什么菜。"

"饺子是必须有的。"

"包饺子的话,荤菜是不是就不能做得太下饭了?"

"那就同时煮点米饭吧。"

"又吃饺子又吃米饭,可不得噎着?"

"也不是不可以嘛。"

"这么说吧,饺子和米饭,先二选一。"

"若是单选,肯定是选饺子,但为了吃菜,那就选米饭吧。"素瓷有点不舍地做出了选择。

"成了,饺子划掉。下一个是汤,炖什么汤?"

"鸡汤?"

"这里买到的整鸡没什么味道,美国人的鸡都是拿来烤和炸的。"

"鸭汤?"

"鸭子都没怎么见到过。"

"那就做猪排骨汤吧。"

"你是想吃猪排骨还是喝猪排骨炖的汤呢?"

"都想。"

"这样吧，我有个法子。我们把猪排骨和蔬菜一起炖，这样你素菜就不用单独炒了。汤就算了，反正你已经有排骨吃了。怎么样？炖个排骨煮个米饭就成了。"我出谋划策道。

"我怎么感觉比去年还寒酸呢？"

"知足吧，比起国内，很多疫情地区的同胞恐怕过得更艰难。"我找了个契合时艰的理由糊弄素瓷。

做年夜饭的那天下午，素瓷突然收到一份当晚须提交的作业，一时无法兼顾，只好由我替她处理那一大块猪排骨。处理的过程中，最棘手的是排骨上有几块带着筋的肉，当我试图用刀把筋斩断，不够锋利的刀怎么也切不了。我忙乎了半个小时，有些犯懒，心想素瓷也不在，干脆把那几块带筋的肉扔了吧。弄完以后，我还心虚地朝垃圾桶里丢了几张揉得皱巴巴的纸来盖住那些肉，生怕素瓷会发现，骂我浪费。

就在这时，我的手机振动了一下，是某网上媒体给我推送的一篇新闻，标题是《封城中的春节》。我没有点开文章看，知道整个事态大体比我想象的复杂，甚至有人正付出生命的代价，但我还是想着"今天是春节，不看这些烦人的消息了"，然后自顾自地继续处理起了排骨和蔬菜。

素瓷的作业一直写到晚8点左右，我索性让排骨多炖会儿，好入味。当我与素瓷将排骨捞出，它们已完全是深褐色了，而且离开了汤汁，也不见掉色，看上去十分鲜美。素瓷直接上手抓了一块，狼吞虎咽地吃着，并由衷地赞美道："真好吃！"

"有家里做的好吃吗？"我问素瓷。

"有，差不多味道。"

"那我还得努力。"

"没事,差不多就成了!"

"满意吗?就吃这些。"

"满意,本来还以为会想吃更多的,结果好像根本不需要呢。"

"那就好。"

预告明天要下一场大雪。原本总是漆黑的夜幕,在那晚亮得几乎看不清星星,好似披上了一层薄薄的白纱,本应闪亮的繁星就这样隐匿在那张巨大的布料之中。吃完饭,我们什么也没有做,什么也没有想。对于美国人来说,这只是一个平常得不能再平常的夜晚;可对于我们两个中国人而言,这一晚具有特殊意义。刺骨的风从窗户的缝隙间渗透进来,素瓷轻轻地开口道:"开心吗?"

"开心。"

"你怎么这么好满足?"

"你不也挺开心吗?"我在黑暗中摸了摸素瓷的嘴角,应该是上扬的。

"我被你带坏了。"素瓷嘻嘻地笑出了声,"新年有什么愿望吗?"

"没有。"

"不行,必须有。"

"好,希望能多吃几顿红烧肉吧。你呢?"

"现在是不是该为武汉许个愿?"

"这个肯定要。"我想了想,又问道,"还有别的吗?"

"想去波多黎各玩一趟。春假去吧?"

"这么突然?"

"有什么突然的?想去南美很久了,我们也很久没有好好地旅游了。"

"去年才去了华盛顿、波士顿和纽约。"

"都一年了。"

"那好吧，春假去，我得买票了，希望不会太贵。那里的消费很高吗？"

"你好像不想去吧？"

"有吗？你想去就去呗。"

"很好玩儿的！有好看的海，而且很暖和，每天就晒晒太阳吹吹海风。东岸的冬天太累人了，去那里放松几天嘛。"

"你说得对，那我们尽快订机票。"

"对了，你那篇老S布置的论文后来成绩怎么样呀？"素瓷忽然惦记起我几乎忘了的事。

"拿了个B+。"

"不算太差嘛。"

"还好吧，我就是不太擅长写他想让我写的那种东西。我感觉随便替角色下定论挺傻的，更别说在文章中添加那么多主观色彩了。"

"没事，每个人不一样嘛。"

"你会不会觉得我不擅长表达很多事情？我好像也很少和你说什么'我很爱你'之类的话。"

"不会，"素瓷在黑暗里钻入了我的怀中，"你怎么样我都喜欢。"

时过境迁，这样的话在这样的时间说出本应该让我感到安心，可不知道怎么回事，也许是因为我潜意识里已经觉得疫情严重到我难以想象，也可能是因为我正在经历着某种巨大的改变，素瓷说的话反而令我心神不宁。我轻轻吻了素瓷的额头，然后转头侧向了另外一边。大年初一的夜光照进了我的房间，身旁的素瓷已经睡着，投影外面世界的窗户在这一刻全然没有白天传递阳光时的温暖，反而在一点点街灯与灰尘的交织下变成了细细碎碎的雾墙。

2月还有另外一节难以用言辞形容好坏的课：杭州文学。尽管这门课的内容对一所美国大学来说充满了异域色彩，选课的人也多为老外。事实上，选择这门课并不是我的本意，只是在1月底的时候我的专业导师给我发来了邮件，说我还必须上几门与中国文学相关的课程，才能达到专业要求，并且为我推荐了这门课。我本来想的是拒绝，让他知道我自己会选看课也会选课，没必要他来推荐。但当我一看这年春天其他的"中国相关"课程时，满屏幕白底黑字都是类似"后现代儒家""中国是如何向着新世纪挺进""汉文化上下五千年的秘密"等，这样，杭州文学瞬间引发了我的兴趣。

进入这门课程其实花了我不少工夫。我本以为它作为一门高阶课按理不会特别热门，"中国文学研究"在学校里属于边缘性专业，再套上"杭州"二字，更显得相对小众。因此我在选完课以后，一直没去关注自己的选课结果。一直到学期开始前的第三天，我才在查成绩时，偶然发现自己这学期有一门课没注册上。事实证明，这门杭州文学不仅没有我想象中的那么冷门，而且任课教授给我们发来邮件，说因为选此课的人太多，以至于还有不少学生在备选名单上，当然，专业学生会有优先进入的权利。为此，我在这节课第一次开课时，提早了整整二十分钟找到教授，目的就是为了与她好好聊聊我的情况，恳请她让我进入这门课程。坦白地说，事后想想，我这么做的背后缘由不过是因为我自视甚高，作为中国人自诩比其他外国学生更值得上这节课，更能为这门课程贡献智慧。我初次与这位年轻的白人女教授交谈时，丝毫没有表露出我在这方面的优越感，只是有一搭没一搭地聊着些我后来自己都觉得莫名其妙的话题。

"听说您在杭州留过学？"我在找教授之前，曾查过她的相关资料，试图以此来和她套套近乎。

"是的，真是很美的城市，那应该是我一生中最快乐的两年。你去过杭州吗？"

"去过。我初中在上海上学，所以时常有机会去那里短途旅游。"

"杭州的阳光对我来说非常特别，我发誓……我发誓西湖旁的阳光，可以让我在那里发一下午的呆，什么也不用做，什么也不用想……"教授激动得好像有些语无伦次了。

我指了指头顶上方的一方小窗，笑道："是吗？不过对我来说，现在这点不多的阳光也很不错。"

"你这么觉得？"

"我一直很喜欢这个小镇里的阳光。"

"哦，我是初次来这里教书，实话实说，很多同事，还有学生，都和我说这地方无聊透顶，没有好的酒吧，没什么有趣的人……"

"那您怎么认为的呢？"

"我还挺喜欢这里。"

"我也是，这里与我的家乡很不一样。"

我们正说着，只见三名身着羽绒服与大风衣的白人学生走了进来。他们带着一脸发现了宝藏的笑容，轮流看了我一眼，然后视线一同转移到教授身上。"您好，您就是N教授吧？"其中一个问道。

"是的，我就是。"教授回道。

另一名白人学生又问："'杭邹'的文学课是您执教吧？"

"没错，不过，是杭州。"

"对对，杭州。"又一名白人学生接道，"教授，是这样的，我们三个人都很想上这门课，但我们选课的时候，您懂的，因为不是专业课，所以没

有选上。请问您能帮帮我们吗?我们真的对这门课很感兴趣。"

"当然可以。只是没想到这门课这么受人欢迎,我还一直担心这门课的课名会阻退好多人呢。"教授说。

"不会。文学嘛,中国嘛,其实在这所学校里也不罕见。"再次轮了一圈,回到最初发问的白人学生那里。

那三人带着满意的笑容在第一排稍稍靠左一些的位置上放下书包。我坐在第三排,也就是那间不大的教室里的最后一排,拆开一块牛角面包的包装。教授舒了口气,鼓励自己似的敲了敲自己的心口,然后又一次看向了我:"那是午餐吗?"

"是的。"

"这让我想起我在杭州的日子,一个包子就算午餐了。"

"杭州的包子如何?"

"挺不错的,我很喜欢吃它的皮,和面包的感觉特别不一样。"

我一边对着教授点头,一边闭口咀嚼。我想着要不要让她知道相比起刚才那三位,我确确实实更需要进入这门课来完成自己的专业需求。但直到那块不小的面包被我完全吞下,我仍没有再开口和她说过一句话。

我最终还是挤进了这节课,至于其中的决定因素,很明显不是我与这位教授在课堂开始前那一段毫无意义的对话,而是因为第一节课下课后我听到不少同学在议论这节课是否值得留下:

"我觉得作业可能会很多。"

"我上网看了一下,她说要自备的那几本书都好厚。"

"我反正不上了,听着没什么意思。"

"我本来以为这种课不会很难才来的。"

……

就第二次上课的场面来看,离开这门课程的同学远不止我所亲耳听见的那几个。偌大的教室剩下了不到二十个人,而放眼看去,除去个别同专业内熟悉的亚裔面孔,基本上都是日耳曼或是拉美长相的学生。他们大部分都与我第一节课下课时遇到的那几个学生的心态相类似,即便他们留下,依然不能掩盖他们不写作业、不读书的水课心理。教授在学期开始的两周内,就意识到大部分学生既不在乎课堂内容,更不会去认真完成作业,因此她干脆将原本计划中偏开放、交流式的课堂格式,转换为非常标准的独立演讲模式。简单说,就是不再向同学提问,也不让同学提问,自己把这门课该讲的知识点讲完,然后走人。这或许是一种三赢的决策:水课的学生不用再为偶尔会被提问而紧张;想好好上课的学生也不用再苦恼于宝贵的课堂时光被毫无意义的讨论霸占;教授也少了许多压力,讲起课来轻松自如不少。

当然,抛开优秀的课堂设置,这门课的课后体验从始至终没能给我留下多好的印象。与素瓷吃完年夜饭的后一日上午,我收到教授发来的第一篇论文标题:如何定义"江南"?杭州城于"江南"的意义是什么?如何从"江南"中推敲出古代中国的物理与意识形态?

这的确是挺有意思的题目,我思考了一会儿,撸起袖子准备开工。在图书馆花了约一个小时,找全了几篇以往读过的有关岳飞与西湖景致的文献,我脑海里已经有了大概的思路。列完提纲,我心满意足地去吃了午饭,然后在小卖部带了一包果干之类的零食,半只脚刚步回自习室,我的手机隔着不厚的裤子口袋传出一阵振动的触感。掏出来一看,是上午才发了作文题目的教授,我点开读了,忽然有些恼火:教授说许多同学反馈她这几个题目太过刁钻,而且他们认为"江南"这一特定概念在课上并没有仔细讨论过,只是

在阅读作业中有所涉及。在这样的情况下,他们认为教授不应该让学生这么早地用评分占比如此之大的论文为形式,开启他们对于特定内容的学习。教授在邮件中一再抱歉,表示自己确实未考虑清楚,同时发布了新的论文题:如何用空间来定义杭州?什么是"杭州的空间"?这样的空间在我们读过的出自杭州的作品中,是如何被文人墨客用于刻画他们心中的杭州的?

平心而论,这题目确实容易不少。在美国写论文的日子里,我渐渐发觉这些教授或老师出题时越具体,往往令他们满意的回答也越容易产生。正因为如此,我理应更喜欢这修改后的题目,也应该感激教授对我们无微不至的关怀。然而由于之前的题目我已经花费了一定时间和心思准备,如今被这样随意地更改,尽管重新开始用不了多少时间,写完全部论文的总时长也会相应缩短,但我还是心存不满,原本写论文的兴致也就莫名地少了大半。

新的题目思考起来也真是莫名其妙,什么"空间""杭州的空间",全是雨喆听了会皱眉的故作玄虚。最后要问的那个问题也是故意被说得复杂而时髦,其实说得直白一些,无非是让我们找几篇读过的出自杭州的作品,然后简单地概括一下,证明我们确实完成了这些阅读罢了。最终的结果是我随便放了几段岳飞将军的诗文,以及"饮湖上初晴后雨"等不能更通俗易懂的作品进到文章里边,胡乱编造一通,说了说杭州的空间美丽而独特,能令一众大家心驰神往,某种程度上也让这样的空间成为具有代表意义及衍生意义的存在,而不仅仅是一个固定的地域或场所,或者说更像是一种具有流动性的人文追求。

总共五页的论文花了我不到一个半小时。完成后我在图书馆里对着电脑屏幕不自觉地叹起气来:若是让雨喆来读,她一定会将我批个狗血淋头,骂我写得左右不是,一是没有得出任何有价值的结论,二是通篇透着貌似的专业气息，布满了各种学术名词，却没有多少实际意义。尽管如此，我心里深知这篇论文被教授如此降低难度，想必评分标准一定也不会多高，就算拿不了A，怎么着也能是个A-。

临离开图书馆时，我口袋里的手机再次振动：教授又发来了一封邮件，说如果同学们依然觉得这几个题目太有挑战，不如就找几篇我们读过的杭州作品，罗列一下作家都是怎么介绍杭州的就好。我摇了摇头，无奈地笑了，心想："看来这下都不用担心会不会拿A-了。"

在我领到论文成绩的那天，父母和我通了电话，告诉我国内的疫情目前比较严重，而且其他国家也有蔓延的趋势，叮嘱我在外面多加小心，切不可放松警惕。我随便应付了几句，说我会非常谨慎，减少外出，况且美国这里还很安全，没听说有什么疫情，要他们不必担心。可人算不如天算，第二天便传来了西岸发现首例感染者的消息。几天后，那里正式宣布沦陷；又过了几天，斯坦福成了全美第一所宣布停课的大学。这两个看似遥远的信息瞬间成了冲锋号，然后陆陆续续，从西到东数百所高校也都为了抵御疫情而不得不停止所有课堂教学。我的大学也不例外，2020年春假开始的前一天，学校给每个学生发了邮件，宣布校内高层已认定当下为紧急状态，建议所有原本有出行计划的学生暂时取消旅行计划，能回家的尽快回家，不能回家最好就在学校里待着，哪里也别去。在这样的情形下，我周围的不少同学都取消了各自原有的出行，当然，也有在学校邮件发出的后一天，就直接买了机票回国的。

坦白说，即便在学校发出这封邮件后，我对疫情依然感到不以为然。我觉得就算被困在学校也没什么关系，我原本就是被困在学校里的人。然而素瓷并不这样想，她觉得感恩节没有出门旅游，后来因为疫情的原因，我们又

不得不取消原本计划的波多黎各之行。最初我并没有发现这一状况,只是注意到素瓷在春假的头几天里看上去精神有些萎靡,饭吃不下,觉睡不好,人更是没了一点气力的模样。这时我才察觉到素瓷的反常,想着试图为她做出某种改变。其后的几个上午,我都早起去厨房为她准备好两个煎蛋。煎蛋也是有不少讲究,我以前给素瓷做饭,往往都是做的双面煎蛋,就是国内更常见的外皮有些焦脆的荷包蛋。但某次我与她一同去食堂吃过早饭后,发现她总是与负责煎蛋的大妈说自己要"单面煎"的,这让我怀疑自己是不是往常都没按她喜欢的方法来煎蛋。我是一向不吃单面煎的鸡蛋,看着盘子里浓浓的流黄,我就会反胃。孔子说过:己所不欲,勿施于人。我不能逆素瓷的意愿而行是不是?因此这几天里,我端到素瓷面前的鸡蛋都是单面煎的,远远看去,蛋黄置于蛋白之上,十分鲜明。我把早餐端到房间,素瓷业已醒来,她揉了揉眼睛,似乎对这样的早餐并没有表现出意外的惊喜。之所以这样说,是因为我观察到她咀嚼的方式有些不同寻常:以往,她总会先把一片煎蛋夹起,咬开一半,让半熟的蛋黄流出,然后再把另一半煎蛋往蛋黄里蘸一蘸,最后满足地一口吃完。今天的素瓷却随意地吞下整个蛋黄,剩下的蛋白也在第二口被毫无装点地解决了。吃完以后,她没有像往常一样对我笑笑,而是将盘子往地板上一放,又钻入被窝里去了。

起初,我问素瓷怎么了,是不是哪里不舒服,她都摇摇头,说没有事情,我便也都不再追问。可连续三天,素瓷都不再像以往那样吃煎蛋,我的心里越发不是滋味。于是到了第四天,我几乎是赌气似的把煎蛋做成了双面煎,心里有些矛盾地期待着素瓷会有什么样的反应。结果仍与我想象的完全相反,素瓷对此毫无反应,好似面前的鸡蛋与前几天的完全一致。吃完后的素瓷又回到了被窝里,静静地单手刷起了手机上的社交媒体,打了个哈欠,一副又要睡着的样子。房间里并不明亮，我怕窗帘拉得太开会刺激到她惺忪的睡眼，而这样要亮不亮的空间更像是让她没了维持清醒的理由。尽管时值春假，而素瓷确实存在懒惰的合适理由，但我还是忍不住自己的怨气。

"是不是该起床了？"我尽量压低音量，结果一说出来便发现自己过于小心了，以至于这句话听上去更像是关心，而不是责备。

"不是春假吗，为什么要起得那么早？"素瓷明显对我的轻声轻语毫不领情。

"春假也不能每天赖床吧？"

"这你都要管我？"

"我只是不想让你浪费时间。"

"我们的计划都被打乱了，时间早就被浪费了。"

"什么计划？"

"波多黎各。"

"原来你还惦记着。"

"什么叫我还惦记着，我们不是都说好了吗？"

"我知道。"

"还是你本来也不想去？"

"你知道我没有多喜欢旅游，但我准备好要去的，和你一样。"

"不知道，准杰，我感觉这太突然了……我一下子有点接受不了。"

我有些无法理解素瓷所说的话，便直截了当地问："有什么接受不了的呢？"

"接受不了原本的计划被打乱，接受不了又要在这里冷冷地过完春假。都3月了，外面还是不超过10摄氏度；我也很久没看到大海了，想在海边有阳光的地方换换心情，释放自己。总之，这些现在都没了！"

"你在学校里也可以好好休息的。大部分教授不也取消了很多作业和课程要求吗?"

"可是那不一样。"

"有什么不一样的?都是假期。何况你也知道,现在去旅游有多危险。"

"我当然知道。"

"那你为什么还过不去呢?"

"我不知道,我就是难过。即使知道不去是正确的,我依旧控制不了自己,这也不是光靠你讲讲道理就能过去的。"

说到这里,素瓷忽然哭了起来。我不想盯着她看,走到窗户旁把窗帘拉开,让阳光洒入房间。素瓷被阳光照得睁不开眼睛,泪水也从眼角被更快、更多地挤出来。在金黄色的光线中,素瓷的脸颊被映得通红,她的毛孔在懒散的尘埃里清晰可辨,也能看到她无色的汗毛被泪水压低、攒过。我对这样的素瓷越发没了耐性,扭头看着窗外,最近的一块草坪上正渐渐冒出绿芽;还没有焕发生机的树梢勾勒着蓝天的形状,飞过的几只小鸟瘦弱得像枯叶,当它们在一根纤细的枝丫上落脚,仿佛树木的生命正经历不符合常理的回溯,可此情此景,却又让人觉得可信又踏实。

回头看素瓷,她还在断断续续地哽咽,发出细碎的声音。我知道自己终究不会冷落她,也一定会去安慰她,但我不知道自己应不应该这样做,因为我确实没有办法对素瓷抱有同情的态度。疫情走到这天,所谓死亡、不可治愈、不治之症一类的词语也前所未有地涌来,仿佛推开窗户,探出头去,便可能触及到它们一般。正因为这样,我不知道素瓷为什么会在如此的背景下还执拗于某些并没有多少实际意义的释放,我更不知道她为什么不为躲避了厄运而感到幸运,还反倒难过起来。

但就像我前面说的那样,我知道自己会安慰素瓷,因为我不仅明白外面的动荡与危险,也深谙此时此刻,我更不能失去素瓷。就这点而言,雨喆或许会批评我。若站在我的位置上,她一定无法对素瓷有任何共情,一定决绝地在她想通之前离开她,并在疫情这样的困境中坚持自己认为是正确的事情。我确实不该在这时想起雨喆,只是面对素瓷断续不止的啜泣,我有一种走投无路的感觉,才莫名地让雨喆又一次蹿上心头。自然,雨喆无法为我解决问题,我也不相信她会做的事情同样是我应该做的;在混乱与不安里,我不认为肆意地追随内心、破绝关系是种聪明或值得提倡的举动。

我不再看窗外,不再听那几只鸟拌嘴的声音。我往素瓷靠去,用双臂抱紧了她。素瓷试着挣脱了一下,很快便不再反抗。我一边拍着素瓷的背试图安抚她,一边用余光又一次朝窗外看去:那几只鸟已不觉间飞离了枝丫,而我们也又一次成为这远景里唯一的活物。

素瓷在我怀里揉了揉眼睛,然后说:"你说的道理我都懂,但你不要马上和我讲道理嘛。"

"可是那道理确实可能是对的呢?"

"那你也不该说,不然我会继续哭下去。"

"好,不说了。"

素瓷起床不久后,我们就收到了邮件,说学校现在即将实行新规定,要求本土学生尽快回家,而国际学生将在登记后进行集中的宿舍转移,以便清空大部分宿舍楼。我与素瓷都被分配到一栋名为"班尼"的宿舍楼。那楼离我之前住的地方不远,上下坡的距离加在一起可能也就200米,因此搬迁还算方便。从素瓷因为去不了波多黎各而哭泣,到我们把所有行李都移入新宿舍,一共才半天的时间,而搬家这事明明烦琐又累人,上午情绪不佳的素瓷

却丝毫没有抱怨;相反,这突如其来的被迫迁徙好似转移了她的注意力。当我们把最后一批杂物安置完毕,倚着运货用的手推车,推开班尼的门,一阵早到的属于春天的夜风吹过,炽热的夕阳在云间摇曳着最后的余晖,我与素瓷相视一笑:原来我们的房间朝西呀。

在班尼最初的日子里,我与素瓷每天都过着普通的生活。我们所做的事情与原来相差不大:上午,一般起得比原先要晚些。为了让学生们保持相应的社交距离,学校对班尼的双人间一律只安排一个学生住,而我和素瓷自然无视了这样的规定,顺势把房间里的两张床拼在了一起,每次进门,都会被近乎五星级酒店那样的大床给震撼,而那张大床也成了我与素瓷越来越爱赖床的主要因素。在整个春假里,我们几乎没有一天不在床上消耗超过十个小时,有时即便不是午休或正常睡觉的时间,我们没事也会不约而同地一起躺倒在床上,看窗外的云慢悠悠地飘来飘去。我们不再早起,以懒散的姿态随性地面对每一天从我们看不见的地方升起的太阳。

当素瓷和我刷完牙洗完脸,差不多就到午饭的时间了。我们如果有闲心,会到厨房自己煮一些面条,下些鸡蛋、鱼丸、蔬菜什么的,简单地汆烫以后,再一起将它们堆在碗里,倒一些辣椒油、醋或者酱油,随随便便就是一餐。有时候我们也会煮饺子,当然是从附近的华人超市里买的速冻饺子。因为放了很久的缘故,那些饺子只要一浸入开水中,边角的皮便会开始四分五裂地散开,弄得一锅清水浑浊不堪;至于味道,反正都是速冻的、统一生产的,肯定好不到哪里去,也差不到哪里去。当我与素瓷都不想做饭时,我们便会点汉堡、薯条和炸鸡之类的来充饥。这几种食物原本说不上讨厌,却也算不上喜欢。自我减肥以来,我吃这几样食物的次数屈指可数,素瓷则更甚,作为一个中餐的死忠,她一向对此类垃圾食品缺乏好感。然而在住进班尼的第四天中午，素瓷一时什么也不想吃，精神有些萎靡，是一个印度男生提着的一袋肯德基，让她为之一振，仿佛在昏昏沉沉中找到了可能挽救自己的解药。素瓷在那之后回到房间，还没来得及和我说一声，鼠标点了几下就上了一份肯德基的炸鸡外卖。大约半小时后，素瓷的手机响了，她急急忙忙把运动鞋当拖鞋一样简单地套上，迅速地冲出房间，隔着房门我能听到她飞奔的脚步声；而那落在地上的急促的鼓点声再次响起，我知道素瓷回来了。只见她用近乎野蛮的方式把手里的纸袋大卸八块，取出两个正散发着醇厚与诱人味道并存的红白相间的纸盒子。素瓷完全没打算理睬正盯着她忍笑的我，打开盒子，土黄色的炸鸡热气四溢。也许是纸袋子拆得太仓促，素瓷未发现里边还有几个手套，但就算她发现了，我想那一刻心急的她也不一定会戴上。炸鸡还有点烫手，使得素瓷不能轻松地握住已被取出的鸡腿，只能用食指与大拇指夹着，迫不及待地咬下一口。油水从她的嘴角边淌下来，她满意地仰起了头，仿佛正经历着一生中的巅峰时刻。一块鸡腿解决了最迫切的问题，素瓷终于有闲心同我说话。她见我一动不动地盯着她，便问："怎么不吃呢？"

"炸鸡有这么好吃？"我似乎一头雾水。

"好吃，以前都没觉得。"

"那为什么今天觉得了？"

"不知道，就是突然很想吃。"

"以后还吃？"

"一定得吃。"

我打开面前的纸盒，手抖了两下。素瓷在一旁发出吮吸鸡骨的声音，一小块鸡翅膀又被她连皮带肉地清理干净。我盯着面前的炸鸡，戴上手套准备

开动。正午时间,太阳悬挂在没有一扇窗户看得见的地方,却从未知的角落朝油滋滋的炸鸡表面上投下精致的光影。这使我拿起一块炸鸡往嘴里送的同时,不由得犹豫了一下。素瓷越吃越香,一口炸鸡、一口可乐,我觉得这应当是让人安心的景象,便也安下心吃了起来。

吃过这顿炸鸡,班尼于我和素瓷而言,代表了大学生活中新的饮食时代。除了炸鸡,我们也会点加满了意式辣香肠的比萨饼,每次点的时候,会多要三四盒蒜味奶油酱,每次都蘸着吃到两手都是满满的蒜味。另外,我们还点塞满了酸黄瓜的牛肉三明治,或是一份三十个的烤鸡翅;其他的时候我们就吃速冻饺子、方便面。早餐就随便用冷牛奶泡点麦片,夜里饿了吃饼干和薯片。因为疫情,我们必须尽量避免出门觅食,而相比价格通常更高的中餐或其他亚洲菜系,此类垃圾食品的售价可说是亲民不少,很多时候饱餐一顿的代价,往往只有中餐或其他亚洲菜系一半的钱。价钱自然不是素瓷和我越发沉迷于这样简单饮食模式的唯一原因,某一瞬间我以为自己与素瓷由于疫情而有了重新认识自己、开始新生活的契机;同样,我也怀疑过自己和素瓷是不是单纯地变得懒惰而没有追求。这一切自然是无法被确切地回答的,而我唯一知道的是每到饭点,都会有一众留在学校的学生与我一起站在班尼的门口,期待着停下来的某辆小货车上走下来的人手里端着的会是属于自己的那份外卖。

在班尼的下午,除了午睡,我与素瓷最常做的是看电影。我们看的多半不是新片,由于疫情,许多电影要么推迟上映,要么干脆不拍了。学校附近的电影院也在春假还没过半的时候就宣布关闭,重新开业的时间未定。在班尼那里,看电影往往选一部我与素瓷都曾屡次看过的片子,给笔记本电脑接上音响,然后两人慵懒地趴在床上观看。3月,我们先是一起复习了《哈利·波特》系列,然后又看了《指环王》;4月至5月,我们把"漫威"电影也几乎看了一遍,再然后我们看了来自日本、韩国的电影。国产片也看过一些,不过多为喜剧或是闹剧。我们把看电影当成消耗时间的首选方法,乐此不疲地在重复的内容里找寻渐渐淡化的慰藉。我们也看过少量新电影,如《婚姻故事》。那算得上是一部很感人的影片,看到一对夫妇吵架的场面时,素瓷慢慢地流下了眼泪。我搂住她,拍了拍她的背。音响里传来亚当·德莱佛与斯嘉丽·约翰逊互相叫骂的声音,他们歇斯底里,朝对方说着最恶劣的粗话,暴怒地控诉着对方的种种罪行,有傲慢,有知而不为,有偏激和冲动。看着素瓷如此感动,我不知自己该做何感想,莫非她心里也和影片中的角色一样,对我有过或正有着激烈的不满?我没敢问素瓷,怕她说出什么我并不想知道的事实。没想到看完电影,先开口的是她:"下次不看这种电影了。"

"不是很感动吗?"我帮素瓷抹去泪痕。

"没必要,偶尔看一部就够了,这部看完一年不用看这种电影了。看得累人!"

"那好,不看了。"

"你知道我想起谁了吗?"素瓷忽然问我。

"谁?"

"王一戚。"

"哦,那个自杀的女生。"

"对。我在想,她如果还活着,是不是也要经历这些呢?虽然有的部分也很难过,但最后都还是她没能感受过的呀。"

"看个电影,怎么就想到她了呢?"我不想聊这个话题。

"你说过，我可以和你说的。"

"你是可以和我说。"

"我现在只能和你说了，被困在这里。"

"那就和我说吧。"

素瓷打量了我一番，我没有任何表情，她却看上去十分失望，一边弯起了眉，一边噘起了嘴。轻轻"唉"了一声，凑到身旁亲了一下我的脖子。

"不说了，没事。"素瓷很快又露出了笑脸，一切恢复了身陷班尼中应有的秩序。

因此，自打《婚姻故事》之后，我们几乎没再触碰过严肃或深情的影片。魔法世界、外太空、超级英雄及无厘头的打闹，才是能为我和素瓷提供一段平稳又喜悦的时光的主题。伴随着那样的主题，我们只觉得一切又熟悉起来。之所以熟悉，是因为我们所做的与原来并无太大差别：喝酒、聊不着边际的话题、随意地大笑。而陌生则来源于班尼里的人。原本，我所谓的"夜生活"不过是围绕着谆基与特瑞莎及后来的素瓷而展开的，可到了班尼，一同喝酒的人换了好几轮。为了买不到回国的机票、为了暑假在美国的实习机会、升学打算等原因，华人学生与国际学生扎堆在班尼里，也让每个夜晚都有了团聚的契机。在班尼的一楼、二楼或是三楼，从大门口那几个小号的单人间一直到靠着厕所的、经常能闻到一股奇怪味道的小隔间里，只要是夜幕降临的时刻，便有酒精与吵闹悠然共存。

因为班尼，我有了与谆基和特瑞莎重新回到近乎大一时的机会。又是春假左右的时间，相隔一年，谆基仍邀请我喝酒，还说这回会有更多人。7点左右的时候，我与素瓷先到了谆基的房间，里面除了个别与我同届的同学，还有一些不认识的面孔。谆基朝我点了点头表示致意，然后走到一堆酒瓶旁,给我倒上了一杯香槟。

"不回国了?"我喝了一口香槟,好像有一种类似黄瓜的味道。

"回不去了。"谆基说。

"你怎么可能回不去?"我疑问道,"你要想回去,是一定能回去的吧。"

"那就是不想回去了。"谆基笑了。

"不回去在这里想干啥呢?"

"啥也干不了。"

"那还不想回去?"

"这里挺好的。"

房间里,三三两两的面孔火热地聊着。有几个女生同素瓷碰杯,她们手里的杯子都出奇地大,杯中满是我无法分清成分的液体。一饮而尽之后,悄悄降临的夜幕落在了那几位女生浓密的黑色头发上。谆基房间里的光线不亮,为了所谓氛围,他只点亮了角落一盏昏黄的落地灯及其书桌上一只小小的台灯,一时间分不清我们究竟是在里头还是外面,而那些女生乌黑的头发也随之与黑夜互为一体;也由于她们皮肤的底色呈淡黄色,脸颊又被涂抹成她们偏爱的苍白颜色,使得她们不会像金发白人那样在派对里迅速暴露自己的身份,也不会像黑人那样因为皮肤黝黑反而更容易映衬出明月的白皙。华裔及亚裔女生在派对或酒会上总是最神秘、最令人难以捉摸的存在,而即便是那晚,我知道那房内的每一个人都是中国人,我也还是那样觉得。明明是不大的房间,从衣柜到床尾的距离却好似相隔千里,她们说了什么,我听不清,也听不懂。我没有因此而受到困扰,继续与谆基和另外几个不相识的学弟学妹不停地碰着杯。

快到10点时,特瑞莎也来了。她的出现比新冠疫情的泛滥在某种程度上

更让我惊讶。我不知道她与谆基后来如何,又有了多少对话,但在她向谆基轻轻仰了一下下巴的那一刻,我看到她正穿着那件红色的卫衣。特瑞莎朝素瓷那头先打了招呼,随后朝我走来。我隐约能看到她朦胧的微笑,正如我所说,派对里的亚洲女人神秘莫测。

"你怎么来了?"特瑞莎问我。

我反问道:"我怎么不能来?"

"我以为你已经回国了。"

"我像是回得了国吗?"

"行吧,"特瑞莎喝了口她随手拿的一罐啤酒,"我也回不去。"

"你是回不去,还是不想回去?"

"你咋这么烦人呢?"

"你又怎么会来这里?"我还是好奇特瑞莎与谆基现在是怎样的状况。

"与世隔绝这么久了,我还不能出来喝个酒?"

"我不是说这个。"

"那你是说什么?"

"算了,没事。"

"你不打算回国吗?"

"不知道。看素瓷吧。"

"你自己觉得呢?"

"我在哪里都无所谓。"

"真这么觉得?"

"或许吧。"

"我觉得在这里挺好的,"特瑞莎朝谆基的方向看去,他正和另外一个学长在高谈阔论着什么,"好像是……"

"好像什么?"

"像在国内上大学。不觉得吗?周围都只有中国学生,不然就是韩国人和日本人。"

"不觉得。"

"这样挺好的,很密集,想见谁很快都能见到。每天没有太多能做的事情,反倒变得简单许多,很多人看起来比以前更开心了。你看,那边那个,对,就是她,疫情到现在,她已经胖了十斤。"

"你更开心了吗?"我问特瑞莎。

特瑞莎噘起嘴思索了一会儿,点了点头,然后问我:"那你呢?"

一旁传来素瓷和几个女生的笑声,酒杯碰撞,音量不大的乐曲,让房间里的人步履轻盈,我慢慢答道:"或许吧。"

"这样的话,我们其实需要的也不多,是不是?"

"确实不多。"

"你觉得像这样让你在这里待上一两年,你愿意吗?"

"要待也只有一年,我都要大四了。"

"那换句话说,假如因为疫情,以后我们都只能过这样的生活了,你愿意吗?"

"真是那样的话,我们有选择权吗?"

"我觉得我愿意。"特瑞莎把手搭到我肩膀上,然后借力起了身,去找谆基重新倒了一杯酒。

这样的酒局在疫情之前,可以说在每个夜晚都随处可见,而如今只能偶尔在班尼的某个房间里有如此热闹的聚集。放在以往,这房间里的人一定更

多，音乐一定更响、节奏更快；反之，我却觉得现在这里的人似乎比过去酒局上见着的来得喜悦而亲密。

这样过了几个小时，大家似乎没有了站着的力气，纷纷拿着酒杯盘腿或开腿坐在地上，听着特瑞莎放的那首王心凌的《爱你》，一起望着天花板或窗外的夜色发呆。我牵着素瓷的手，她的脑袋倚靠在特瑞莎的肩膀上。谆基从桌旁走回，为特瑞莎又倒了一杯装着冰块的酒。特瑞莎一口喝净，咳了两声。谆基伸手指了指我身旁的纸巾，我把纸巾递给了他，他替特瑞莎把喷在地上的几滴酒擦去。

一来一去里，我又萌生了问候雨喆的念头。我正过着无所事事、毫无趣味的生活，雨喆一定难以理解，也一定会对我多加批评。然而，原先那句从不敢说的"可我又能怎么办，有什么别的方法吗"，如今却成了我与雨喆都不得不面对的事实。

房内弥漫着一股浓烈又难以捕捉的味道，顺着那味道追寻，能瞧见微弱的火光。黑暗中，吞云吐雾的同学们叽叽喳喳地说着、笑着，这样的微醺时分，我更加难以控制自己对雨喆的思绪；但我也十分清楚素瓷就在身边，她盯着我看了一会儿，估计是注意到了我的呆滞，顺手捏了一下我的脸。我没有任何反应，任由她玩弄我。她悄悄靠近我耳边，吹了一口凉风。我问她这是什么，她说是夏夜晚风。那阵风让我莫名地清醒起来，能看到羞于跳舞但还是按捺不住自己而随着鼓点缓缓摆动双脚的男生们，听到音乐以外，谆基与特瑞莎的声音正你一言我一语地说些什么。坐久了，我感到地板有些凉，不过也许是室内有暖气的缘故，没有人有起身的欲望。一个同届的女生突然说了些什么，许多人便开始同她拥抱。她走向我这一侧，与素瓷拥抱，与特瑞莎拥抱，然后竟然也想和我拥抱。我没有拒绝，放任她轻轻地把双臂置于我的背部几秒。我自大一入学以来，和这个女生一共说了也没超过五句话，而此刻与她拥抱，我心里不知是什么滋味，只觉得自己的神志又清楚了不少。

我与素瓷在谭基房间里待到了近午夜1点。我们要走的时候，房间里只剩下三五个人，特瑞莎还在宾至如归地往自己的杯里倒伏特加，一点没有打算离开的样子。我向谭基挥手道别，素瓷也和特瑞莎稍做拥抱，然后我们一起出了门，说下次再见。谭基的房间旁边就是一间班尼标志性的玻璃房，窗外的树上挂着一个橘黄色的气球，它试图借力于深晚的风，以挣脱那根不粗的树枝，可那线却巧妙地缠绕着，让它看上去十分无奈。素瓷从一旁吻了我的左脸颊，我感觉到她的嘴唇很烫，估计是喝得脑袋都烫了。

素瓷问我："开心吗？"

"挺开心的。"

"回去睡觉吗？"

"不然还能去哪里？"

下了两层楼，回到我们的房间，推开门，素瓷又吻了我一下，然后扑倒在了床上，再次问我："现在做什么呢？"

"睡觉？"

"不困。"

"那做什么？"

"不知道。"

我关上了灯，与素瓷相拥在那张拼接起来的大床上。我们接吻，抚摸对方，听彼此剧烈的呼吸声。按理来说，在酒精与夜晚的催使下，我们理应再干些什么，可结果我们仅止于接吻与拥抱。吻至后来，我感觉自己的嘴唇似

乎要被素瓷溶解，素瓷也慢慢停了下来。我们各自晕晕乎乎地陷入了无梦的安眠，那一刹那，我心里好像幻想过这样的日子可以永续。我与素瓷滞留在同一空间，也滞留在不变的喜悦里。即便是醉了，我也清楚地知道那是发自内心的喜悦，而不是说说而已。

第二天醒来的原因，是枕头下的手机在振动。我睡眼惺忪地打开手机，发现是一封邮件，来自我上上个暑假工作的公司。对方给我发来了一个面试邀请函，要我暑假回去参与他们一个网络文学部门的工作。这封邮件虽然是正儿八经的邀请，语气却一点不亲切，让人颇有命令的错觉：

　　同学你好！我们在简历筛查过程中，发现了你在我司的工作经历。经研究，决定直接给予你"网络文学产品社群运营岗位"三面机会（最终面），如达标，请做好6月份到我司工作的准备。如超时不接受面试（该邮件发出24小时以内），将直接视为放弃面试；同样，面试达标后超时不签署Offer（Offer发出后48小时以内），则视为放弃Offer，今年剩余所有档期内将不再有获取Offer的资格。
　　我司重视人才培养，为广大有志学生创造工作机会与发展空间，诚心邀请你的加入！
XX公司

仔细想想，这封信我或许两年前就收到过了，只不过那时因为是我父亲帮忙联络的工作机会，我没太在意这些附属的内容，基本上是流程都没走完就被录用了。如今这样的机会摆在眼前，我又一次陷入了困惑之中。

与此同时，素瓷也醒了，一览无余地展露着与我相似的焦虑。只见她皱着双眉，眼睛还是睁不太开的样子，嘴巴微微地半张着，像是准备说些什么，可她却什么也没有说，依然划弄着手机。我暂时不想再去考虑自己的事情，所以关切地问她：“怎么了？”

"我爸妈告诉我，我可能回不去了。"素瓷一脸茫然地答道。

"为什么？"

"没机票了。"

"再等一阵吧，说不定就有了。"

"都太贵了。现在有的票要上10万元一张。"

"10万元以下的还是能买得到吧？"

"我爸妈说那么贵还不如不回去了。"

"那就留在这里，"我爬上床，搂住素瓷，"我和你一起留着，可以吗？"

"你也不打算回去了？"素瓷问我。

"我可以不回去。"

"那代表你也可以回去。"

"回去也没什么能做的。"我决定先将刚刚收到的Offer暂时隐藏起来。

"实习，考研，你都大三了，暑假就在这里待着吗？"素瓷的语气听上去很不满意。

"待着不是挺好的？我们就做做饭，走走路，该干啥干啥，一整个夏天都能像昨天那样过。"

"你真不打算回去？"素瓷冷笑了一声。

"不打算。"为了证明我陪伴素瓷的决心，我决定告诉她实情，"其实我大一暑假实习的那个公司给我发了面试邀请，但我打算拒绝，留在这里陪你。"

"你在说什么呀，有给你的Offer能不接？你肯定得回去啊！"素瓷突然瞪大了眼睛，比之前看上去还紧张。

"你要是回不去,我回去留你一个人在这儿怎么可以?"

"这有什么,你肯定要以你自己的未来发展作为优先选项,别忘了你是男人!"

"和你在一起就是我的最优选项,我想和你在一起。"

"这是以你眼前的快乐作为优先选项,而不是真正为你自己、为我们将来好。你但凡考虑得久一些,五年、十年……如果我们真的一直在一起,那这个暑假也是很重要的。"

"可对我来说,对你的需求远大于这份工作。"

素瓷抱了我一下,叹了口气。"我知道你舍不得,其实我也很舍不得,但这样对我们不好。"她说。

"可如果暑假能和你一起待在这里,我们会很开心。谁知道这样幸福的日子,往后还会不会有呢!"我的声音有些不受控制地颤抖起来。

"我知道我们会很开心……"素瓷的声音也开始带上一点鼻音,她似乎要哭了,"可我只是觉得这样是不对的。为了以后能一直在一起,一直开心,就得找机会,求发展,包括挣一份正常的薪水,你不能连一个暑假的短暂分开都承受不了啊!"

"这样的夏天,用钱能买到吗?"

"买不到的,我知道。"

"昨晚不是很开心吗?"

"是很开心。"

"那就是我想要的,我昨晚就这样想的,我想一直那样开心。"

"在我的印象里,你还没有想要过什么。莫非你只是不想工作呢?"

"我不想离开你。"

"是因为不想分开才必须留下,还是仅仅想留下?"

"说不清楚。"

"你自己也不确定,对吗?到时候疫情过去了,要去哪里都行。我们要吃什么都吃得到,要和哪个朋友一起玩也都可以。我们可以一起去看演唱会,一起去电影院看电影,去天比这里还蓝、树比这里还多的地方。即便是你这个夏天留在这里,我们也只是暂时地……暂时地自我满足一下。那也不是最好的开心,以后会有更好的。"

"我害怕我这一走,我们可能再也见不到了;就算能见到,也不知下一次是什么时候。"这的确是我的心里话。

"你知道的,那种情形是不会发生的。"

"我怕如果真的发生了什么事情,我没办法看到你,没办法当面和你说清楚,更没办法用抱你一下来加以安慰或解决。"

"可我们不会有什么事情的。"素瓷十分自信地说。

"真的不会有什么事情吗?"

"就算真的有什么事,以你这样的性格都解决不了,应该也不是抱一下就能解决的呀。"

"那就更不能分开了。"

"放心嘛,最短半年,最多一年,我总会回去的。"素瓷安慰道。

"你一定要回来。"我叹息道。

"我会努力。"素瓷笑了笑,吻了我一下。

素瓷如此坚决的态度让我瞬间没了讨价还价的余地,无奈之下,我最终还是答应了去参加面试,如果最终录取了,就顺着她的意思回国。

那天之后的生活其实并没有发生多大改变,班尼依旧是班尼,我依旧是

我,素瓷也依旧是素瓷。我们依然经常摄入垃圾食品,做没有多少运动量的运动,出门在没人的校园里散步,或是在不知名的房间里喝酒。尽管如此,我却觉得一切都大不如前。在素瓷的一番话语后,班尼像是一座堕落的乐园,我本不应该在这里,只是恰巧路过,也就一同沦陷。如今被一语点醒,我或许应该对素瓷多加感谢才是。

  5月中旬,这个学期即将结束。疫情在国内已得到有效控制,而在美国这一头则越演越烈。期末的时候,校园里完全没了往年的紧张,学校出于安全起见,允许学生在任意时间里更改自己的课程评分模式;说得通俗易懂些,就是原来要努力考90分、100分的课,现在只要拿到60分就行了。在这样的标准下,许多教授也进一步放宽了课程要求,把类似期末考、期末论文等一系列原有的硬性考核改成了非强制参与。也正因为如此,不少学生在5月初结课的那一周,就已经提前迎来了自己读书以来最早的暑假。

  气温日趋升高的时日里,草坪上三三两两地躺着一些正在抽烟、抽大麻或是单纯在晒太阳的国际学生。素瓷也是其中之一,她早在春假结束前,就已向教授申请取消了自己所有原本应该参加的考试,而她这么做的原因,无非是因为她身边绝大部分同学也都这么做了。

  尽管为免去做大量作业的时间,我也早做好了申请的准备,可我却一拖再拖,一直到学期快要结束时都未决定。面试的日子定了下来,5月20日,而我大部分期末论文都在5月19日截止。在这样显而易见的冲突之下,我还是没能决定好到底应不应该花时间去完成那几篇论文。我的想法是,把老S布置的要求颇高的论文给取消了。老S的期末论文题目其实还算有点意思,他很清楚疫情后,不少学生要么没时间,要么没心思,去继续完成自己课上的阅读,于是索性将题目再次聚焦在上半学期读过的《三四郎》上。他出的题目是这样的：

"前法西斯时代与近现代时期在夏目漱石的笔下以三四郎为视角被解剖成一副摇摇欲坠的模样，而在这样的时代里，忘掉正在发生的革命、国民倾向、思想西化等，三四郎具体表现的自我意识该如何被拆解并学习？当强烈的国民主义还未被唤醒，三四郎所代表的个体性为何具备价值？请更多地针对三四郎的这个人物，并试图代入，在我们这学期其他学习过的角色的帮助下（当然，包括《三四郎》这本书内的角色），完成一篇长度为十五页左右的论文。"

老S一直没离开校园。他住得不远，所以我有机会与他当面交谈。见到他的时候，我没认出他来。相比起此处的大部分人，隔离生活似乎并未让这样一位老人家变胖；相反，他看上去更加瘦弱而憔悴。老S见到我很激动，一边抖动着胡子，一边冲我连珠炮地发问："你的隔离生活过得怎样？最近在读什么书呢？接下来打算做什么？你现在觉得这疫情会怎么发展？你觉得学校做得好吗？"

"教授，我来是想和您聊一下我期末论文的事。"我说。

"噢，你有思路了吗？我很想了解你们会怎么写，也很期待读到你写的那篇。"

"这样啊。"我稍感尴尬，趁着自己还不觉得自己理亏，赶紧先提了自己的诉求，"很抱歉，因为一些原因，我可能没有办法完成这篇论文。"

"嗯？哦！噢……其实没问题，对，当然没问题。这是合理的要求，学校允许，我也允许。"

"嗯。"我轻轻应了声，不敢多说。

老S从口袋里掏出一支笔，转了一圈，扭过头来问我："虽然有些不好

意思，但我还是想了解是什么原因。"

"我几天后有一场工作面试，我需要好好准备。"因为事先想好了理由，我回答得不假思索。

"哦，你要去工作了。是实习吗？"老S捏了一把胡子，摇摇头，"噢，挺好的，准杰，那祝你一切顺利。"

"谢谢您，教授，注意防疫！"

"你也是，"老S笑了，像只憨态可掬的棕熊，"我本来还挺期待你会怎样写这篇论文的，尤其是在上一次我们讨论之后。"

"我也很遗憾。"

就这样，我顺利地为自己减免了不少期末功课，仅剩下没有多少难度的语言考试及先前那门杭州文学课的论文。其实我也可以把杭州文学课的论文给取消掉，但由于教授的题目发布得又早又简单，我觉得这么简单的A不拿白不拿，最终花了大概三小时就完成了。那篇论文的题目是：如果要你以"杭州的文学"为主题来编一本文学集，你将如何在前言中向读者们解释你的选择？这题目看上去颇有想象空间，其实不然，无非是教授又一次向我们这群懒得思考的学生的妥协。我最后不过是把几首古诗、几篇鬼怪小说，以及两篇鲁迅先生的有关雷峰塔的文章，依着原本读过的文献介绍一遍，不久后便在邮箱里收到了一个我预料之中的A。

尽管这个学期的期末确实轻松不少，可我并未像曾对老S说过的那般为自己的职业面试多加准备。我的想法是：能过，那就是运气，我就回去工作；不能过，那随意，留在这里和素瓷在一块儿，我更开心。秉持着这样的心理，我在5月20日的晚上10点半左右参加了一面，对方隔天就告诉我通过了；然后5月22日晚上的11点参加了二面，是我们部门的老板面试的我，他迟到了整整一小时，直到12点才和我通了电话，结果不到10分钟也面完了，告诉我等三面。说实话，前两次面试我都没有多少记忆，因为对方的问题没有太多的思考空间，基本上就是有什么说什么，如实回答。我心里还有些许沮丧，看面试过程如此顺利，已经开始担心起是不是马上就要与素瓷分别。

三面在6月前的最后一个夜晚如期而至，接通电话，对方是一个年轻的女声："同学你好！恭喜你通过我们的前两轮面试，这是最后一轮面试HR面，请问现在可以开始了吗？"

"可以。"我答。

"那好，我想先让你做一下简单的自我评估。你觉得自己的优点和缺点分别是什么？"

我愣了一下，还是不紧不慢地回答："我的缺点是不太愿意去做领导者，不会有太强的号召力，可能也没有多少表现欲；我的优点也源自我的缺点，我一般会专心做好自己的事，尽量不让自己拖累其他人。"

"好的，下一题：你会给上一次实习中的自己打几分呢？满分十分，请说明原因。"

我又一次迟疑了，心里想着"这是什么题呀"，嘴上却没停住，小心翼翼地说道："大概6分吧。给6分是因为我把我导师和领导给我的活儿都干完了，而且合格。不过除此，我没有做出多少个人的贡献，也没有提出多少有价值的额外意见，所以就算是及格吧。"

"好的，我明白了。那么我还想问问，你能具体聊聊你在我们公司的个人发展计划吗？譬如你接下来打算直接毕业，然后工作，还是打算考研、读研，然后再工作呢？如果工作，有什么样的目标吗？"

"我暂时不想考研，"这其实是我第一回被人正经地提问有关考研与

否的问题,但我并没有多想,只是顺着心意去回答,"所以应该是会直接工作。至于工作以后的目标,我觉得目前自己的能力还很有限,所以能做多少做多少吧,走一步看一步。"

　　之后的几题则与我的业务能力相关,我也记不太清楚了。结束以后,我是既紧张又舒坦:紧张是因为这位HR的前三题确实难倒了我,我对自己的答案没有任何信心,生怕自己的胆怯让她觉得我没有自信和能力;而舒坦则是由于我的私心,我心里想到如果这一场面试没有通过,便可以留在学校度过暑假,也不错哦。

　　6月2日是毕业典礼。因为疫情的关系,今年能在那片大草坪上当面被授予毕业证书的人不多,而且大部分还都是熟悉的国际学生。我与素瓷、特瑞莎和谭基一起站在几乎没有人的来宾区,目睹了G学长、朴学长和电影学长各自戴上了毕业帽,大笑着与另外一群学生打闹在一起。素瓷上去找那晚酒局拥抱了我们的学姐,向她表示祝贺;之后学姐也紧紧抱住素瓷,还把毕业帽摘下,放到素瓷的脑袋上。G学长与电影学长有声有色地讨论着什么,特瑞莎走向他们,两位学长突然板起了脸,同时用手捏起了自己的下巴。谭基在一旁轻松地抖着腿,一副旁观者的模样。

　　教堂响起钟声,一对穿着黑色衬衫的夫妻从教堂红色的大门里走了出来。他们远远地朝我们眺望,我也能瞧见他们确实是黑头发、黄皮肤的。国际学生中没有认识他们的人,但他们还是像见到了某位来祝贺自己的至亲一般,喜悦地挥舞着双臂。之后他们又立刻互相问道:"他们是谁呀?谁的爸妈呀?"一阵风吹来,毕业帽子被吹到了图书馆旁最大的一棵松树下,毕业生们各自去追,树荫下蹲坐着乘凉的松鼠也受到了惊吓,四散跑开。还没来得及多想自己是不是在这一天过后将与远处那些人中的许多就此永别,我便收到了来自面试过的那家公司的邮件，通知我被录用了。时间是正午，国内的凌晨，看这发送的时间，估计是自动发送，也就是说我可能早已被录取了。素瓷向我走来，问我要不要和学兄学姐们一起合影，我说算了。素瓷说好，又问我要不要和他们一起吃饭，我说没必要，不饿，想先回班尼一趟。素瓷说行，抱了我一下，对我说"明年就轮到你啦"，然后头也不回地又朝那人群中跑去。

走在回班尼的路上，我回头，远处的人们看上去越来越小，越来越模糊。若此时伸手去测量，再高的学长也不过一只小虫。那对夫妻正慢慢接近，往宿舍楼的方向缓缓走来。我不想看清他们的表情，我不想因为一对陌生的中年人而让自己莫名其妙地想起父母，所以我又转头上路，只顾着快步离开。在与这一切正式告别前，我脑海里最后想的事情是这家录用我的公司：我在面试中表现得如此普通，如此低微，为什么他们还会要我呢？或许也不是什么太好的公司吧！这样想着，我带着越发不舍班尼的心绪，走进了班尼。

10

我的父母得知我被一个岗位录用且需要回国后，便在第一时间不惜大价钱为我购买了机票。这机票的代价高到让我深刻地怀疑自己是否真的应该回国，以及这份工作是否真的值得尝试。可惜的是，我并没有反驳或不同意的余地：不仅是我父母认为我应该立刻回去，连素瓷也在不停地向我灌输回国的必要性。他们的联手让原本不想回去的我，最终向潮水般的游说低头。为了不再被这样长久地骚扰，回国似乎成了我唯一的出路。

　　一路十几个小时的飞行，我几乎没有合上过眼睛，更因为戴着口罩而无法顺畅地呼吸，以至于这趟航程成了我留学几年里最为漫长的一次。无论是强烈的上下颠簸，还是持续的左右摇晃，又或是下降前与云层撞击时产生的冲击，都被我完完整整地体验了一遍。窗外一片黑暗，我心惊胆战，满手是汗。我终于强烈地意识到自己要许久不能再与素瓷见面，突然后悔起没有更加用力地在离别时拥抱她，没有更好地叮嘱她许多事情。我无法不让自己无视在心底深埋的一小坨对死亡的恐惧，它们堆叠繁殖，在每一次我担忧起自己与素瓷的未来时都迷蒙地出现。

　　机舱里刚分发过餐点，残余的鱼肉与牛肉的味道混合着消毒水的气息，透着口罩闻它，与我脑海中想象的尸臭味道有几分相似。当我手边的窗帘被空姐拉下，头顶上的灯被关上，黑暗中，地面上一列一列的方位指示灯好似搭造了阿克伦之河。直到飞机着陆的那一刻，我悬着的心终于放下。我急着想和素瓷通电话，才意识到这时美国还是凌晨。等了三个小时左右，其间我完成了进入海关、核酸检测及酒店分配与入住。总的来说，虽然整个流程比往常下飞机回家来得长了不少，但每个环节都算得上有序，除了从核酸检测的地方到酒店的路途中坐的大巴不开空调，南方城市夏天三十多摄氏度的高温让整车人又热又郁闷。差不多晚上7点，我抵达了酒店，并被分配至一片空旷的区域坐着等待。每个人都有一张小圆凳，各自隔着挺远的距离。周围充斥着留学生的哈欠声，场面看上去活像一场期末考试。等候了约四十分钟，我办理完了入住手续。走到电梯口，两个身穿防护服的工作人员为我按了楼层按钮；等电梯再开门时，又有两位白衣人等候我，将我引领到分配给我的房间，是这长廊里最深的一间。房间里有床、桌子、宽敞的卫生间及一台电视机。入口处的右侧摆着两箱矿泉水，左侧则是一面镜子，我顺便照了照自己疲惫不堪的面容。向工作人员们道了谢,我便关上了门。

坐定下来后的第一件事,是给父母与素瓷报平安。父母很快地回复了,素瓷则迟迟没有反应,很明显还在沉睡中。冲了个澡,我躺在床上发了一会儿呆,很快就迷迷糊糊地睡着了。

醒来已是第二天早上了,8点左右,酒店送来了早点,一个包子和一碗粥,还有一杯酸奶和一个茶叶蛋。我快一天没吃东西了,饿得不行,于是三下五除二把它们消灭干净了。我找不到什么事情做,包里有一本许久未碰的《了不起的盖茨比》,无所事事的我只能在网上看视频,玩游戏,浪费时间。我对此似乎没什么可抱怨的,心里反而觉得踏实了不少。这样的生活让我想起了谈恋爱之前的日子,可以独自在房内睡了吃、吃了玩、玩了睡地体验无忧无虑的滋味。坦白说,在与素瓷一起被绑定在宿舍中的半年后,这样的体验多少又有些新鲜而不可多得。

隔离的第一周我都在倒时差,任由自己想睡就睡,没有刻意地去调整自己的生物钟,以至于我经常白天睡觉、晚上活动。这样的坏处是经常错过送饭的时间,一天只能吃上两餐;好处则是我的生物钟与远在大洋彼岸的素瓷依然对齐,联系起来比较容易。

隔离到第三天的时候,素瓷给我打来了电话。她非常关心我在隔离中的状态,并且要求我给她看看我周围的环境和卫生条件。我有些一愣一愣的,但还是如实回答,表示自己每天非常自在,心情也挺不错;隔离酒店的各类设施都十分优秀,没有任何方面有严重的缺陷,服务也相当周到,不仅定时投喂我,还在测体温的时候嘱咐我好好休息,好好吃饭。素瓷在视频中将信将疑地表示没事了,我问她为什么会突然问这些。素瓷说她担心我在这样的环境中会被扭曲成什么模样。

"我有那么奇怪吗？"我不解。

"不是说你奇怪。但是我总感觉你一直都随随便便的，不知道如果真的遇到很不好的事情会不会接受不了。"素瓷回复。

"我能接受的可多了。"

"对了，你知道吗？王一戚的父母来我们学校了。"

"她和我们学校有什么关系？"

"贾教授。"

"噢，我明白了。"

"他们好像也不是特意来找贾教授的。那天他们碰到，简单聊了几句。王一戚的父母看上去还算精神，毕竟已过了那个阶段嘛。"

"对，半年多了。"

"反正他们就是想在这里找些同学，看能不能汇集一些大家的力量，为那些和王一戚类似的女生做点什么。"

"疫情期间能做什么？"

"不知道。"

"你别瞎凑热闹。"

"如果有能做的事情，我还是应该去做的吧？"

我不想以一种说教的口气地对素瓷说"别蹚这摊浑水"，也许是因为半年多前的那番眼泪，以及看完《婚姻故事》后，素瓷沮丧的感慨。我对"王一戚"这三个字有些失了耐性，告诫自己她是惨痛的受害者，但我更不乐意因为她而让我如今稳固生活的任何一角有所受损。

"总之你要注意防护。美国的疫情正日益严重，优先保证健康，能不群聚尽量不要群聚。"我为自己的立场找到了万能的理由。

"知道知道,你就放心吧。"

"不放心。"

"必须放心。不过这几天你反正有空,要不要找时间一起来听一下他们打算开的线上会?他们已经跑了好几个学校了,有不少学生呢。"

"你们开会的时候,我应该都在睡觉。"

"时差还没倒好?"

"没倒好,一天能睡十五个小时。"我假惺惺地说着。

到了隔离的第二周,我能清楚地感觉到我与素瓷的交流频率正在稳定地下降,每天从中午到晚上八九点的一大段时间里,素瓷都完全缺席。午后的时光,我总是一个人坐在房内那张藏青色的沙发上,背对着窗外那棵巨大的松柏树,陷入一种难以自拔的空洞中。当生物钟渐渐与本地时间同步,应有的新生活却没与我同步,让我觉得坐着和站着都不舒服。

我尝试过为接下来那份在网络小说部门的工作提前做些准备,并在网上找寻一些相关岗位的指导。结果来来回回花了三个多小时看完十个讲座与解答类的视频后,我依然觉得毫无收获。我又找了一些网络开始阅读,可翻来覆去找了五六本书,也没找到一本喜欢的,大都是些语言古怪、情节显而易见的作品,随便扫上几行,就能让人没了耐性。

在隔离的最后三天,我想给雨喆写一封邮件,可这件事做着比想着要容易得多。尽管我在脑海里已经编写好了各式各样的问候语,以及各种希望雨喆可以陪我聊聊的话题,包括健康、学业、她如今的感情状况、她的家人、工作是否受了影响等。可当我的手触碰到键盘,还没敲上两个字时,指尖就像被上了枷锁,怎么也不能自如地动:"美国那里也不太平,不过我一切都还好……"好容易写下几个字,我却不知道自己"还好"是什么意思,顶多

是马马虎虎吧。

"不知道上海疫情如何了,请勤洗手,望健康。"这样的叮嘱写起来就觉得与雨喆不相匹配,这根本轮不到我来交代,雨喆也一定能做得很到位。

"有时间会回上海,到时候再见。"真的会再见吗?我也不知道。就算再见,最终落得的结果会不会与三年前夏天的那次见面一样?即便现在有素瓷为我撑腰,我依然无法自信地同雨喆再次面对面地交谈,尽管在我心底深处的某个角落,我是期待着有一天能够见到她。

"我其实还挺怀念我们在一起的日子。"不不,不行,这样的句子是绝对不能写的,写了就算是犯了大忌。"我是有女朋友的人。"我这样告诉自己。但这确实是我心里想的,隔离的日子里更是如此。

思来想去,写了又删,这样折腾了几个小时,我竟然连一个完整的句子都没憋出来。转眼又到了饭点,我随便吃了两口,盯着那封邮件的编辑页面,思绪万千,再没下手。眼看天快黑了,我点了下右上角的黑叉,关掉了整个界面。我想现在不是与雨喆联系的合适时机,更缺乏一个好的契机能引导我们再次见面,因此越想越让人觉得发送这封邮件会显得尴尬而突兀。

给雨喆的回信,我离开前依然一字未着。直到我结束了隔离,之前一起与我隔离的留学生们带着不算激动的神色,各自上了前往火车站、机场、市区的车,我似乎仍没有什么想要或是值得感慨的东西,也没有原本想象中为自己的依然健康而感到庆幸。我认清了自己是一个懒散且不懂得珍惜的人,无论是看得见的还是看不见的,我好像都不在乎它们是否存在,或无法用行动证明自己在乎。走出隔离的宾馆,一阵属于南方的夏风让我血压猛然上升,烦躁蹿上心头,我却觉得这是件能让我多点体温的好事。

隔离之后,我立马乘上高铁去深圳准备入职。也许是疫情的缘故,高铁上的人并不多，也让我安心了不少。尽管还需要全程戴着口罩，我却睡得相当不错。没有颠簸，没有起落，我醒来后看着一路向南的田地与山川，有种久别重逢的感觉。大约三个半小时的车程后，我便到了深圳。靠着租房软件引导，我在公司附近找了一处步行二十分钟就能到达的合租屋。那房间很小，只够放下一张床和一张桌子，我也无可抱怨，心想着如果房间再大一些，那就更好了。

入职的第一天，我顺利地到我的工位坐下。我想找到我的导师，却没有她的联系方式。无奈之下，我转向离我最近工位上的一男一女，稍思片刻，我对那男生开了口："您好，请问这里是产品运营吗？"

"是啊，怎么啦，有事？"

"啊，没怎么，我是新来的……"

"新来的？没听说要来新人嘛。你的导师是哪位？"

"我看看……"

"连导师名字都不知道？"

其实导师的信息就在手册第一页上，但我慌乱地扫了几眼，竟没能立马看到。"找……找到了。马……马琳！"最后总算没漏过，谢天谢地。

"哦，马姐啊。"男生朝一旁学生模样、正在敲字的女生说，"喂，他的导师是马姐！"

"啊，还是马姐带，运气真好！"女生笑道。

我忽然有些紧张，尴尬地问："什么意思？"

"没意思啦，哈哈！"女生爽朗地笑着。她笑的时候，右手中指不自觉地一直在敲打着桌面，看上去就像一台会说话的陈年打字机。看着她十分开心的样子，我有点后悔没一开始就问她。

"那么,马姐在哪儿呢?"我小心翼翼地问男生。我也不知道自己为什么还是选择问他。

"你去那头看看。"男生给我指了个方向,女生则悄悄看了我一眼,继续回到面对电脑的状态。

事实上,马姐很容易在人群中被猜出哪位是她。这个部门的女性尽管不算少,但男人明显更多。在一片人高马大、发育健全的男人之中,马姐竟然有绝对明显的身高优势。倘若她与部门里的其他男性并排在一起,那些男人可能会以"她穿了高跟鞋"为由来解释马姐何以比他们大部分人都高一个头;可即便是坐着,马姐看上去依然比周围的男生来得挺拔而有余力,桌子下面的那一点空间甚至不够她放置自己的双腿。马姐的胳膊很细,细到让人难以想象它们正支配着一双在键盘上有力地工作着的双手。走近马姐,好似在一阵狂风大作之后打量一棵屹立未倒的竹,我小心地问道:"您好,是马前辈吗?"

"嗯,是我,怎么了?"马姐瞟了我一眼,然后继续专注地盯着屏幕。

"噢,马前辈您好,我是新来的实习生准杰,您应该就是我的导师。"

"啊,你怎么今天就来了?我都不知道!"

"我先前没要到您的联系方式,所以……"

"应该先找人问问有一个可以联系导师的软件啊!我知道你会来,老板说过,但你从拿Offer到现在应该有一个多月了吧,怎么都不联系我?"

"不好意思,真是抱歉。"

"联系方式都找不到吗?我今天的工作特别多,不跟你多说了,你先去装电脑,然后我们下午再说。去吧。"

"好的,谢谢马前辈。"

"叫我马琳就好了，或是马姐。"

"好的，谢谢马姐！"

装电脑没耗费我多少时间，不到11点我就装完了。此时离公司规定的饭点还有整整一个多小时，我一时半会儿找不到什么事情做，起身往马姐的方向看去，只见她跷着脚，一只手拿着电话，另一只手里还拿着一包"魔芋爽"。尽管刚才马姐让我要"主动一点"，可我仍没好意思去问她我现在该做点什么。身旁的一男一女在继续忙碌。"他们看上去和马姐挺熟的样子，应该和我是一个部门的吧。现在要问谁呢？那个女生刚才看上去挺友善的，要不问她？可是这样，那个男生会怎么反应？"我这样想着，最终还是走向了那个男生。

"你好，你们也是这个部门的吗？"我用了"你们"，意在希望旁边的女生也能加入这场对话。

"对啊，运营。你不会连你什么部门都不知道吧？"男生说。

"哦，没有，我就是确认一下。"

"你叫什么名字？"男生问到这里，女生也转过身来。

"准杰。"

"好，我叫久奇。你多大了？"我注意到男生的肚子，圆滚滚的，看上去有些岁数了，和他不显老的面孔不太搭。

"大三。"

"那你叫我久哥也可以。"

"好，久哥。"

"叫我西西就好啦！"女生在一旁插嘴道。我发觉她很瘦，尽管不比马姐更瘦。一头蓝绿黑相间的头发，脑袋上像顶着海也顶着山，可她的身上却

没有海也没有山的味道,只有能被空调房完好保存的沐浴露味道。

"嗯。"我没能直接叫出女孩的名字,对她点头致意。

"你是什么学校的,准杰?" 西西问。

"美国的W校,在东边。"

"噢噢,我是西部B校的。"

"好的,请多指点!"我对着他们俩微微鞠躬。

"没事,一会儿一起吃饭。"久奇说完,便转头回去工作了,西西则朝我一笑,起身往茶水间的方向走去。

眼看着问问题的机会再一次流失,我没想到自己才入职没半小时,就已经感觉心力憔悴。我决定继续阅读那本入职手册,可翻看了半天,里面都是些"员工福利领取""班车乘坐指引"之类的内容。我打开刚刚组装完毕的公司电脑,浏览了一下"新员工规章制度与准则",没读两章就觉得犯了困:这些警告在职员工不要泄露公司机密、不要传播公司薪资信息的规则,对我来说根本不具有任何可读性,也没有太多的参考价值。我再回头一看,久奇正专心致志地编辑着一份PPT文件,上面满是图标,一看就让人头大;至于西西,她带着一根雪糕回了座位,摁了一下电脑屏幕的开关。西西的电脑密码似乎很长,我听她键盘"咔嚓咔嚓"地敲了几秒,才开始"嗒嗒嗒"地点击鼠标。她似乎感觉到我在看她,转过脸来。我连忙装作正在整理桌旁柜子的样子,不再往她的方向花费精神。

大约等到12点多,马姐不带脚步声地走到了我的身旁,开口问我,是比夏天办公室空调还冷峻的语气:"饿不?"

"哦,马姐,不饿。"

"该去吃饭了。你和久奇、西西他们先去吃吧。"

"好。"

久奇和西西在马姐来之前就已经起身准备去吃饭了，但他们好像没听到马姐说的话，丝毫没有等我的意思。我有些不好意思地跟在他们的后面，一路走到电梯口。久奇和西西倒是默认了我一声不吭的加入。等电梯的人不少，久奇说了声："走楼梯吧。"西西与我便跟了上去。下到差不多五楼的时候，走楼梯的人也多了起来。等走到四楼，竟能看到下面排队吃饭的人已经分两列挤到了一、二楼的位置。久奇停下脚步，索性蹲坐在台阶上用手机看起了小说，西西则仗着自己身材娇小，强行在人流中挤下了楼，没过多久又走了回来，气喘吁吁地说："饿死了，前面的队还长着呢。"

"大概还要多久？"久奇问。

"起码二十分钟。"

"等吧。"

"马姐怎么不带你吃呀？"西西突然冲我问道。

"她好像忙。"

"你应该问她要不要一起来吃饭的，或者问她要不要帮忙带饭。"

"我饭卡都没注册好呢。"

"下次记得问嘛！"

"明白了，谢谢前辈。"

"什么前辈呀，我看起来有那么老吗？"

西西说得没错，我俩站在一起，要不是我新到公司有些怯生生的模样，就外貌来判断年龄的话，我看上去比西西可能要年长几岁。

"知道你年轻了。"久奇抬头接道。

"我确实年轻嘛。"西西有些撒娇道。

久奇劝诫道:"干我们这一行,一年老三岁。你好好珍惜年轻时光吧!"

"那也得先干上这一行,我都还没转正呢。"西西撇了一下嘴。

"我也还没哩,唉!"久奇叹了气。

"你打算转正吗?"西西拍了拍久奇,问我。

"我还不知道。"我答道。

"那你得好好考虑一下,和马姐说清楚。转正不转正影响还是很大的,直接决定了导师怎么对你、怎么带你之类的。"西西说的时候,脸上适时地收起了微笑,让人非常容易信服她所提的意见。

"明白了,谢谢前辈。"

"哎呀,你叫我西西就好啦!"西西的嘴角又俏皮地扬了上去。

最终等候的时间其实比想象中短了不少。只过了五分钟左右,楼下的人突然散了伙,估计他们是决定不吃食堂了,便从拐角的楼道出去,队伍一下子短了许多。久奇一进食堂就朝"现烤羊肉,又辣又香"的招牌处走去,我只是稍微放慢了脚步,就跟丢了他,只好随西西去了川菜区。西西要了一份水煮鱼,我本来想去点份沙拉,但因为随着西西走,便要了一份毛血旺。我们在食堂入口的不远处找了三个空位,还没等久奇过来,西西已开吃了,我也不客气地跟随,味道确实不错,就是稍微有些辣。外面是三十多摄氏度的盛夏,而我在空调房里也吃得大汗淋漓。

这时,久奇端着饭坐到了西西的对面。他一边静静地拿着手机继续看小说,一边飞快地用勺子往嘴里送着肉与饭。西西又一次试图挑起话题:"久哥,之前那个专题什么时候开始做呀?"

"不知道呢,随便吧。"久奇回道,没抬头。

"对了,他进来以后会不会也要一起做?"西西用手肘指了指我。

"无所谓,先做好自己的部分,然后拼在一起就完事了嘛。"

"他要是加进来的话,要求会不会提高呢?"

"都行,我觉得怎么样都行。"久奇一脸的满不在乎,目光始终未离开过自己的手机屏幕。

我注意到西西看了我一眼,但那毛血旺恰好辣了我一口,我一时说不出话。当我开始考虑自己是否该象征性地问一句"你们在说什么呢"的时候,西西已扭回头去继续吃饭了。

吃饱了回到工位,正是公司规定的午休时间。久奇趴在办公桌上又看了一会儿小说,然后埋下头睡着了,发出阵阵鼾声。西西再次解锁电脑,相比起上午的工作时间,她敲击键盘的力度与速度明显放缓了不少。稍远处的马姐正吃着一碗泡面,面前的电脑屏幕好像在播放着电视剧。更远处的转角上,冰柜被打开,几个保安模样的人看着两个穿着整齐的矮个子女生往里面倒入一批雪糕与甜食。冰柜旁的售货机发出不合时宜的光,对角洗手间旁放着办公室里唯一的绿色植物,看上去离完全枯败不远了。

我没什么事情可做,自然也睡不着。我突然想起应该给素瓷发条信息,从上午入职到这会儿都没联系过她,于是我迅速打开手机,给她发了过去:"对不起,入职花了好长时间,上午一直很忙,希望你能睡个好觉。"

发完信息,我安心了不少。屁股下面的转椅很灵活,能升高能旋转,我无聊地转了几圈,有些头晕。当我终于滋生出一些困倦,马姐已经悄无声息地来到我身边,拍了拍我,说道:"跟我来一下吧。"然后没等我答应或起身,便径直往茶水间的方向走去。

我跟上马姐,她直挺挺地站在最靠窗的一个位置上。其实那里有两个男生正并排坐着玩手机游戏,还没看到他们的人,我已经能听到他们的声音

了。马姐走上前去问他们:"我们能用一下这个位置吗?"

"那里不还有座位吗?"其中一个胖一点的男生看了马姐一眼,又迅速投入眼前紧张的"战局"之中。

"所以你们可以去那里坐呀。"马姐的声音凸显淘气,尽管才认识不久,这样的声音从她的嘴里出来,我觉得有些好笑。

"等我们这局玩完吧!"胖男生很有点不耐烦。

"最近公司不是不让上班时间玩手机了?"马姐语气一转,回到了刚见我时的严肃。

"可这是午休时间啊!"

"问题是你们在这里吵到别人了!"

胖男生不说话了,另一位稍年长的同事连忙说:"去楼下玩吧,食堂能坐的。"

"我们也没有很吵呀……"胖男生嘟囔道。

"死胖子,真要我举报你吗?"马姐双手比画着让对方赶紧离开,然后转向我说,"坐吧。"

马姐从腰包里掏出一支黑色水笔,转了几圈。我不敢直视马姐,而是往窗外看了一眼。密林般的建筑从四面八方包围着我,街上的行人如森林里的蚂蚁一般,成群结队地穿梭着,铺垫了这幅景观的底色。

马姐又开口了,中断了我对大千世界的观察:"你有转正的打算吗?"

"有吧。"

"嗯,你也大三了吧?"马姐对我的回答露出了疑惑的神情。

"对。"我希望能让马姐理解,其实更是希望自己能够坚定。

"那你来这里主要想学些什么、做些什么呢?"

我似乎被马姐问住了，只能试探性地回道："我其实都可以。因为没什么工作经验，能学到什么是什么，反正听您安排。"

"那可不行，我这里活儿太多，总得选择着派给你做。如果刚巧选到不适合你的或是你不喜欢的，那岂不是浪费彼此的时间吗？"

我点点头，表示认同。

"因此需要征求一下你的意见。我主要负责运营模块里跟用户对接最多的一些板块，包括媒体、市场调研、社群维护，还有一些定期的数据收集和投放，你看你想做哪一方面。"

坦白说，马姐说的这些对我尽管算不上天方夜谭，我确实能在脑中稍微想象出各自的工作内容，但要我基于自己有限的认知马上做出决定，我似乎宁可让马姐为我随机分配工作。

"我对您说的这些都还不太了解，也不是太清楚自己具体喜欢哪个方向。"

"那你还来我们公司呀！"尽管听起来像一句训斥，可马姐说这话时，咧开嘴笑了。我注意到她那奇特的虎牙在不算干净的窗户玻璃旁，看上去像一枚危险的钻石。

"不是这个意思，马姐。我做了说不定就喜欢了，只是我现在了解得还不多，所以什么工作都可以让我一试。"

"都乐意做？"马姐将信将疑。

"都乐意做。"我诚心诚意。

"那行吧，我还是先向你简单介绍一下我们部门的情况。你对我们的软件了解多少？"

"参加实习生面试时接触过的。"

"之前没有？"

"之前就是正常看书。我没有用电脑看书的习惯。"

"嗯,也不是电脑,其实我们的用户大多是来自移动端的。"

"这个我了解……"

"了解就好。我们的软件很简单,就是一个读书的平台。作为运营方,我们本身是没有太多左右软件开发或更新的思路的。我们主要的责任还是从用户那一端去获取信息,然后充当一个中转枢纽。当然,我们在自己的领域也有特定的权利,比如说你之前有没有看到过软件上推的那个'上传读书笔记'的活动?"

"没有。是什么?"

"你怎么什么都不知道呀,到底有没有用过我们的软件?"

"用了,真的用了,可能用得不够仔细,没注意到。"

"好啦,没事。总之就是我们也有自己能做的事情,有些计划是需要我们来制订的,包括怎么宣传更新、宣传力度有多少,以及我们如何有效地收集反馈和处理,这一类的东西都是我们负责而且有权限去制订特定的计划的。"

"明白。"

"真的没有特别想做的?"

"没有,都行的。"

"那好,你就先做简单的分析,熟悉一下我们平时的工作内容吧。我一会儿拉一个群,你和几个前辈一起分析一下我们最近在微博和一些新媒体平台上投放宣传的效果,拉一些数据来看,你自己也能有一个基本的认识。"

"好的。"

"你去联系这几个人……等一下,你有笔记本吗?"

"没有。"

"以后记得带上笔记本啊,都是在交代你事情的。"

"好的。"

"你先用手机记一下吧。找一下这个雅七拉数据,至于分析的思路可以找李则。"

"李哲?"

"李则,你就是该带个笔记本。"

"知道了,下次一定!"

"行了,你先回去。找时间可以联系一下他们两个,他们下午好像有个会议,你等他们回来了再去找。"

回到座位,我做的第一件事是想办法联系上刚刚马姐提到过的那两个人。我十分轻松地就找到了李则前辈,因为正好有人在大声喊他的名字,邀他去露天阳台抽烟,于是我一路尾随到了阳台门口等着他。大约五分钟后,李则带着一身烟味出来了,我朝他打了招呼,开始咨询马姐吩咐我的工作。李则非常友好且专业,还没来得及回到工位,他已经快速地为我解释了公司产品在各个媒体上的投放情况,包括各种文学社区和网站、主流的社交媒体及我们内部的其他平台。李则说,可以对比一下同一个广告在不同渠道投放时的数据,然后再去收集一些用户反馈和舆论倾向来辅助一下最后的结论。

我花了半小时,把李则指示我看的内容都浏览了一遍。我好像没收获什么,也不可能得出什么结论。我想着要不要再问问李则,看他能不能多提供点思路,但又觉得如果这么快就再次去求助他,只会显得我能力不足。我只得憋着一口气,反反复复地对着那几个相同的网页发起呆来。这样过了一个小时,有个人挨近我身边,我扭头一看,是李则。他一边咬着根冰棍,一边对我说,直接去找雅七要数据,在这里看这些没用。我"噢噢"地应了几

声,本想再多问些什么,可李则已转身离去。

可惜的是,公司里没人像刚才一样大声呼叫"雅七"的名字。我不得不在内部的通信软件上找到"雅七",并对她发去了一句"你好"。

"你好呀!"雅七很快地复了。

"雅七前辈,我是新入职的实习生。"

"好的,叫我雅雅就好。"

"我是来找你取数据的。你能帮我拉一下这几个渠道三个月内的浏览数、点赞数,还有评论数吗?我现在发你。"

"行,你稍等一下,我得问问。"

大概五分钟以后,雅雅正式回复了:"我找到了。不好意思,其实我也是没来多久呢,我们一起学习。"

"好的,谢谢雅雅姐。"

"叫雅雅就好!"雅雅给我发来了一个吐舌头的表情。

打开雅雅发来的那份数据文件,我在短短的几秒里出了一身冷汗。要说完全不懂,那肯定还不至于;先前几个暑假的实习经历让我起码知道了一些基础的词汇,但打开那表里密密麻麻的全是数字,我还是不由自主地感到为难。我把那份文件里的几个表格都看了一遍,几个表格分别对应了不同平台的数据,同时也有同一类型广告在不同平台中的数据表现对比。我大概梳理了一下,然后一张表一张表地对照我所需要的部分。我操作这些表格、文件之类的并不算熟练,对数字更是显而易见的不敏感。

收集、归纳这些数据实在是一种折磨。要我评价难度,确实也没有多高,无非就是定位到需要的内容,然后做一些复制、粘贴的工作。但定位这一环节本身相当具有挑战性,在茫茫数据中要找到有价值的一个百分比,对我而言已属不易,而要想确认这个数据是否可以被使用,还得回到现有的投放页面再次考察数据的有效性。翻到第三张表的时候,我发现有些数字似乎不够准确,和个别网站上显示的数据有较大差距。我截了点图,给雅雅发了过去。

"哈啰,"这回,我其实是可以叫她"雅雅"的,可我心里还是觉得别扭,便没有这么称呼,"这几个数据能帮我看一下吗?我去查了下,好像网站上显示的和你这里的不太一样。"

"是吗?你坐在哪里?要不然我过去和你一起查看?"

我正要本能地回一句"我不是都发截图过去了吗",但很显然这么说不合适,便把自己的座位号发给了雅雅,等着她过来。

一个看上去有些呆滞的女生抱着本灰色的笔记本,一摇一摆地走了过来,她低头问我:"你就是准杰?"

"是的。"

"啊,你好!我是雅雅,请多指教!"

"也请您多指教。"

"客气了。你哪里的数据看不懂?"雅雅说起话一惊一乍的,听上去有些滑稽,我差点没忍住笑意。

"这里,你看,就是这个网站,和你之前的数据对不上。"我回道。

雅雅凑到我旁边,想要用我的鼠标。我干脆起身,把位置让给她。雅雅十分客气地对我点头道谢,然后坐了下来。她打开了带来的笔记本,从口袋里掏出一根笔,在纸上记录起来。她写字的速度很快,而且异于常人地工整;然而当她完成了在笔记本上的工作,转而将双手放回键盘上时,她顿时变得犹豫起来。雅雅咬了咬指甲,我注意到她左手的拇指已经快被咬破皮

了；她又挠了挠头皮，我发现她的头发已被自己弄得十分凌乱，仿佛刚在野草堆里打过滚的雄狮，顶着一头往四周发散的杂毛。

  雅雅终于开始在表格上进行修改。与她在笔记本上做记录时不同，她在电脑上的操作速度相当慢，不论是打字、选中数据，还是更换内容等，没有一项看上去是熟练的。雅雅把我提过意见的那份表格几乎从头到尾做了修改，在订正了思路后，这份数据在我这样一个门外汉看来都能算得上十分有说服力了。雅雅做完后，我仔细地把每一个环节都梳理和检查了一遍，才心满意足地对雅雅说没问题了。雅雅说还不行，再等等。然后她又一次打开笔记本，写写画画地做了一个表，看上去像是思维导图。她的头放得很低，写字的姿势看似相当不标准，可我也没有纠正她的义务。两张纸写满，雅雅似乎结束了一场冥想，深吸一口气，小声地说："应该没事了，目前看数据就是和我们投放明星正脸图最相关。你还有问题再来找我吧。"

  雅雅匆匆离开后，我把她数据里用不上的部分删除，再将剩余的数字转换成图表，去各个渠道上收集我们公司的投放素材，终于开始制作PPT了。外面的天空已经黑了，西西和久奇在消失了一小会儿后，又各自带着一袋肯德基回到了座位。西西拿出一大杯橘色的冷饮和一袋子鸡翅，久奇的两个包装上写有"香辣鸡腿堡"的字样，一看便知是个头颇大的汉堡。鸡翅好像被炸得挺酥脆，西西吃的时候发出阵阵清脆的咀嚼声。顺着香味，我回头看了一眼，正好与朝我投来目光的西西撞上了。

  "你不吃饭吗？"西西问我。

  "没什么胃口，先不吃了。"中午的毛血旺似乎余温未散，依然对我的食管与胃使着坏。

  "要吃吗？"西西拿起那袋鸡翅朝我送来。

"不用了，谢谢。"

"你在做什么呢？"西西把椅子拖到我旁边，一边啃鸡翅，一边问。

"马姐给的任务，分析这个投放的效果。"

"你也主要是在看那本书的投放吗？"西西把一块啃了一半的鸡翅塞回到袋子里，顺手抽了一张我桌上的纸巾擦了擦手，然后直接握住我的鼠标，浏览起我八字还没一撇的幻灯片报告。

"你刚来，马姐就让你做这个？"西西的语气听上去似笑非笑。

"嗯。"我有些不明白她是什么意思。

"那看来最近确实都在忙这本书了，也不只是我们。"西西拍了一下已经狼吞虎咽完一个汉堡的久奇，"他也在做《好绿叶们》。"

"噢。"久奇用手臂抹掉了嘴角边上的沙拉酱，也起身靠近我的桌子。

"他这个应该是社群？"西西问。

"那和我们也差不多。"久奇肯定道。

"我们在做后期包装和一些与活动相关的，也是这本书的。"西西对我说。

"这样啊。"我任由西西继续翻看，然后小心地问她，"是要做什么？"

"就是我们几个实习生，不对，其实最近整个部门都在忙与这本书相关的事情。你看过这本吗？"

"没有。"

"真没读过？那得赶紧去读了，这可算是现象级网文了！"西西皱起眉头，强调道。

"《好绿叶们》位于排行榜第一已有连续八周了。其情节又爽又辣，文笔还过得去，读起来的感觉特别棒！"久奇插道。

"书中主要讲什么呢？"我依然有些疑惑。

"说简单点,就是一个男的追一女的,结果帮他追女生的一群女的也都喜欢上了他,后面全是些很经典的巴拉巴拉的情节,你懂的。"西西解释道。

"也就是一个男的和几个女的纠缠不清?"我试图总结。

"你有时间可以自己去判断。"西西说,"你做社群的可以多看看读者是怎么评价作者的,或者有没有在社交媒体上透露自己比较喜欢哪些人物、哪类情节,最后我们可以汇集成一个专题一起做。"

"我现在已看出来他们喜欢哪个明星。"

"哦,预定了改编成电视剧男主的那个?"

"好像是。"

"明天就要上新章节了,你记得跟进一下哦!"西西用鼓励的语气,完成了对我的科普,留给我一张难以让人安心的笑脸。

那晚久奇吃完饭就背着包离开了,西西则加班到近11点。我一直忙着试图从雅雅提供的数据中找出有价值的结论,可最后实在没发现多少有价值的,便请求西西给予指导。西西迅速保存了电脑上那份明显与我上一次见着的不是同一份的PPT,然后走到雅雅的那堆密密麻麻的数据前,稍微看了两眼,接着为我提供了三四项可供分析的内容。其实对于西西所说的,我先前并非没想到,只是我无法理解它们为何值得被放到一份工整的PPT里。比如说在宣传海报上使用的标题字号越大,点进去的用户也越多,因此可以得出海报上字号应该是越大越好的结论;又比如说当男主角在图案上对女主角的进攻性越强烈,往往回复与点赞的人数也会越高。我谢过西西,依葫芦画瓢地编了一行又一行报告式文字。我完成了这份PPT,将它发给了马姐,准备收拾东西走人。一旁的西西正在又一份我没见过的PPT上编着文字,她有些生硬地用左手敲着字,右手举着电话,好像说了"注意防护哦"和"要不还是别去了"的话。她注意到我打算下班，扭过头来朝我挥挥手，我也朝她摆手致意，径直朝电梯口走去。

尽管临近午夜，办公室里依然不乏加班的年轻人。他们大多看上去与我岁数相仿，一个个精神抖擞，工作势头正盛。窗外的月光与对面楼宇里同样亮着的灯光陪伴着他们，不同隔间里传来错落而清脆的键盘声，空气中弥漫着咖啡与茶水混合的浓厚香气，蔓延生长，一直到电梯门关上的那一刻才蓦然隔绝。

返回住处的路上，我接到了素瓷打来的电话："结束了吗？"

"刚下班。"

"这么晚？"

"还有许多人没走呢。"

"你的工作内容是什么呢？"

"分析数据、调查反馈什么的。"

"会很枯燥吗？"

"有一点。"

"以后会习惯的，也会有你发挥作用的地方。"

"嗯，你那里怎么样？"

"都挺好的。对了，你还记得王一戚那个事吗？"

"怎么啦？"听到这名字，我心里不由得一紧。

"没有。就因为她爸妈，又好像不完全是因为她爸妈，反正就这个事，现在很大。纽约不久会有一个声援她们这些受害者的游行。"

"哦，然后呢？"

"没什么然后。我到时候可能会和另外几个同学一起去，好像还会有别

的学校的同学。"

"怎么就变成游行了呢?"

"不然还能有其他更适合的形式?都这么久了,已经证明座谈会什么的不管用。"

"现在正是疫情期间,这不太合适吧。"我继续使用自己最拿手的理由。

"你不想我去吗?"素瓷这回直接抓住了我的动机来拷问。

"我没说不让你去,只是不希望你有安全方面的风险。"

"可是听你语气好像不高兴呢。"

"没有。"

"嗯,反正我是得去的。"

我忽然意识到这儿已是深夜。我与素瓷渐渐交错开来,话语与面孔不再能对应。过去的两年里,素瓷每天在做什么、想什么,我几乎都能在第一时间去了解;可就在这短短的两周里,我已经不再能实时地去拥有最崭新的素瓷。如今的素瓷越发像是一种想象、一种寄托,而尽管回国并不是我自己的决定,我还是因着单纯的"不知道"而在内心感到自责。我不想管这叫一种包裹着的爱,因为我也清楚支撑它存在的不一定是某种纯粹的情感。

"你可以考虑要不要替他们写点什么,或者帮着一起对已经形成的文字修改修改,他们正找帮手呢。"素瓷见我良久没声,便追加了对我的建议。

"我估计是没时间的。"

"没时间还是不想?"

"真没时间。"

"我还想着'我男朋友很会写,帮一下也挺好'的呢。"

"抱歉。"

"工作太忙也别忘了我噢。"

"我本来就不想回来工作的。"

"我不是那个意思,还是要好好工作,但偶尔多想想我嘛。"

"会想的。"

"怎么想?"

"不知道。"

"你可以多问我问题,我觉得。不只是'吃了吗''睡了吗''在干吗'这种……很晚了,你快些回去睡吧。"

"好,你要注意防护。"

与素瓷通完电话,我已经走到了住处的楼下。临睡前,我有些懊悔自己对素瓷的态度或多或少有些冷漠,可工作了整整一天,我实在没力气再把自己调整成积极的模样,原本想说的话也早忘光了。可既然这不是我的错,我也懒得再去多考虑了。

第二天上午,我本打算晚些去公司,但突然想到昨天西西提到的今天《好绿叶们》要上新章节,便到小区门口买了一个包子、一袋豆浆,然后跑着去了公司。走到工位旁,我发现隔壁的马姐已经到了。她正一边吃着早点,一边用一款造型独特的机器按摩着自己的左手手腕。她戴着耳机,完全没意识到我正在看她。我又扫视了一下四周,见大部分人都还没来,便在自己的座位上开始工作。

我花了一小时不到的时间,把《好绿叶们》的故事及一些网上公认的精彩片段通读了一遍,又浏览了这部小说在我们软件专区下的一些评论及讨论。简单地做了一些记录后,我又感到一阵困倦,趴在桌上迷迷糊糊地睡着了。

不深的睡眠没有持续多久,我感觉到有只手敲了一下我的肩膀。我揉了

揉眼，转头一看，是马姐。她面无表情地对我说："昨夜没睡好呀？"

"哦，马姐，还好。那本书，大致都了解过了。"

"觉得怎么样？"

"挺有特点，只是不太好形容。"

"你发我的报告我看了，稍有点问题，你现在还困吗？不困我们一起来过一下。"

"您说吧。"

"你打开你的PPT。"

我有些手忙脚乱，明明放在电脑桌面上的文件，一时竟找不到。好在马姐眼尖，及时出手帮我点开，否则我可能还要浪费更多时间。

"你做的这PPT，大概的思路是能看到的，但就是该说的没说，说了的反倒有些是废话。"

我没回话，等着马姐继续点评："你看这里，'当标题充满挑逗意味且带有一定性暗示，数据显示读者更容易被吸引'。这句话里，'标题充满挑逗意味并且带有一定性暗示'直接改成'带性暗示的标题'就行了；'数据显示读者更容易被吸引'也可以改，就写'读者更容易上钩'。这样简单粗暴一点，懂吗？"

我点头。

"然后就是，像这样的话你少一句结论和一句建议，不然你这个总结有什么意义？你也是需要发言的。像这里，你就可以加一句'因此建议标题增加性暗示元素'，或是你刚才用的那个词，'挑逗意味'，也可以。就这么改，懂了吗？"马姐一边说，一边熟练地在我的PPT上进行着修改。

"好。"

"对了，我之前忘了问你是什么专业的？"

"文学，东亚文学。"

"什么学校？"

"马姐，你应该没听过。"

"我知道你们这些进公司的应届生都是高才生，学校肯定是不差的。但恰恰是你们这些高才生，写个报告总是一种文绉绉、慢吞吞的调调，这种习惯必须改掉，知道吗？"

听到这里，我心里只觉得难受，吞吞吐吐说不出话。那一刻，我简直怀疑自己大费周章地去读书、写书评乃至留学是否有必要。

"文学系……文学系的人应该对文字有很好的领悟，没必要说的话不说，而要说的话，又需要缜密思考，精心选择，明白吗？当然，我是不主张你们擅自用提意见的形式给作者发去反馈，人家写这个作品已经火了，有人买单了，你不应该再以学院式的眼光去看待，知道吗？我们的立场一定是帮助他，支持他，让他安心去写那些能火的作品。我们可以帮他捕捉话题，但最终怎么写决定权在他手上，我们不能干预，懂吗？"

我连连点头。

"那你晚饭前改出来，争取今晚就把这份报告发出去，就当是完成你的第一份作业。"

就这样，我马不停蹄地从上午一路修改到了下午。一番努力过后，原本十余页的PPT被我缩短到了六页，最终产出的分析结语更是能随意地被罗列出来：

1.代言人头图效果显著，应维持并增加投放频率；

2.代言人肢体语言+性暗示元素效应优秀，应持续输出相关挑逗性内容；

3. 中午时间段发布社媒更新点击率最高;

4. 女主C及F人气最高,作者可考虑增加戏码。

对于我这样一个常年写论文的人来说,码字与编辑算得上熟手的事,可一旦其语境由学术课堂变成了职场,审批人由教授变成了领导,少量的字数与简单的逻辑反倒成为难以实现的目标。不过明明不算多也不算难的几行字,却让我觉得甚是为难。我像一只被迫换了主人的狗,新家的主人甚至不需要我会追着球转圈或是听懂蹲坐的指令,改变的只是菜谱里由整块牛肉换成了牛肉块,我却不争气地面对着饭盆感到无奈,丝毫没有想"汪汪"两声发出抱怨的念头。

我终于在傍晚时分将做好的PPT发给了马姐审核,然后打算下楼去买些面包,以弥补我因为忙碌而顾不上吃的午饭。下楼前我特意没带手机,担心马姐对改动后的PPT仍不满意,立刻给我发来微信或打来电话,从而坏了我啃面包的心情。可我又随即意识到自己身上没有现金,如此一来不带手机便等于无法付钱,无奈之下,我把手机重新装回口袋,加快步伐下了楼,只希望口袋里的一阵振动不会被自己察觉到。

虽说还没到下班时间,可公司的楼下已聚集了不少人。我从便利店里走出来时,就闻到一阵二手烟的恶臭迎面而来,源头是四五个挂着工卡的男同事,他们大多面色不佳,有浓重的黑眼圈和裹着层油的鼻子。我本能地用左手护住拆了一半包装纸的面包,想低头穿行过去,不料右首边来了个专心看手机的女人。她重重地撞上了我,却又像没事似的悠然离去。抽烟的男同事中有人大声地说着什么,可那声音恰好被马路上掠过一辆集卡的引擎轰鸣声所吞没,转眼那个男同事便像哑巴一般消失在集卡车尾气与尼古丁交织的夹缝里了。

回到工位，我想起来今天又一次因为太忙而一直没工夫去翻看素瓷发来的微信，包括未给她道个晚安。我有些紧张地点开手机，发现素瓷从今天上午我去公司到她入睡，一共给我发了七条微信：

"你到公司了吗？"

"在忙吧？我今天比较困，可能一会儿就睡了。一戚的父母明天要来我们学校了，我们一早要去接他们。"

"很忙吗？记得吃饭，我去洗洗就睡了。"

"你在做什么呢？有时间回我一下呀！"

"怎么都不回？你到底有多忙呀，注意休息，我要睡着啦。"

"也偶尔想起我一下吧。"

"你要是能一起参加就好了，一戚的事情。这时候特别希望你在。"

幸运的是，从这些信息中，我并没有发现素瓷有多大的不满，但我也自相矛盾地担忧起她是否不再像以前那样需要我，这不禁令我感到害怕。当我不再能够与素瓷拥抱或亲吻，我越发强烈地希望能用言语与她有更亲密的沟通，可这显然没有发生。不多的空隙时间里，总是塞满了我对素瓷的想念：画面不是河畔，不是华盛顿、波士顿或纽约，也不是班尼，只有素瓷。

同样是因为素瓷，方才完成的PPT让我感到分外难受。我翻看着自己发去给马姐的那些字眼，满屏幕的会被雨喆当成空话的玩意儿。自从与素瓷开始交往，我总认为自己走在正确的、缓慢向上的道路上；可当这样的情形横在我的面前，我又不得不妥协。我只能深深地为自己仅是个连编辑都算不上的小喽啰，而不是有执笔权的作家感到愧疚与抱歉。

我慰藉自己的方式是不断而重复地告诉自己："回国工作这个决定是素瓷劝我做的，她是替我着想。"为了不让素瓷在每一个方面都对我感到失

望,我能做的也只有将眼前的工作做得更好。转眼间,刚才发给马姐的那份PPT在我脑海里又一次变得错漏百出起来。

　　大概十分钟后,马姐回复了我,说这份PPT整得差不多了,尽管还存在瑕疵,但以后只要按这个标准,每周分析和总结一次即可。我问马姐,瑕疵在哪儿?马姐说,字号和PPT背景用的颜色还有待斟酌,同时须注意行距。我愣了一下,随口答应了。

　　晚餐的时间点,我按马姐的要求把这份PPT发到了运营组的大群里,西西和久奇都在其中,大家纷纷点赞。马姐对我第一份PPT质量的认可,宣告了我实习生活将开始转向稳定。在这之后的每一天里,我都会套用同样的规则来完成一些诸如收集舆论、分析舆情的日常工作。计算下来,每天要码出的文字也不算少,我不用动多少脑,便可收获还算不错的日薪与个别领导的表扬。马姐说,如果想转正的话,就按这样的节奏实习下去,迟早能完全融入公司的。我心里也算因此而多了份踏实,渐渐与入职后的头两天趋于一致。这自然是重复又无聊的,但某种程度上也代表了我作为留学生在与疫情若有若无地共存了半年后,终于又一次有了安定的生活。

　　这样的生活过久了,即使是需要与素瓷暂时分离,与我熟悉的校园暂时分离,我所来到的地方仍能为我提供更多的延续与结束。因为这份工作,有关素瓷的好似梦一般的美好念想变得更加完整:我们会一起回国,一起在这里安全、温饱地生活。我们没理由再为什么而哭泣,素瓷可以去上她大学里想上却没上成的音乐课,吃她喜欢吃的又辣又重口味的食物……每多提交一份PPT,多写出一句分析,我便觉得自己离某处更近了一步。

　　即便如此,我依然不会承认我的工作于我而言是多么有意义的一件事,更不可能尝试着去证明《好绿叶们》是部值得一读的作品。我不知道在雨喆的逻辑里，这是否算得上很差劲的作品，但至少在我眼中，我难以想象自己要为它写一份书评。或许是因为雨喆，在对书本进行评测时，我总会考量作品是否可以帮助我与雨喆建立连接，产生共情，这也直接反映在我是否能轻松地写出一份带着我所想传达的话语的书评。可《好绿叶们》就是这样一部我无法提取出任何有价值或感情的作品，要我强行地为它写上一些感悟，可能不如传一张白纸给雨喆来得更好。这样看来，我所做的工作也无异于出卖自己依然思念雨喆的灵魂，这让我怀疑素瓷与雨喆是否确实对立而无法共存的。我自然没有决定的权利，只能继续这份工作，却也担忧自己这般背道而驰，离雨喆的距离是否比需要坐渡轮的程度还要更远。

之后的日子里，我每天早出晚归，在工作岗位上越发得心应手。我上班前会在公司的健身房里跑个步提提神，然后带着一份炒粉或是粥，开始前一天的舆情收集。大约10点，我便能完成前一天社群内的反馈。接着我会花半小时左右，从这些内容中筛选出一些我的导师或老板可能会想看到的内容，再适当选择一两条他们或许不那么想看到，却相对更有意义的差评，组合成一份简易的日报。午饭之前的时间里，我会读读《好绿叶们》或其他类似的无聊的书，为之后的专题报告做些准备。

中午饭我一般吃得很简单，由于饭点时挤在楼下食堂里的人往往颇多，因此我多半会选择去附近便利店买三明治充饥。午休的时间，我得看看素瓷睡前给我发的信息。素瓷已习惯了睡着前没有我对她说晚安，但她还是会发来一些信息，让我在中午时分得到些许安心。我也会简单地回复，还常常对自己由于工作繁忙而不能及时回复表示抱歉。我并非刻意躲着素瓷，我也更没有对工作专心致志到苛刻的程度，但我确实无法对互发信息这样的交流方式提起兴趣，便总要为自己找到理由来逃避。

　　下午到晚饭前的时间，一般马姐那里得来点活儿，不过性质与上午的活儿差不了多少。公司偶尔也在这个时候发放免费的下午茶，再配上炸鸡、零食等。这些东西被摄取起来的姿态与传统的进食十分不同，有的人会像突然被打了强度极高的兴奋剂，也有的人吃了以后变得越发"摇摇欲坠"。

　　夏日的晚餐时分，太阳一般还没落下。食堂的人要比中午少许多，我一般随便点上一份拿得快、吃得也快的盖浇饭，一刻钟解决问题，再上楼继续工作。等我再返回时，马姐大都已不见人影，只留下我、西西、久奇、雅雅，还有一众入职不久的正式员工和其他实习生。许多人玩游戏、看视频，很少有继续工作的，不明白他们留下的意义到底是什么。想到他们的年龄也多与我相仿，不太可能家中有个烦人的丈夫或太太，这使我更加不解。当然，我也是他们中的一员，就算我尽量让自己在加班的时间里不分神，保持白天的高效，可这终归是件难事。实在没有紧要的事，我就继续围绕《好绿叶们》，一边准备专题，一边打发时光。一直到11点光景，我才和周围的大部分人一起离开公司，然后独自一人走路回住处。素瓷通常在这时候已经起床了，她会给我发来早安或晚安，我也会简单回复两句，或者偶尔与她通一会儿电话，说的也不过"我好累""我很想你""那就不打扰你了"之类的日常话语。我意识到自己正慢慢失去对素瓷的感知，可都市里一天天的生活就像一针针的镇静剂，它们牢固而不可被挑战，让我完全没有一丝猜疑或不安的念头。

　　在偶尔有的休息时光里，我常常思考着自己与素瓷或雨喆是否正经历着永别。我十分害怕自己在稳定的生活里渐渐忘却她们，也因为疫情或其他原因而再也见不到她们。若真如此，这是否算得上一种死亡？就像一把闪亮的、不朽的锁，以葬礼、忌日、畏惧为钥匙，封存并提醒着那些我无法再触摸与感受的活生生的人；同样，我似乎正丧失保证自己记住她们的能力。在我幼年的想象里，记忆与生命总是交织前行的；可当我逐渐成长，却发现它们各为一派，不仅互不相干，有时甚至彼此作对。生命因安逸而被遗忘，失去生命因悲痛而被铭记。我必须永远记住素瓷，哪怕我此生都不能再遇见她；因为只有这样，她才是完整的，是超越记忆与生命而独立存在的。我知道这是些不吉利的念头，但我还是这样警戒自己。

8月8日，《好绿叶们》如期更新了。8月9日，我开始翻阅新章节的评论区，除了那些每次更新后都会出现的支持与好评，我发现了与往常不同的声音：

"这章到底在写些什么？以前是无聊时看着玩，这次的内容真的看不下去。"

"'被爱太多了'算得上是一个男人同时和四个女人周旋的理由吗？最离谱的是他竟然还配骂人？"

"这些情节是写出来故意气人的吗？希望大家就算喜欢代言人，也要为明星想想这样的故事真的适合播出吗？"

"呵呵了，这个男主原来也就是不确定和谁在一起，偶尔和这个好点，有时候和那个好点，现在直接开始上午睡这个、下午睡那个了？作者是觉得热度低了？"

"恶心，恶心坏了！为什么平台还在推这种作品啊？"

"骂自己刚刚碰过的女人'不过是床被子'，这样的语句就算是调侃一下，也未免太让人感到不适了吧？"

类似的负面评价相比以往，数量要多了不少。我还没想好如何归纳它们，并做成今天的报告，马姐就先发来了信息，说是今天的报告不必急着做，先找人帮忙，拉这两天《好绿叶们》的相关数据。我正想给马姐回

个"好"字,就听到有人快步走到我的座位后边,转头一看,是看上去有些没睡好的、穿着灰色短袖的雅雅。

"准杰,是不是要拉这两天的数据?"她问。

"你已经知道了?"

"马姐找过我了,让我发给你。"

"哦,那你去拉呗。"我说。

"就是照平常的那些数据拉吗?点击数评论数转发数什么的。"

"对……噢,等一下,方便的话,你也大概地算一下差评数和差评率吧,就以每个平台前500条评论计。"

"要算这个?"

"会不会太辛苦了?500条,你要是嫌多就少弄点,我也可以自己去看的。"

"没有,就是好奇嘛,怎么突然要看差评了?"

"不知道,昨天的新章节好像惹到了不少人。"

"我还没读过,到底怎么样了呢?"

"就是男主同时和多名女生,你懂的。关键是作者描写得比较详细,有点故意让大家想象的用意。"

"那确实有些过了。"雅雅深吸了一口气。

"是啊,就看作者接下去怎么写了。"我点头道。

"那我们现在能做什么呢?"

"没什么能做的。"

"准杰,我觉得你们运营是可以提意见的嘛,不然也可以让作者修改,这样说不定也对你的转正有帮助呢。"

正说着,一旁忽然传来西西的声音:"发都发了,你让作者怎么改?改了不就是向读者承认'我错了'？不可能改的。你赶紧把差评率拉出来，我们根据这个才能让他针对后续反馈做一些调整。不过差评多了，也说明作品引起了大众的关注，我们需要流量，是不是？"

"好的，我马上就去拉。"雅雅有些惶恐地咬了一下自己伸出的舌头，然后头也不回地离开了我们这一侧。

"这个外包意见挺多啊。"西西这才凑到我桌旁对我说。

"她可能也不太懂吧？"我说。

"是的，她好像也就比我早到了几天的样子。"

"噢。"

"感觉外包很少有留学生。"西西随口念叨了一句，不再理我。从她背影里飘出来的花果香水的味道，在此刻闻上去虚伪又恼人。

我又一次打开《好绿叶们》底下的评论，反复地浏览起来。这样的事倘若被我所熟知的女生们知道，她们一定会毅然决然地成为对抗这位作者的中坚力量。正因为如此，站在我的立场上，我甚至没有让素瓷知晓这件事的打算。

等待雅雅发来数据的时间里，我开始暗暗担心起接下来的工作应该如何处理。面对这样负面的舆情，我发现自己难以心安理得地找出解决方案。我明白自己无法改变部门层面继续支持这位作者的决定，更不愿去传达先前阅读这部作品时所带有的疑惑与不满。然而即便是从公司的角度出发，我也想不出任何能给这位作者提出的建议。

"这只是工作，这不是我的责任。"我这样和自己低语。

电脑上传来了微信的提示声，雅雅正好还没整理完数据，我便点开看看。与我猜的无异，是素瓷。她问我能否说说话，我说等等。于是我挪步到了露天阳台，顶着曝晒，接了素瓷的电话。

"在干吗呢？工作很难吗？"素瓷问我。

"其实不太难，只是以前没处理过。"我说，接着反问，"怎么突然想到这个时候打电话？"

"感觉很久没和你说话了。"声音里似乎隐藏着一丝幽怨。

我这才意识到自己已几天没和素瓷通过话了。"太忙了……抱歉。"我不知道再怎么接续与自己相关的话题，索性换一个角度，"你在做什么呢？"

"准备游行时的演讲稿和一些道具。"

"游行？怎么还要搞游行？"

"我没和你说过？我记得我和你说过的。"

其实素瓷没准儿真说过，只是最近忙着工作又加上时差，与她联络的时间往往都是刚睡醒的上午或是接近入睡的夜里，就算素瓷发来过相关的消息，我说不定打了个哈欠就看漏了。我怕真是自己犯了错，便抓紧弥补："哦，有印象了。"

"我们初定下周四游行。"

"好，注意安全。"我仔细一想，突然有些担心，"对了，美国最近疫情怎么样？"

素瓷说："我们学校已一周没新病例了，镇上的加在一起，也就三四例的样子。"

"你一定要去吗？我指的是游行。你可不可以就帮他们做点事，至于上街什么的，就让他们去好了？"

"你怎么会这么想？我不明白你为什么对这事这么抵触！"

"我只是担心你的安全。"

"你多虑了，我知道的。"

"事实上你并不知道。"

"我知道。我知道我必须去做点什么,为王一戚她们,也为了我自己。"素瓷在电话的那一端好像越说越激动,"如果……如果有一天,就像我说过的,我也遇上王一戚那样的事情,我需要有勇气第一时间说出来,所以我现在就得往这个方向努力,不是吗?"

"你不要误会,我是因为见不到你,更希望你那里不要有意外。"我连忙争辩道。

"但这是我必须做的事情呀。"

"问题是你们再怎么努力,王一戚能复活吗?而你们因此承担的各种风险才是真实存在的。"

素瓷陷入了良久沉默,我有些害怕自己的话说重了。还好素瓷没介意,向我表明道:"之前我觉得有很多事情自己应该做,却一直没能去做,现在既然有机会了,我怎么可以放弃?我希望你能支持我,至少是理解我,可如果你实在做不到的话,也不要阻止我。"

"看来,和我在一起后,你变得越来越有自信了。"

"只可惜你没有改变。"

"我和你不一样。"

"我一开始就知道了。"

"知道了还和我在一起?"

"恋人之间需要相同,更需要彼此包容。"

"我们可以互相理解。"

"我们一直都互相理解着。"

"你还喜欢我吗?"素瓷突然问我。

"当然喜欢。"我信誓旦旦地答道。

"那你喜欢的是哪个我呢?是安静的我,是被你逼到不得不先说'我喜欢你'的我,还是愿意和你一起旅行的时候可以什么都不做的我?"

"喜欢……肯定是都喜欢啦。"

"准杰,自从你走后,我又有种回到原地的感觉,好像大学生活才刚刚开始。"

"对不起。"我无奈地抱歉道。

"有的人永远当负数,有的人永远当正数,而我们的现状就只能是原封不动的零点。"

我明白素瓷的意思,便没再说什么。

"所以,有人要比原本的角色做得更多一点才是。"素瓷试图继续说服我。

"我知道。"

"我现在只是在尽我的本分,作为女性的本分。不过你作为男性,这次就算不支持我,我也不会再对你要求什么。"

"你怎么这么快就变了?"

"我说过了,你走了以后,我有种大学生活刚刚开始的感觉。"

"开学一个月,就已经有这么多话想说了?"

"我二十岁了。"

我深吸了一口气,心里自然明白素瓷的意思。尽管刚才与素瓷所谈论的可能都算不上一场正经的"争执"或"争吵",我却已做好了打退堂鼓的准备,不想再和她继续相关话题的讨论。于是我慌慌张张地开了口:"你还像当初一样喜欢我?"

"当初是什么时候?"

"就是最早的时候呀。"

"是篝火、学姐的房间,还是河边呢……在河边时,你说过树的味道、沙子的味道,我当时还好喜欢,好喜欢。"

我渴望素瓷用更多的词汇,给我更多的承诺与保证。"好喜欢",毋庸置疑在这个时代里已经是表示真心诚意的极致语汇。离素瓷越远,我对她所说的每一个字都更在乎和挑剔。

"《圣经》里有个故事,说的是耶稣遇到了一个盲人,便将泥土和自己的唾沫抹到了那盲人的眼上,之后那盲人便重见了光明。"

"没听说过,然后呢?"

"没有然后……我觉得你就像涂在我眼睛上的泥土和唾沫一样,还不只治好了我的眼疾,连别的病也一起治了。"

"好恶心的说法,不过这么说来我还挺厉害的。"

"你要记住你的厉害,记不起来的话,就想想我。"

"我这么厉害,你不会有一天还是会忘记我吧?"

"不会的。"

"我怎么确定呢?"

"你只管信我。"

"喜欢就是一直在一起吗?"

素瓷的这句话让我吓得汗毛竖了起来。我冷静了一番,回道:"喜欢就可以一直在一起。"

"在一起是很简单的表现形式,更多的还包括互相支持,互相付出。"

"如果分开了,这些还做得到吗?"

"不是不可能的。"

"我有点害怕。"

"没什么好怕的,去工作吧!我马上睡觉了,晚安!"

"真的喜欢我?"我心有不安,试图再次确认。我知道素瓷会怎样回答,可此刻就需要近似孩童一般被重复地哄教。不料素瓷那端已挂断了电话,我不可能听到最后的回复。

雅雅还在整理数据,我一时半会儿也无法推进工作。外头正是三伏天,我一上午明明没说过几句话,却依然渴得厉害。我走到饮水机旁,倒了些凉水,又加了些热水。喝温水并不是我的本意,自打高中时去了美国,能喝冰水的时候我都喝冰水。最初的原因是学校宿舍里没安装空调,要想不被热昏头脑地完成作业,唯一的方法是频繁地从冰箱里取出提前存好的冰矿泉水喝。我的父母劝我改掉这个习惯,他们说"中国人的胃是要喝温水的",可这句话我一直当作耳边风。无奈现在这个工作的地方空调开得实在太冷,如果没有温水,我时常会双腿直打战。我端着水回到工位时,西西正拿着工卡要离开,她右手握着一罐装着棕黄色蜂蜜的小瓶子,左手拿着一个粉色的保温杯。久奇在一旁戴着耳机晃着脑袋,屏幕上是《好绿叶们》最新的宣传海报:男主角微微侧身,目视前方,他的左右各站着面容姣好的女人。窗外一朵白云刚好离去,刺目的光束淋到了我的面前,我明明只是睁不开眼,却觉得自己有些喘不过气。

雅雅的数据什么时候能好呢?我已经有些无聊了。我想和素瓷再聊聊天,可我一时找不到合适的话题。呵,亏我们还是男女朋友!我自然无法同留在座位上的久奇轻易地搭上话,更没有兴趣再多读《好绿叶们》。此时此刻,我同样没有脸面去面对雨喆,因为不论是我所做的还是没做的,都会令她感到失望。

"淮杰，"是马姐的声音，"雅雅数据还没来的话，你抽时间写一下这个月的工作小结，老板要看的。"

"好的。是写个大概吗？"我赶紧睁开了眼。

"不可以只写大概，老板要看的。要写清楚做了什么，每件工作有什么感悟，还能为公司再做些什么之类的，尽量多写点，都要写上去！"

"明白了，马姐。"

于是我不再想素瓷，洋洋洒洒地写着一份颇具篇幅的月度小结。一行又一行的文字，加在一起，它们或许比我最近几个月来同素瓷说过的话要多。志向与情感都被我记录与传达，可铺垫着字词的我，却依然觉得自己是沉默的。仔细聆听，办公室里的每个人都是沉默的。噼里啪啦，噼里啪啦，这是什么国家的语言？我想没有人能分辨。

"嘀嘀嘀"，素瓷又发来了信息。她还想说些什么？不管是什么，那时的我的确已经无话可说。"或许是把一天该说的话都交托给老板了吧。"这样想着，我便能原谅自己。

11

9月2日的晚上，素瓷打来微信电话。我那时手头还有点活儿，见是素瓷，便先发信息给她："我还在工作。"素瓷没有回复，也没有再来电。我心里想着那天就是她去游行的日子，回想起不久前同她在电话里发生过的争执，我决定这次尽量避免那样毫无意义的对话。于是我索性关上微信，连手机也一起关掉，一直工作到12点我才下班回家，进了房间直接关灯睡觉。

第二天醒来，我从谆基那里收到一个视频文件，迷迷糊糊地打开，在太

阳还没刺进的房间里,就看到了穿着小麦色外套的素瓷。视频里,素瓷环顾了一圈四周,好像在等待、寻找着什么。可她最终还是有些落寞地收起了视线,仿佛已失去了自己原本想发觉的目标。素瓷深吸了一口气,开始了她的演讲:

  大家好。在今天的游行中,我并不是以直接受害者的身份来与大家见面的。但我希望今天我说的话,可以帮助我们更顺畅地抵达我们想去的地方。
  2018年的9月,我同我的男友M相识并开始恋爱。在恋爱伊始,与大部分陷入感情或是某种关系的人们一样,我也无条件地付出了自己所有的爱,并试图捕捉一个男人身上所有的优点。我所挖掘的,是M身上一种可以被总结为"没有态度"的特质。
  在我们彼此相识的那晚,我们第一次谈及了有关贾教授,以及包括王一戚在内一众受害者的遭遇。M的说辞很明确,他从开始便认为性侵了这些女孩的老教授是个恶人。而在之后的近两年与他的交往中,我能清楚地感受到"没有态度"帮助他稳固地站在一个相对基础、符合人性的立场上。虽然M什么都没有做过,可因为不想卷入冲突,他很清楚自己应该说什么、做什么。
  我们身边都有M这样的人。他们生存在每一个角落,愿意表示自己不支持我们被侵犯,有时也愿意骂上几句那些对我们动手动脚过的人,可一切仅此而已。的确,在我们只是行走、只是穿着日常衣物、只是做着日常的事且可能随时被当作猎物的时候,"没有态度"至少能保证生活的平稳。
  今天参与游行的每一个人都已经跨出一步,我们不是"没有态度"的。我们用"游行"和"抗议"这样容易引起猜疑或不满的形式来表明我们的立场:我们拒绝对一切女性的侵犯,拒绝被物化,拒绝被剥夺人权。而当王一威及其他我们之中的受害者站出来表明自己的态度，"没有态度"的人也不应该再为事不关己而沾沾自喜。

仅仅是互相理解，或许能抑制恶人行恶，却不能阻止恶意的继续蔓延；同样，真正美好的爱意与勇气也无法被更深地扎根与成长。M和我讲过一个非常奇妙的比喻：他将我比作耶稣抹在盲人眼上的泥土与唾沫，说是我让他重新看见。我当时十分感动，觉得这是很美好的认可。但当我后来又去读相关的内容，我便发现，真正治愈盲人的除了那泥土与唾沫，还有一道指令。耶稣对那盲人说："你往西罗亚池子去洗。"那盲人去了，才得以治愈。我后来才得知那人是个法利赛人，他被治愈的那天是星期天，也是他们种族的安息日。按理说那天不宜外出，不能轻易洗浴；也就是说，那盲人最终是否治愈，决定权在他自己手上。恩赐已然被传达到了他的眼上，而是否背弃自己已有的规则，才是最终的考验。

事实是，即便我有幸成了M的泥土与唾液，可他似乎终究没有往那池子去。嘿，和你们说个有趣的信息，M擅长写作，在学校里的论文没有拿过A-以下的成绩。可他不会愿意为这次游行，或是为了我，而写些什么，哪怕只是替我看看我的演讲稿，为我提些意见。这些都没有，一次也没有。当我问他会不会看今天的直播，他说他要早睡，要工作，可现在只是上午十一点半，中国时间也就是晚上的十一点半，我知道他不是个早睡的人。他拒绝与我谈论与王一威相关的事情，他还千方百计地告诫我参与游行可能存有的风险。M并非直接反对我游行，但重要的是他从没有在其间做任何可能挑战自己潜意识的事。你可以说他害怕，我也明白他或许只是像对待其他事情一样，谨慎小心，避免出现意外，可我并不认为这是充足的理由……"

说到这里，素瓷停顿了一下。台下传来助威呐喊的声音，素瓷有些僵硬

地微笑了一下。阳光很大，打在素瓷与周围其他人的身上。黑人、白人、黄种人，在那一刻都呈现出金灿灿的皮肤。素瓷继续道：

  我们周围的许多人也和M一样，一步都没有靠近我们。尽管他们已经享受恩赐，这恩赐来自高等教育、基本的共情心、互联网……但这些都没让他们挪步。我们的最终目的不是让对着我们恶语相加的人变成哑巴，而是促使那些已经是哑巴的人愿意同我们一起凝聚更多的力量。不应该有人再去上老教授的课，不应该有人随意地忘却王一戚的遭遇，不应该再有所谓的"吃瓜""等反转"之类的侥幸。恶人应该受到唾弃，而正义应该得到支持。然而不管是什么话，只要由女人说出来，或是从女人的立场上说出来，在近几年里都容易被质疑：媒体与大众习以为常的污名化、极端化，最终被强制沉默的不再仅仅是那些受到不可逆伤害的人，而是普罗大众。发声、表达情感、讲述经历，这些基本权利在不知不觉间被代入为不具备进取心的个人主义或是不具备理性的报复性控诉，即便我们证据确凿，即便我们满腔怒火，但他们似乎总还是有让我们闭嘴的理由。

  今天我站在这里，我便是往池子方向走近了一步，或许我还没到达，但与我们所有人在一起，我的脚步便更加轻快。我们的力量越大，自然会伴随更大的阻力，可即便是各持己见，也可能阻止新的恶行的发生，因为这至少表明有更多的人注意到了女性保护的问题。

  既然如此，你还有什么害怕的理由呢？"没有态度"并不能带领我们去往任何一个地方。我们都各自一方，可能是一左一右、一上一下，最终相互牵扯，互相约束，便只能永远被困在某处。女人继续被欺凌与压制，而王一戚的死，仅是其中寻常的一例。此时此刻，看客们，不要再用三言两语打发我们的努力，和我们一起呼喊，一起向前，一起说出你想说的话吧。"没有态度"不仅仅是不值得被表扬的某种中立思想，而是一种注定会被淘汰的姿态。

所以，M先生，也请你一起努力！我已经跨出一步了，但在此之前，我希望你可以同我们一起，大胆地表明你的态度。各位，请加油吧，谢谢你们！希望我说的话能让你们更好地履行接下来的责任，而今天，我们都不会是无声的！

素瓷带着哭腔说完了最后一句话，摆了摆手，便匆匆离去。她穿着那件小麦色的外套，而那也是记忆里最后的有关素瓷的影像。画面里除了素瓷，还有个眼熟的身影，我仔细一看，是戴着顶灰色帽子的贾教授。他好像剪去了长发，双鬓竟微微地有些发白，脸颊深陷，表情严肃。这时看见他，让我觉得更加难受，于是我迅速关闭视频，从此与贾教授永别。

之后的两天里，不论我怎么发信息，素瓷都不回复，直到谆基将一切转达给我。谆基没有对我多说什么，只是简单地问候了一句"没事吧"，在我回了他"没事"以后，他也不再与我说什么了。特瑞莎那里始终没有消息，我原以为她会为我联系上素瓷，就算不能，我也以为她至少会站在素瓷那边，为素瓷说些什么，可她也像谆基一样就此沉寂，再无音信。

我开始疯狂地联系素瓷，尽管仍无音信。我不明白这背后的缘由，只能接受被抛弃的现实。素瓷甚至没有说清楚她是否要离开我，便这样直截了当地消失了。我没时间像往常一般去为自己被公开指责而感到羞愧与慌张，心里便已经有了莫大的负罪感。在这事发生之前，我总以为在人与人的相处中，被抛弃的那一端能因着可怜与悲惨而受到庇护，可没想到素瓷的离去反而让我觉得自己是有罪的。这么说听上去像是在推脱责任，因为我可能确实是有罪的。

我不分日夜地在公司里连续工作了好几天，以避免自己再在心里反复想

起素瓷说过的那些话。刚好9月15日是我与西西、久奇的《好绿叶们》专题汇报日期,我也确实有了转移自己注意力的理由。

再往后的日子里,我几乎没吃过一顿早餐,而午饭时间我也很少想下楼去吃饭,食堂里人太多,那大排长龙的时间足够素瓷从我记忆深处冲出来将我碾碎数回。我最多让西西帮我带一个汉堡,或是吃先前剩下的已经有些风干了的面包。这样简单食物往往支撑我一直工作到晚上八九点,此时我又饥饿又没胃口,随便去洗个苹果就当晚饭了。西西不解地问我:"为什么不吃饭?喜欢上谁了?"我没法回答,心里觉得她好恶心。

事实上,有时我也会在所有人都离开公司以后,到楼下的便利店里买一种韩国白酒喝,它的味道莫名地熟悉,一口下去,胸口与肠胃里的温暖感觉好似当初同谆基一起喝过的那几种欧美酒一样。这种酒不算便宜,350毫升售价要20元。我在便利店里就把那瓶酒喝了。我一边喝,一边给自己短暂的时间,让素瓷再一次支配自己的大脑。我会在这时短暂地把一切责任推给王一戚,甚至是贾教授。我这样想:"贾教授,老不死、教不好书的狗东西,就会多管闲事。王一戚,你也不是个正经女人,死都死了,还要让我谈不了恋爱,真恶心!"当然,这样的情绪会很快地被我熟练地抑制、收回并删除。我多喝几口,便不再感觉得到愤怒了。这样的暴怒从未缓解过我的失落;相反,因着它们,我深谙自己确实是自私又没有共情心的人。如此一来,我更失落了。

走出便利店,我总会抬头看看月亮,可本应是晴朗的夜,我却怎么也找不到我渴望的平静而美丽的月色。我想到与素瓷结缘的那个中秋,在学生中心的楼顶,我们眺望月亮,可喝了点酒之后,却再也看不到它了。或许我的眼疾来源于酒精,谁知道呢?也可能是来源于素瓷。

我想不明白素瓷为何就此沉默。她既然要发声，也要我发声，为什么会就此走开呢？我又该如何变成她所希望的模样？我们之间好像只存在过这样一次真正意义上的摩擦。这场恋爱是如何在一瞬间像秋叶一般凋落，还是说它本脆弱，经不起任何风吹雨打？尽管是盛夏，可眼前似乎已至深秋。我最害怕的是素瓷可能同我一样，正被刺痛而难以回来。

谭基与特瑞莎又问候过我一次，我们没多说几句，那对话便结束了。

"没事吧？"谭基把我与特瑞莎加进了一个三人群，问道。

"没事。"我回道。

谭基发送："那就好。"

特瑞莎发送："你有什么需要，就找我们吧。"

"素瓷联系过你吗？"虽然谭基也在，但我是问特瑞莎。

特瑞莎答道："没有。"

谭基也发送道："别太着急了，没准儿她哪天又回来了，人家也没说过分手呀。"

尽管近在咫尺，却隔着天涯。不是因为时差，也不是因为隔了汪洋和群山，而是我没想到他们会在这时留下如此暖心的话。不过之后，谭基和特瑞莎没有再给我发来任何信息，这个微信三人群自然而然地宛如记忆中的一个孤岛，就算是关于素瓷的话题，也并未成为我们再次紧密相交的契机。他们都曾是我生活与心目中鲜活的、榜样般的人物，可就在素瓷将我放弃的须臾间，一切都被改变。我并不因此而感到惆怅，但我也知道了素瓷的离开让我身上的某一部分正沿着难以依附的路径慢慢走向凋零。我体会着素瓷带给我的挫折感，回忆着特瑞莎和谭基曾提供的幸福醉意。我想或许只有难过与痛楚之类的负面情绪，可以真正激发我深埋着的情绪，也变相延续了我对他们

的回忆。

　　我的绝望没有随着繁忙程度的加剧而减缓，因为我在无限的怀想与不舍中曾日复一日地试图从自己身上寻找到解决问题的答案。在每天的酒后，我会回到自己的工位上，再修改一会儿PPT，读一会儿《好绿叶们》。实在困得不行了，我就趴在桌上睡一会儿，紧接着往往被带入梦中。这些梦里，有一个场景竟反复出现，那便是参与抗议的素瓷变成了雨喆，她嘴里说着与素瓷一模一样的话语，令我惶恐万分，醒来总是一身冷汗。或许在我不知道的时间里，素瓷已经隐隐约约地活出了雨喆的模样。这两个至今不知道彼此存在的人，此刻好似存在某种默契，都说着我难以承受，却又十分能预见的话语。有那么一刹那，我发觉自己的难过不光是因为素瓷，也因为她身上所呈现的与雨喆相关的品质及情感，觉得自己不光是被素瓷所放弃，还受到雨喆又一次严肃的批评。原以为对我而言，雨喆这条路行不通，可以去走素瓷那条路。可我不知道素瓷已在不觉间与雨喆交会于一条看不到尽头的古朴栈道，使我越发分不清自己正往哪里去。

　　《好绿叶们》专题汇报的前一日晚上，我决定早点睡觉，心想，也差不多是时候结束这一切了。果不其然，其后一夜无梦。第二天提早醒来的我，觉得自己已经不再满脑子惦记素瓷了。我在公司的食堂买了早点，吃完了就开始工作。可这天有些奇怪，按理说西西和久奇昨天就应该把他们做的PPT发出来，以便整合在一起，互相调整。不过直到晚饭后，我都没在实习生的微信群里看到他们的消息。我并非担心自己发挥得好或坏，自素瓷离去以后，我能不能转正都无关紧要了。《好绿叶们》也犹如末世里人们才读的作品，想到它，我就烦躁无比，不愿意再多看其中的一个字。

　　那晚9点，专题汇报开始。久奇有些吊儿郎当地讲述了自己对《好绿叶们》中女主角的分析，领导与前辈们都非常认可，认为久奇熟悉市场的需求，发出了有代表性的声音。久奇随便哼了句"谢谢"出来，便又躲在角落里玩起了手机。

接下来轮到我来汇报《好绿叶们》在社群及社媒上引发的负面反馈及争议："许多读者不喜欢这样的情节，他们认为所谓的'后宫架构'传递的是一种较为混沌而负面的价值观，从某种程度上来说，作者对于女性角色塑造的缺失，也直接以一种极具物化的文风表现出来。读者尤其是女性读者，很容易在这样的过程中，被激烈的冲突性与戏剧性所吸引，可也会随着故事的推进，以及'背叛''戴绿帽'等一系列元素的填充，而逐渐对这部作品感到无趣与失望。久而久之，十分容易积攒成它在各个平台上运营的消极因素。"

"这样的现象是什么时候开始的？"一个领导发问。

"大概就是8月3日的那次更新后。"我答道。

"那次更新了什么？"

"男主角，嗯，在同一个章节里和三个女性角色发生了关系。"

"噢，有印象了，8月初的那次对吧？"

"是。"

"接着说。"

我继续介绍道："我这里只是给大家看一些相关的负面信息，所以我们还应该在推送相关内容的时候更加谨慎。"

"怎么个谨慎法？你详细说说。"马姐在一旁引导道。

我说："在投放的时候，适当减少性暗示或类似'一男多女'这样的主题，配图及文案最好都更柔和，这样可以减少直接刺激读者的可能性。"

"作者那边呢，有没有什么建议？"马姐又问。

  我其实并没有准备这方面的内容,因为我并不觉得自己有左右这位作者的能力与权利。短暂的空隙中,我看到角落里受邀请一起来听我们专题汇报的雅雅,她抱着一个土黄色的本子,坐在没有靠背的绿色塑料凳子上。雅雅正直愣愣地盯着我,好似有许多期待,也有不少主意。我一时没想出怎么回答,便打算请雅雅出来解围。

  "雅雅,你有什么要补充的吗?"我尴尬地笑了笑。

  "外包的今天先不发言。"领导冷冷地说了一句。

  我点了点头,赶紧瞟了一眼雅雅。她冲我无奈地一笑,叹了口气,然后打开本子写着些什么。

  "哦,今天是实习生专题嘛。"西西借机补充道。

  我明明和雅雅算不上熟悉,心里不免反感,只想对西西说:"你少说这一句会如何呢?"

  马姐在一旁举起杯子喝了口水,顺便向我使了个眼色,暗示我继续。可我实在不知道能说些什么,《好绿叶们》和它的作者,在我看来都不该属于也不配属于这个世界,可如今这么一本正经地讨论如何为它的未来保驾护航,我似乎越来越能理解我与素瓷之间存有多大的鸿沟。我想到过去的日子,一本书于我而言是拉近与雨喆距离的最好方法。无法自信地去表述的我,试图借着书本里的思绪与雨喆同步,可眼下不是这样的情况,我宁可以自己作为柴火,也不希望为这样的粗俗之作发出丝毫的响声。

  我压抑着心里的汹涌,说:"我觉得就让作者自行决定吧。"

  "你是这样想的?"马姐问。

  我说:"我觉得这部作品目前的走向已很难预料,作者似乎以疯狂的思路为乐,而我们也没什么可以去过度引导的。"

"我还以为你有更具体的建议呢。"马姐笑了笑,接着说道,"不过这么说也合理。"

"总之,大家可以再快速地看一些负面评价。"我操纵着PPT说道。

"负面情绪还不少啊。"领导评价道。

"是的,其实8月3日那天章节更新之前,这样的差评就已经持续性地存在了。很多新用户点进来看了两章,发现了一些自己不喜欢的内容,于是很快就留下了差评。"

领导问:"8月3日之前的差评比例是多少?"

我答:"微乎其微。"

"那无所谓。"领导起身,转向投影的大屏幕,对着一条差评念了起来,"'没有什么好说的话就不要说',小万,你看这种差评就不用截进来了,这说的是什么话嘛,真难伺候。行吧,总结一下。"

"就是投放时小心一点,尽量不要放容易激怒读者的东西。"我总结道。

"嗯,用户的情绪确实要照顾好,这我理解。不过你这部分下次加点数据,你看一直说差评差评,差评率多少还是得精确一点。"领导清了清嗓子,歪头看着我说,"还有啊,我有个大概的猜测,尽管最近半个月的数据我还没看,但我觉得用户黏性和重复浏览率可能会上去。"

"明白了,之后注意。"我微微低头,心想,就这样结束吧,只要以后小心地做类似的事,说类似的话,就能有一份长久的工作,这也还算能接受吧。

这时西西起身,将PPT换页。我松了口气,有些本能地为解压而打了个哈欠。其他人也突然挺直了腰板,要么挠了挠头,要么用手托住下巴,像一

种昏昏欲睡的前奏。大屏幕上罗列着西西的汇报主题与目录之类的文字,然后出现两张图表,一张的标题是"8月3日前《好绿叶们》好评率一览",另外一张是"8月3日后《好绿叶们》好评率一览"。

"那我开始了!"西西背后的窗户上正映着夜幕,一片漆黑里,她笑的样子好似庆幸来自天涯海角的自己与大家相会,可她安稳站立的样子又让人实实在在地明了她是属于这个会议室里的。

西西微笑的那一刻,某种诡异的气息正在我的心里蔓延开来。我不知道这来自西西,还是源于我所在的地方。于是我向领导提出身体突然有点不舒服,希望提前离开,领导批准了。这样,我这辈子再也没回过那间会议室。

9月16日那天,我向马姐提出了离职请求。马姐非常不解,她认为我做得不错,尽管专题汇报不算亮眼,但留学生的资历加上已经过了关的基本工作能力,也足够公司让我留下。我对马姐撒了谎,说自己身体出了问题,实在没办法继续工作。仔细想来,这与事实并没有太大出入,我心里自然对马姐少了几分歉意。

离开公司的那天,一切都收拾得十分利落,以至于我一度产生错觉,怀疑自己是否真的在这个地方实习过,以及与素瓷相关的不堪记忆是否也真的发生过。马姐、西西、久奇乃至雅雅,都没有在我办理离职的那天见到我。那天他们正好有个晨会,我只收到一条来自马姐的"前程似锦"的祝福语。至于剩下的那几个实习生,他们在我生命里抽离的速度之快,让我不得不提醒自己他们也都是鲜活的人,以便让我不会在离开那栋大楼时,就将他们连同《好绿叶们》一起丢弃在记忆的最深处。

离职以后,我有更多时间去思念素瓷。可我唯一能做的便是不断地饮酒,让所有苦涩、痛楚汇聚在口腔,希望它们变幻成在我胸口的暖意,让我相信素瓷与我的确是美好的存在，即使她将永远地消失。我仍然不停歇地给素瓷发着各种各样的信息：

"我很想你，可以和我说些话吗？一句也好，就让我知道还能见到你。"

"为什么要这么突然地离开我呢？游行前我不也对你说了'加油'吗？"

"你怎么可以就这样走了？"

"你说我们没有'互相理解'，可你说得不对。你不够理解我，如果你真的理解我，你就不会舍得离开；我也不够理解你，不过请你相信我，我会给予你足够的理解。"

"我睡不着。你那里是白天，可不可以和我说说话呀？"

"我醒了，你那里是晚上了，给我点声音，可以吗？"

"注意防疫，记得戴好口罩。"

"我喜欢你，我真的喜欢你，素瓷。"

"你想要的改变，就是默不作声吗？还是你其实同我一般，也害怕改变？"

……

了无音信，没有回应。离开了公司的我，日常生活里没有任何能让自己变得忙碌而不去多想的法子。当唯一的遮阳伞被时间的风刮去，我依然暴露在炙热的秋季里。我想到自己也是这个时节与素瓷相见、相识并相交的，顿时觉得秋天是个被诅咒的季节。这么想来，或许把与雨喆的最后一次相遇留在夏天里边，也不失为一件无心造成的好事。

谆基、特瑞莎和其他学长同样陷入了沉寂。在没有活干的工作日上午，我的双耳被车水马龙填充着，而昔日的闲言碎语、烟草气息，还有那些在东南边再难找寻到的雪景，好似被丢进了素瓷所提到的西罗亚池子。盲人走向那池子需要的是对耶稣的信念、背叛族群的勇气及对所有景象的憧憬，而我

要走到池子边,或找寻素瓷,或遇不着素瓷,都需要疫情的势头放缓、一张价格可能上万的机票和自己对过往真诚的想念。这样一对比,我不觉得自己正经历的比那盲人要容易多少。

我想我的父母并不知道我正经历分手。在得知我已离职的消息后,他们催促着我回家。我为了能不受控制地饮酒与流泪,一拖再拖,可直到10月,素瓷仍然没有任何消息。我的所有念想化作了灰烬,不剩余灰。身处这样的绝望里,我几乎走投无路。我也知道自己是时候尝试改变了,便在未告知父母的情况下,买了10月3日回故乡的车票。那几天他们正好有利用国庆假期出游的打算,我那时回去怎么样都能再一个人待上几天。

离开深圳前的那晚,我决定去吃顿好的。自打看见素瓷的演讲,我就没有在正经的食堂或饭馆里用过餐。我终日与外卖、速食和各种面包为伴,却也很快地对或重口或油腻的菜肴感到厌倦,最后索性在下午随便吃些东西,当天余下的时间里也不会再有食欲。

我走出房间,往不认识的方向走去。"反正我在深圳,哪里都会有吃的。"我这样想着,却怎么也找不到看上去合我胃口的餐馆。我找了一家连名字都没有的面馆,买了一碗清汤肉丝面。面馆里挤满了食客,我只好打包带走,到马路旁晒得到太阳的座位上坐下。还没吃上两口,我的手机上开始振动,是我母亲打来的电话。

"准杰,吃了吗?"母亲关切地询问。

"吃着呢。"我回道。

"打算什么时候回家?"

"买好车票了,明天回去。"

"怎么不告诉我们?以为你还要几天才回来,我们已经在旅游的路上了。"

"没事，我回去自己待上几天。"

"去你爷爷奶奶那里住吧。"

"没必要，我一个人能搞定。你们放心去玩。"

"心情还是不好？"

"怎么知道的？"

"我们知道。"

"知道什么？"

"你被人家姑娘甩了呀。"

我停顿了几秒，这时身后有几辆摩托车呼啸而过，我便多给自己一些时间深呼吸，却意识到吸入的只能是满满的废气。

"既然你们知道，就应该明白我不想再提起这事。"我懒得问他们究竟是从哪里得知的这一切。

"知道你难过，但没什么大不了的。"母亲安慰道，"你的性格就是比较……怎么说呢，不管怎么样，不要因为这种事弄坏了身体。"

"我的性格怎么了？"

"你的性格好得很。这不会是一个人的问题：她有问题，你也有问题。但那又怎么样？谈恋爱嘛，以后要结婚，不都是这样子的！总是有摩擦，总是有不同，那还能怎么样，有不一样以后就直接分开吗？"母亲加快了语速，听上去似笑非笑，像是不想彼此通话而变成一次纯粹的训斥。

"没必要往结婚上去扯。"

"道理是一样的。"

"本来就没有两个完全一致的人。"

"既然知道，那你就更没什么好难过的。合得来正常，合不来也正常。"

"嗯嗯。"

"很多事情，你睁一只眼闭一只眼，就过去了。"

"一辈子睁一只眼闭一只眼？"

"一辈子那就不叫睁一只眼闭一只眼了，那叫互相体谅，互相理解。"

"这话听着耳熟。"

"耳熟吧？没准儿我以前和你爸吵架时提到过。"

"可我觉得这话对我不管用。"

"理由呢？"

"没理由。"

"那你就想办法自己解决，像你叔叔那样，城里姑娘不要，非得去找一个乡下的女人。他娶回来才发现人家一堆屁事，三天两头要上香，不然就是吃饭时非得拌那种臭得不行的腌菜，你吃过吗？你叔叔什么都不行，就是能忍；忍一年我们劝，忍两年我们劝，到后来我们干脆不理他了，觉得他没救了。结果想不到人家现在好好的，都生了三个小孩呢。"

"他现在吃腌菜吗？"我忽然想起什么，好奇地问。

"不吃，一口不吃。"母亲说，"上回带你爷爷奶奶去他家住了一晚，第二天上午起来喝小米粥，你婶还是从那种大缸子里打出了一小碟腌菜，就摆面前呢，他一口没吃。"

"婶生气吗？"

"好像没有。那天我们一个人都没吃，就你婶吃了。她也没说什么，估计是习惯了。"

"这就是你所谓的睁一只眼闭一只眼？"

"应该说更像是捏一个鼻孔放一个鼻孔，不过是一个意思。"母亲像是被自己的玩笑逗乐了，干巴巴地笑了两声。

"我也没吃过那种腌菜，甚至快忘记了闻着是什么味道。"我不禁感慨道。

"不是什么健康的东西，腌制食品，少吃为妙。"

"婶的父母还好？"

"还好吧。过年时候，你已经回美国了，我们还去看望过一次……我讲到哪儿了？对，总之你想和人家姑娘在一起，就要做好多种准备。别老觉得你是对的，当然，她也不应该老觉得她是对的。一旦在一起就不分对错了，懂吗？"

"不懂。"

"那你肯定得吃亏。不过你懂不懂都需要时间，这次不成，下次就会了。"

"谁知道有没有下次呢？"

"你在说什么鬼话？实在不行就找个和自己像一点的，这样你就轻松了，什么也不用操心，反正都能理解。想太多，有时往往给自己惹来麻烦。"

和母亲的通话冷不防终止了，这时正好有一对夫妇推着婴儿车从我面前走过，他们面无表情，一边走，一边玩开着外放的手机。我忽然想起和素瓷确定恋人关系的那个晚上，仿佛就此与世界万物有了连接。此刻，尽管我听不到素瓷的声音，却完全明白她的意愿。我隐约觉得自己与素瓷产生了某种共情。可越是这样，我就越发痛苦，越能理解她不想再见我的理由。我们都没有真正往那池子靠近，或许只有在众人的呐喊助威之下，素瓷才会勉强地走出那一步。

"怎么了？"母亲重新拨通电话。

我说："没事，刚才应该是信号不好，断线了。"

"哦，现在你明白道理了吧？"

"你就当我明白了。"

"明天几点的火车?"

我本想如实回答,可不知怎的,最后说成了:"我看错了,是四天后的车。"

"噢,那你回来时我们也已经到家了。"

"好。"

临挂断电话时,我听到母亲叹息了一声,这让我好不容易滋生的一点点回家的欲望,在这通电话后也几乎消失了。有关素瓷的一切仿佛被装上了一艘远航的船,在落日将近的时间里,一阵秋风吹来,悠悠扬扬地不知要驶往何处。

那阵风吹过,一旁的面几乎没了温度,我也丧失了再吃一口的欲望。当我试图将那碗面投进垃圾桶内时,我发现自己忽然没了气力。本想随手一丢的我,不得不安安稳稳地将余下的食物送到垃圾桶的正上方,再放手,让面条、汤水和盛面的塑料碗难看地坠落在桶状的黑色深渊里。我有些眼花,便低头揉了揉眼睛。不远处,红日在凝重浑浊的云彩里燃烧着烛光般脆弱易逝的时光,而当它被一阵不知来自何处的风熄灭时,我最想做的事情是去找寻雨喆,想和她说话,想被她责备,想告诉她我所犯的错,让她为我指出改正的方法与途径……太多太多我过去三年试图逃避的事情,在这一刻化作了那孤船拉长的远影,投映着许多我似乎已明了的道理。这会儿雨喆在哪里?我该如何找到她?就算联系上了她,又能改变什么呢?这会儿我只想与素瓷拥抱和亲吻,但我也希望雨喆有耐心听我说完我所有向她隐瞒的事情。可说完之后,我们又会做什么,又能做什么呢?

不过这些我好像已经不在乎了,我必须要找到她。

12

"总之,就是这样,所以我来找你了。"2020年10月3日,我看着熟悉的雨喆,强忍着内心的冲动说。

"你希望我帮你什么呢?"雨喆好像觉察出了我的恍惚,拍了拍我的肩膀。

我明明知道应该接受这份关心,可身子还是下意识地躲开了。"我也不知道。"我说。

"想要我抱你一下吗?"

"我们认识那么多年,还没抱过呢。"

"我自己不觉得抱有多重要,但如果拥抱一下能让你疏解,我不介意。"

"没事,不必了。"

"真不想?嗯,你刚才说的那个女孩,你和她拥抱的时候,感觉自己还喜欢吗?"

"喜欢是一个变量,当时肯定是出于喜欢。"

"所以我再问一次:你想抱一下吗?"

"你现在有男朋友吗?"

"怎么突然问这个?"

"如果有的话,还是不抱了,不合适。"

"没有,就算有也不妨碍。我们是朋友,为什么连抱一下你都会这么紧张呢?"

"对不起。"

"如果你觉得抱一下能帮上你,我们就抱一下啰。"

"说实话,不想。"我确实不想与雨喆发生更多的肢体接触。我所有与肉体相关的意念似乎全留存在素瓷身上了。

"行,很好。"

黄昏将至,上海图书馆门口三三两两路过的行人好像被微风摇曳着,落日里有树叶被吹起,纷纷扬扬。夕照中,金黄的景致让我联想起素瓷那件小麦色外套,以至于我错把满地的秋叶当作了大地在此时为自己增添的衣物。若是这样,我愿意永远行走在与素瓷相关的土地之上,因为不管是在西方还是东方,哪里都会有叶子落下的秋天。

"那我还能怎么帮你呢?"

"我不知道该怎么做才能让素瓷回来……"

"她离开你就是表明了她的态度,你不应该再纠缠她了。"

"她恨我这样的人?"

"我想不至于,但可能不一定会和你在一起了。"

"我是很喜欢她的。她希望我做的,除了那件事,大部分我都做了。她也说过她喜欢我。"

"就凭这个,你就觉得她应该回到你身边吗?"

我没有回答,心里却很明白,也更加绝望。恍惚间,我感觉到自己的嘴唇上被累加了一份什么。没等我反应过来,面前已弥漫着雨喆的气息。是雨喆吻了我,尽管这个动作对我来说相当陌生,我却在心里并不反感。2018年紫色的夏夜缓缓燃烧在上海图书馆的上空,而与素瓷共度的那些时光,那些单单靠一个拥抱便能化解的争执,也好似被从图书馆里走出来的读者浅唱着,那些他们读过的文学书,曾千百遍地重复演绎着。雨喆用轻盈的给予镇住了沉重的我,不是依附,也不是侵占。就算我在心里强调素瓷才是我应该在乎的，面对雨喆的红唇，我发觉自己正被某种消磨意志的触感所腐化。在记忆与理智双双溃败的几秒后，我竟下意识地凑上前去，想对着雨喆表示些什么，可她又短暂地脱离了我。我们在分离的那一刻，已然隔上了几片汪洋。雨喆看着我的眼睛，我也逼迫自己正对着她的眼睛，里面除了我，什么都没有。

"你真的想亲我吗？"雨喆不紧不慢地问道。

"或许没那么想。"

"想清楚点，想还是不想。"

"不想。"我坚定了意志。尽管眼前的变化毫无逻辑，我还是记得自己是为了素瓷而来。

"如果我再像刚才那样吻你，你会难过吗？"

"会，因为我不想背叛素瓷。"

"那不就说明问题了？"雨喆笑了。

"怎么讲？"

"你看，人在意志薄弱的时候，是最容易被别人有机可乘的。只有意志足够强大，才能阻挡任何外来的侵犯。"

"侵犯者也有强大的意志吗？"我问。

"从某种程度上来讲，他们的意志可能比反抗者更加强大。"

"源于什么？"

"太多了！"

"可我并不是个侵犯者。"

"现在的你，喜欢我吗？"雨喆似乎完全没猜透我的心思，直截了当地问道。

"不喜欢。"我快速反应过来。

"只喜欢素瓷?"雨喆确认道。

"只喜欢素瓷。"

"所以你看,你也有自己不了解的强大意志,强大到会让你背叛唯一喜欢的素瓷呢。"

"可是我不管要做什么,都是经过她同意的。她表面的柔弱,实际掩盖了她内心的固执。她说可以,我才会去做。"

"可她同意过你什么都不做吗?"

我没有回答,因为我无言以对。

雨喆继续道:"所以说,素瓷必须做那些事,也必须说那些话,少说一句都不行。她若软弱几分,也会成为被侵犯的人。"

"我不该阻止她。"

"你不该阻止她,而且还应当帮她。再想想看,如果现在你要侵犯我,只靠我一个人很坚定地说:'不许,不可以,你不能碰我!'你觉得够吗?"

"不够,自然不够……"我的声音颤抖起来,自然是出于紧张和惭愧,"可素瓷说过,有人正,有人负,哪儿都不想去,我们不都还能留在原点吗?"

"原点,有什么呢?"雨喆看着右边,我不知道那边是哪个朝向。我是分不清南北东西的,于是我自顾自地把眼前关注的人、树与楼都变成了起点。上北下南,左西右东,我相信雨喆那时看的就是东边。

"有什么呢?"我反问雨喆。

"与过去相关的一切,都存在于原点里。原点就是你自己,你所面对的、经历的,同时也被素瓷体验的。"

"所以这是糟糕的原点,所以她才要离开。总之,我是糟糕的,对吗?"

"我不会嫌弃你。"雨喆十分肯定。

"我现在只想着素瓷能回来。"我自然清楚那样想很可能是无用的,可我还是那样期盼。我是否总在做无用的事,说无用的话?于是我问雨喆:"2018年的暑假,我明明也在上海,你却没有见我。你为什么今天会来呢?"

"你当时真的想见我?"

"我觉得是想的。"

"只有你真的想见我,我也真的想见你的时候,我们的相见才有意义。"

"说了这么多,现在该怎么办呢?"我问雨喆。

"你总得做些什么,就像她希望你的那样。"

"眼下我能做的都做了,可她还是杳无音信或者有意躲避着我。"

"如果素瓷现在突然回来了,你想对她说些什么?"

"我觉得有很多能说的……可是对着你,我又说不出来了。"

"说你真正想说的。如果连想说的都说不出来,或者连想说的都没有,你就算见到了素瓷,又能怎么样呢?坚定意志以后,你见到我,心里是怎样的感觉呢?"

"我不知道。"

"看着我。"

我看着雨喆,却认不清她的面孔。呈现在我眼前的关于她的一切,都难被具体辨认。总以为雨喆对我而言是印象深刻、难以忘怀的,可就在那霎时我才发觉,雨喆从来都不是以单一的面孔存在于我的内心。她想说什么,我似乎不需要看她的嘴巴,甚至也不需要听清她发出的声音,便好像已经知道她的话语。

"还是想不出说什么?"

"想不出。"

"那就用书来说吧!"

"什么意思?"

"书评。如果你自己没有话说,就借着书来说呗,像以前那样。"

"我想想……嗯,《三四郎》?"我脑中首先浮现的是这本在半年前我才写过相关论文的作品。

"我没读过,讲的什么?"

"明治维新、城市化、迷失的青年……"

"具体一点。"

"一个来自乡下的男孩去东京上大学,喜欢上了一个城市里的女孩,女孩却一直没能和他在一起,选了别人。"

"哦,失意的男孩!"

"用书里的话说,是迷失的羔羊。"

"我没看过那本书,但我猜不一定是这样。"

"为什么?"

"因为如此俗套的故事几乎会发生在多数人身上,譬如你和素瓷曾在一起,可后来你也由于得不到她而迷失了。"

"倒也是,那就换一本书。"我摇头道。

雨喆也同意了:"《游园惊梦》,如何?"

"身在异乡、思念故乡的故事……像珊珊、茹一,还有许多其他人,可能因为我去美国留学才看见的,可我不觉得我在那里经历的事情有多特别。况且,现在我回来了,以后也应该都会在这里,我没有再回去的必要了。我并不太怀念在那里的日子。"

"我还以为这会是一篇合适你写些什么的小说，"雨喆轻盈地笑了，"留学生都会觉得，或想让别人觉得，留学生活很苦，是很值得抒发吧。我这样想的。"

"我不这样想。"

"在被素瓷用作演讲题材的时候，也不这样想？"

"不这样想，那是……可以发生在任何地方的事情。"

"这也不合适的话，你最近还读了什么书呢？"

"先前读了刘以鬯的《对倒》，可很明显，我和素瓷是活在一个时间里的，而且彼此并不相距甚远。好吧，其实这和我为什么不想和你多谈《三四郎》一样，因为我总觉得里边的人都与对方不一样，所以才会变得要么迷失，要么难过。我真不觉得自己与别人有多少不同，也不认为自己有什么特别。"

"能这样认为，就是一个良好的开端。还有什么书吗？"

"《盖茨比》或者《北国边陲》？"

"还是外国人的故事，何况你又不是老头，更不是什么阳痿的人。"

"难怪我说不出什么。"

"读了这么多书，自己说不出些什么，这怎么像话？"

我没回应雨喆，心里正懊悔着，却不为自己的无能感到讶异。

"你为什么总想来找我？"雨喆再度问道。

我看着雨喆，身子微微发抖。我在脑海里快速翻阅着刚才提及或没提及的书本，试图从印象中的某页纸上找寻到自己该传递的消息。对雨喆也好，对素瓷也好，我并不知道说什么会是对的。

图书馆门口短暂地寂寥了起来,没有人再从门里走出,可我似乎还能听到从某处传来的声音。天空浓烈得像幅油画,我却不用在乎它的颜色是冷还是热。就算我不转头,也能知晓身后的马路上会有车在跑,一会儿红灯亮了,它们停下;绿灯亮了,它们继续。景象、时节、人与物,要生长什么,要衰败什么,我好像都能无关痛痒地预测。大部分时候,我想我会是对的,即使错了,它们又何时与我有过关联呢?

因为素瓷不可能回来,我以后便都是瞎子;雨喆也依然可见而不可即,因着那个吻而变得越发遥远。对与错似乎已经变得无关紧要,而此时此刻,我只觉得眼眶里不自觉地湿润起来。我什么都不再想,把目光再次聚集在了雨喆身上:"我很想念你,雨喆。只是想念,没有别的。如果能再说很多,我最想说的是'对不起''我很不好''很抱歉让你一直不满意'之类的。可我知道这些你都不想听,因为你大概也都知道。"

我闭着嘴用鼻子吸了一口气,接着说了一次:"我想念你。"

说完这话,我如释重负,雨喆却没有预想中的欣慰,反而满脸冰冷。我生怕自己说错了话,触动了她那根摸不得的弦,进而又解释道:"我只是想念你,但我并不想与你有其他一些什么。"

可雨喆听了这话,她的脸瞬间如远景里的云彩边缘一般,捕捉不到轮廓,看不清带着丝丝絮絮的面容。眼前的雨喆最后留下的是又一次神秘的微笑,不是嘲弄,因为她没发出"哼"声;也不是安慰,因为那酒窝隐约,未见刻意的笑容,更何况她不是会存心安慰或讥讽我的人。我还没读完那笑容里的寓意,雨喆的一切就从身边消失了。没有一阵风,也没有一声响,更没有一片叶子落下,随着雨喆离去的只有时间;换句话说,随着时间逝去的就是雨喆。

我忽然清醒了，意识到雨喆没有在那里。2020年10月3日，雨喆并不在上海图书馆的门口，并没有同我坐在一起。肚子"咕咕"地叫了，我久违地因为饿了而想吃些东西，眼下，我特别想吃一碗热热的、带汤的馄饨。

我知道许多问题还没有解决，有关素瓷，有关雨喆，甚至有关王一戚的，都必须算作没被解决。关于雨喆的，我不知道她对我憋了良久的那番话语到底做何感想；关于素瓷的，也许她永远不想告诉我下一步是什么。我起身，最后回望了一眼图书馆的整体外貌，这才对自己为何在雨喆其实不在的情况下来到这里，听从不知来自何方的，却又像是来自她的话语感到费解。此时，记忆中的人与事，在我心底的某处正悠然自得地休憩着。我往前走一步，它们也无动于衷；我往后再次坐下，它们便相伴于我，像刚才看不清的，却一定存在过的雨喆一般。

因此我终于把脱口而出的想念化作了深邃的歉疚。素瓷所想要的，或是我所想要的，因着蒙羞而有罪的我们，也是最终不再沉默的我们，都将在2020年10月3日的黄昏里被暂时宽恕。

可这样的黄昏总是存在，即便错过了这次，还有下一次。总有一次，我们会带着热泪，诚实地说着些没有别人在乎的事情，然后带着孩童般的满心欢喜，在夕阳沉睡的时刻，将方向定在那未曾踏足的池子，坚定而踉跄地前行。

"可如果真要做些什么，也只能从记得开始。"我这样告诫自己。

2020年的10月4日，我回忆着过往的种种经历，在电脑空白的文档里打上了一行字："2017年的夏天，我回到了上海，目的是见一个女孩。女孩的名字叫林雨喆，是我的初中同学。"

我思索了片刻，又为这行字做了补充："在此之后，我再没见到过她，至今仍在寻找着她。"